WUNDERLICH

DIE AUTORIN: Ruth Rendell, geboren 1930, wurde von der englischen Queen der Titel Baroness verliehen; die britischen Krimiautoren verehrten ihr die höchste Auszeichnung, den «Diamond Dagger», und die «Mystery Writers of America» den «Grand Master Award». Die *Frankfurter Rundschau* schrieb: «Ruth Rendell gehört zu den besten Kriminalautorinnen der Welt.»

Als rororo-Taschenbücher liegen u. a. vor: «Durch das Tor zum Himmlischen Frieden» (Nr. 42684), «Die Masken der Mütter» (Nr. 42723), «Die neue Freundin» (Nr. 42778), «In blinder Panik» (Nr. 42798), «Sprich nicht mit Fremden» (Nr. 42869), «Der Fieberbaum» (Nr. 43004), «Die Verschleierte» (Nr. 43092), «Der Tag des Jüngsten Gerichts» (Nr. 43224), «Der Pakt» (Nr. 43293) und als Wunderlich Taschenbücher: «Ruth Rendell's Crime Stories I und II» (Nr. 26226 + 26227) sowie als Doppelband «In blinder Panik / Die Masken der Mütter» (Nr. 26257).

Ruth Rendell

Dämon hinter Spitzenstores

Roman

Deutsch von
Edith Walter

Mit einem Nachwort
von Bernd Jost

WUNDERLICH
TASCHENBUCH

Neuausgabe November 2000
Veröffentlicht im Rowohlt Taschenbuch Verlag GmbH,
Reinbek bei Hamburg, Juni 1984

Die Originalausgabe erschien bei
Hutchinson Publishing Group, London,
unter dem Titel «A Demon in My View»

Umschlaggestaltung Barbara Hanke
Foto: Mauritius Age
Gesamtherstellung Clausen & Bosse, Leck
Printed in Germany
ISBN 3 499 26289 4

Die Hauptpersonen

Arthur Johnson	ist nach außen hin ein biederer Bürger, von dessen geheimen Leidenschaften niemand etwas ahnt.
Anthony Johnson	schreibt eine Dissertation über Psychopathen und weiß nicht, daß einer über ihm wohnt.
Jonathan Dean	zitiert Klassiker, wenn er nicht gerade säuft.
Brian Kotowsky	säuft auch, bis zum bitteren Ende.
Vesta Kotowsky	seine Frau, hat geheimnisvolle Verabredungen.
Helen Garvist	liebt Anthony und will ihren Mann verlassen.
Roger Garvist	liebt seine Frau und ahnt nichts von ihrem Seitensprung.

Der Keller war eine dunkle Höhle. Ein Lattenverschlag reihte sich an den anderen, und alle – bis auf den letzten – waren vollgestopft mit dem unnützen Gerümpel, das sich mit den Jahren in alten Häusern ansammelt: mit kaputten Fahrrädern, schimmligen Lederkoffern, hölzernen Kisten, zerbrochenen Porzellangefäßen, mit Sesseln, denen Armlehnen oder Beine fehlten, gebündelten, vergilbten Zeitungen und einfach fortgeworfenen Rohren, Schläuchen, Stäben, Ringen und Spiralen, die sich inzwischen zu hohen Haufen türmten. Niemand wußte mehr, was sie einmal verschraubt, verschlossen oder zusammengehalten hatten. Der ganze Abfall war mit einer dicken schwarzen Schmutzschicht überzogen. Alles hier unten roch nach Moder und Fäulnis.

Mitten durch den Plunder führte von der Kellertreppe ein Gang durch zwei Mauerbogen in einen leeren Raum, wo in der tiefschwarzen Finsternis, nicht sofort zu erkennen, eine weibliche Gestalt an der Wand lehnte.

Die Taschenlampe in der Hand, kam er die Treppe herunter, knipste die Lampe jedoch erst an, nachdem er die Tür hinter sich geschlossen und verriegelt hatte. Vorsichtig den Abfallhaufen ausweichend, tappte er hinter dem Lichtschein her. Seine Filzpantoffeln schlurrten über den Steinboden, sonst war es totenstill. Dennoch bildete er sich ein, als er den zweiten Raum betrat, er habe einen bebenden Atemzug und ein leises, verängstigtes Keuchen gehört. Er lächelte, obwohl er am ganzen Leib zitterte und die Hand mit der Taschenlampe nicht ruhighalten konnte.

Unter dem zweiten Mauerbogen blieb er stehen, hob die Taschenlampe und ließ das Licht von der linken unteren Ecke hinauf- und hinunter- und ganz langsam nach rechts wandern. Er sah pokkennarbige Wände, eine gesprungene, mit dichten Staub- und Spinnweben behangene Decke, kaputte, längst nicht mehr benutzte elektrische Leitungen und ein klebriges Rinnsal, das aus einem Riß in der Mauer sickerte. Dann beschrieb der Lichtstrahl einen Bogen nach unten und riß die Gestalt der Frau aus der Verborgenheit.

Ihr schönes weißes Gesicht mit den makellosen Zügen und der

reinen Haut blickte ihm starr entgegen. Doch er glaubte im hin und her tanzenden Lichtschein gesehen zu haben, daß sie sich zusammengekrümmt, den schlanken Körper in dem kurzen schwarzen Kleid noch enger an die Mauer gepreßt hatte. An einem Arm hatte sie eine Handtasche hängen, und sie trug ausgetretene schwarze Schuhe. Er sagte nichts. Er hatte nie gewußt, wie man mit Frauen sprach. Mit Frauen hatte er seit jeher nur eines anzufangen gewußt. Lächelnd ging er auf sie zu und tat es.

Zuerst legte er die Taschenlampe in Kniehöhe auf einen Mauervorsprung, so daß die Frau im Schatten stand und er sich in eine enge Gasse versetzt fühlte, die von einer einzigen Straßenlaterne spärlich erleuchtet wurde. Dann trat er dicht vor die vor Angst gelähmte Gestalt und legte ihr die Hände um den Hals. Sie wehrte sich nicht, obwohl ihm viel lieber gewesen wäre, wenn sie Widerstand geleistet hätte.

Noch immer keine Gegenwehr, doch was dann geschah, war fast genauso befriedigend. Er drückte ihr die Kehle zu, bis seine Fingerspitzen zusammenstießen, sein Zeigefinger sich gegen den Daumen preßte. Das schöne weiße Gesicht veränderte sich, verzerrte sich im Todeskampf vor Schmerz, schien zu schrumpfen und einzufallen. Er stöhnte und keuchte auf, als ihr Körper zur Seite sackte. Er ließ sie los, von seinem inneren Erdbeben geschüttelt, und sie fiel steif der Länge nach mit dem Gesicht nach unten in den von seinen Pantoffeln mit Fußspuren übersäten Dreck.

Er brauchte ein paar Minuten, um sich zu erholen. Er wischte sich Hände und Mundwinkel mit einem sauberen weißen Taschentuch ab. Er schloß die Augen, öffnete sie wieder, seufzte. Dann bückte er sich, hob die Schaufensterpuppe aus Plastik auf und lehnte sie wieder an die Wand. Ihr Gesicht war noch immer eingebeult. Er staubte es mit dem Taschentuch ab, steckte die Finger durch einen Schlitz im Hals, der jedesmal größer wurde, wenn er sie ermordete, und schubste die nach innen gestülpte Nase, die eingedrückten Augen und das Kinn nach außen, bis die Puppe wieder so makellos schön war wie vorher.

Er strich ihr das Kleid glatt, hängte ihr die Tasche über den Arm. Nun war sie wieder bereit, für ihn zu sterben – in einer Woche, in vierzehn Tagen vielleicht. Aber sie würde auf ihn warten. Einfach zu wissen, daß sie da war und auf ihn wartete, war gut. Es war das Beste in seinem Leben.

I

Die Häuser waren Menschengehege, kleine, ungemütliche Ameisenhaufen. Fast jedes war, obwohl nur für eine Familie gebaut, in vier oder fünf Wohnungen unterteilt worden. Daß hier keine begüterten Schichten wohnten, sah man an den zahlreichen Klingeln – sieben an einem Haus mit acht Zimmern, an den Abfalltonnen, die in den Vorgärten die Rosensträucher verdrängt hatten. Doch der allmähliche Verfall zeigte sich in einem mit Pappe abgedichteten zerbrochenen Fenster, einem notdürftig mit Draht reparierten Balkongitter, einer kaputten Gartentür, die unaufhörlich aufklaffte und monoton gegen den Pfosten schlug.

Auf der linken Seite der Trinity Road waren die Häuser hoch und hatten hochliegende Kellergeschosse, so daß die Treppen, die zu den Haustüren führten, wie Sturmböcke in das innerste Herz dieser Häuser vorzustoßen schienen. Ihnen gegenüber standen Reihenhäuser aus braunen Backsteinen. Sie wirkten ärmlicher und waren nur drei Stockwerke hoch. Vor Nummer 142 parkte ein großer, glänzender Wagen, ein grüner Jaguar. Im Heckfenster lag ein Spielzeughund, der bei der geringsten Erschütterung mit dem Kopf nickte, und in der Mitte der Windschutzscheibe hing hinter dem Rückspiegel eine blonde Puppe in einem Bikini.

Der Wagen paßte nicht in die Trinity Road. Fahrzeuge seiner Klasse preschten hier höchstens durch, ohne anzuhalten. Unmittelbar hinter der niedrigen Mauer, die den Vorgarten von Nr. 142 einfriedete, wuchsen zwei gestutzte Linden. Die Stümpfe ihrer Kronen waren dicht belaubt und sahen mit ihren lederartigen Blättern wie Überbleibsel prähistorischer Vegetation aus. Dahinter lag ein kleiner brauner Rasen. Das Erkerfenster im Erdgeschoß hatte einen orangefarbenen Vorhang, die Gardinen in den beiden Fenstern darüber waren frühlingsgrün. Sie waren zerschlissen, und einer hatte einen breiten Riß. Der braune Samtvorhang im obersten Stockwerk war nach beiden Seiten gerafft, und man sah hauptsächlich den gerüschten Store, der wie das Oberteil eines verspielten Nachthemds aussah.

Flache, zerschrammte Stufen aus rosa Granit, die schon lange nicht mehr poliert worden waren, führten zu einer Haustür von unbestimmter Farbe. Sie hätte grün, braun oder grau sein können, so lange war es her, seit sie frisch gestrichen worden war. Nur die getönten Scheiben der Tür hatten sich den schwachen Glanz bewahrt, den sie seit jeher gehabt hatten – das stumpfe Grün des Gummibaums und das gedämpfte Kastanienbraun des wilden Weins waren hier vorherrschend, Farben, wie man sie in bunten Kirchenfenstern aus dem vorigen Jahrhundert häufig findet.

Neben dem untersten der fünf Klingelknöpfe fehlte das Namensschild. Die anderen wären für einen Psychologen sehr interessant und aufschlußreich gewesen. Unter der obersten Klingel steckte ein mit Maschine geschriebenes Schild in einer Klarsichthülle: «Apartment 2, Mr. A. Johnson». Auf dem nächsten Schild, einem mit Tesafilm befestigten Kärtchen, stand in einer schwungvollen Handschrift: «Jonathan Dean», während unter der dritten Klingel zwei Namen miteinander um die Vorherrschaft zu streiten schienen. Der eine auf einem braunen Plastikschild mit Prägedruck lautete «B. Kotowsky, Apartment 1» und dicht daneben, mit Klebstoff befestigt, eine mit Filzstift beschriftete Karte «Mrs. V. Kotowsky». Das letzte Schild war ein verspieltes Oval aus orangefarbener Pappe, und unter einigen kunstvoll hingepinselten chinesischen Schriftzeichen las der Besucher «Zimmer 1, Li-li Chan».

Der Platz unter der letzten Klingel war genauso leer wie das Zimmer 2, zu dem sie gehörte.

Zwischen der Tür des unbewohnten Zimmers und dem diagonal verlaufenden Treppenbogen hatte der Hauswirt Stanley Caspian in einem schäbigen, fensterlosen Kämmerchen sein Büro. Es war mit einem Schreibtisch und zwei Wiener Stühlen ausgestattet. Auf dem obersten Brett des von Papieren überquellenden Regals an der Rückwand standen ein elektrischer Teekessel und ein paar Tassen mit Untertassen. Die Eingangshalle selbst war leer bis auf einen rechteckigen Mahagonitisch, der dem Badezimmer gegenüber ans Treppengeländer gerückt worden war.

Stanley Caspian saß hinter dem Schreibtisch, wie immer, wenn er Samstag vormittags in die Nummer 142 zu einer Besprechung mit Arthur Johnson kam. Arthur saß ihm gegenüber auf dem zweiten Stuhl. Auf dem Schreibtisch waren die Mietbücher und Schecks der Hausbewohner ausgebreitet. Jedes Mietbuch hatte einen eigenen braunen Umschlag, auf dem in Druckbuchstaben der Name des Mieters stand. Diese Neuerung hatte Arthur eingeführt, und er hatte auch die Umschläge beschriftet. Stanley Caspian trug, die Feder fest aufdrückend, die letzten Zahlungen in die Mietbücher ein. Das Schreiben strengte ihn sehr an, und er machte nach jedem Wort und nach jeder Zahl einen völlig überflüssigen Punkt.

«Heilfroh werde ich sein, wenn dieser Dean endlich ausgezogen ist», sagte er, nachdem er die letzten fünfzig Pence eingetragen und den letzten Punkt gesetzt hatte. «Mitte nächsten Monats geht er.»

«Samt seinem Grammophon», fuhr Arthur fort, «und samt den leeren Weinflaschen, mit denen er unsere Mülltonnen verstopft. Ich bin überzeugt, wir werden alle erleichtert aufatmen.»

«Kotowsky nicht, der hat dann keinen Saufkumpan mehr. Trotzdem bin ich dankbar, daß Dean selbst gekündigt hat. Seit das neue Mietgesetz in Kraft getreten ist, wirst du als Hausbesitzer solche Kerle nicht mehr los. Setz bitte Teewasser auf, mein Alter, mir ist nach einem zweiten Frühstück zumute.»

Und nach einem ersten und dritten und vierten, dachte Arthur. Er steckte den Stecker des Teekessels ein und stellte Tassen und Untertassen auf den Tisch. Ihm wäre nicht im Traum eingefallen, um diese Zeit etwas zu essen, aber Stanley, der ungeheuer fett war und mit seinem Bauch beinahe die Knopfleiste seines Hemdes mit der enormen Kragenweite sprengte, öffnete eines der Päckchen, die er mitgebracht hatte, und verschlang ein mit Schmelzkäse bestrichenes Brot nach dem anderen. Während er mampfte, bekleckerte er sich das Hemd mit Krümel. Er aß hemmungslos wie ein ungewöhnlich dickes altaussehendes Baby. Arthur beobachtete ihn mit unergründlicher Miene. Stanley war ihm weder sympathisch noch unsympathisch. Die meiste Zeit über war er Arthur gleichgültig – wie übrigens alle Menschen. Er wollte nur anerkannt und respektiert werden, mit den richtigen Leuten verkehren und wissen, wohin er gehörte. Mit einer Kopfbewegung wies er auf die Tür hinter sich und sagte:

«Ein kleiner Vogel hat mir gesungen, daß du das Zimmer vermietet hast.»

«Richtig», antwortete Stanley mit vollem Mund. «Ein kleiner chinesischer Vogel wohl, nicht wahr?»

«Ich muß gestehen, daß ich ein bißchen gekränkt war, weil du es Miss Chan früher als mir verraten hast. Du kennst mich, ich bin immer dafür, offen herauszusagen, was ich denke. Und ich war verletzt. Schließlich bin ich dein ältester Mieter. Ich wohne seit zwanzig Jahren hier und kann wohl behaupten, dir nie auch nur den geringsten Ärger gemacht zu haben.»

«Richtig. Ich wünschte, alle wären wie du.»

Arthur tat Pulverkaffee in die Tassen, füllte sie mit kochendem Wasser auf und goß ein wenig kalte Milch dazu. «Zweifellos hattest du deine Gründe.» Er hob die kalten Augen, die von einem so hellen Blau waren, daß sie fast weiß wirkten. «Ich darf nicht so empfindlich sein.»

«Nun ja», meinte Stanley und schaufelte einen ganzen Zuckerberg in seinen Kaffee, «ich war mir nicht ganz klar, wie du es aufnehmen würdest. Der junge Mann, der in Nummer 2 einzieht, trägt nämlich denselben Namen wie du.» Er warf Arthur einen Seitenblick zu und begann zu gackern. «Das ist doch zum Lachen, findest du nicht auch? So ein Zufall, wie? Ich wußte nicht recht, wie du's aufnehmen würdest.»

«Er heißt auch *Arthur Johnson*?»

«Ganz so schlimm ist es nicht. Ach, du meine Güte, du mußt das doch auch komisch finden! Er heißt Anthony Johnson. Ihr werdet aufpassen müssen, daß eure Post nicht durcheinandergerät. Du willst doch nicht, daß er deine Liebesbriefe liest, oder?»

Arthurs Augen schienen noch fahler zu werden, und seine Wangenmuskeln spannten sich, sein Gesicht erstarrte zur Maske. «Ich habe nichts zu verbergen, mein Leben ist ein offenes Buch», erwiderte er ohne jeden Akzent in einer sehr gepflegten und leicht affektierten Sprache.

«Aber das seine vielleicht nicht. Wäre ich hier nicht für alles verantwortlich, mein Alter, würde ich dir sagen, da kannst du dir einen Mordsspaß draus machen.» Stanley hatte das letzte Käsebrot vertilgt und nahm einen Krapfen aus der zweiten Tüte. «‹Das Sexualverhalten des Mannes› wird wohl das offene Buch seines Lebens sein. Er ist ein gutaussehender Junge, und die Mädchen sind bestimmt wie verrückt hinter ihm her. Wahrscheinlich wirkt er auf sie wie Fliegenleim auf die Fliegen.»

Ein solches Gerede war Arthur zuwider, ihm wurde übel dabei. «Ich hoffe nur, du hast ihn nicht blindlings genommen? Hat er einen Job? Hast du dir einen Empfehlungsbrief seiner Bank vorlegen lassen?»

«Alles in Ordnung. Er hat zwei Monate im voraus bezahlt, und das ist für mich eine bessere Empfehlung als der Brief irgendeiner verdammten Bank. Montag zieht er ein.» Stanley stand schwerfällig auf, und es regnete Krümel auf den Schreibtisch, die Umschläge und die Mietbücher. «Werfen wir mal einen Blick in das Zimmer. Meine Frau hat mich gebeten, ihr die Obstschale mitzubringen. Sie meint, der junge Johnson zerschmeißt das Ding ja doch eines Tages.»

Arthur nickte zustimmend. Wenn er und sein Hauswirt überhaupt einer Meinung waren, dann im Hinblick auf die Zerstörungswut der anderen Mieter. Außerdem machte es ihm Spaß, Räume zu betreten, die ihm sonst verschlossen waren. Und für dieses Zimmer interessierte er sich besonders.

Es war klein und mit altem Trödel eingerichtet. Das fand Arthur ganz normal, von einem möblierten Zimmer konnte man nichts anderes erwarten. Ihn störte nur, daß es alles andere als sauber war. Er trat ans Fenster. Stanley, der sich aus einer bunten Sammlung von Porzellangeschirr, Bestecken und Kochtöpfen auf dem Abtropfbrett die Obstschale aus rotem und weißem Muranoglas herausgesucht hatte, bewunderte den einzigen Gegenstand im Raum, der nicht älter als zwanzig Jahre war.

«Das ist ein verdammt schönes Waschbecken», stellte er fest und beklopfte es sachverständig. «Hat mich fünfzehn Pfund gekostet, es installieren zu lassen. Soviel ich mich erinnere, haben es deine Leute montiert.»

«Es war Ausschußware», erwiderte Arthur zerstreut. «Hatte einen Fehler in der Seifenschale.» Er sah aus dem Fenster mit Blick auf den kleinen, von einer Ziegelmauer umgebenen Hof. An einer Stelle ragten die obersten Äste eines Baumes über die Mauer hinaus. Der Hof war zementiert und der Zement mit grünen Flechten überzogen, denn die beiden Senkgruben, die das Abwasser aus den beiden oberen Wohnungen und Jonathan Deans Zimmer aufnahmen, flossen manchmal über. Dem Fenster gegenüber war eine Tür in der Mauer.

«Was gibt's denn da zu sehen?» fragte Stanley nicht allzu freundlich, denn Arthurs Bemerkung über das Waschbecken nagte an ihm.

«Nichts», antwortete Arthur. «Ich habe mir nur eben überlegt, daß er keine besonders schöne Aussicht haben wird.»

«Was erwartest du für sieben Pfund pro Woche? Und du solltest nicht vergessen, daß du dasselbe für eine ganze Wohnung bezahlst, weil mir diese verdammte Regierung verbietet, für unmöblierte Räumlichkeiten mehr zu verlangen. Du hattest Glück, daß du dich dort einnisten konntest, bevor ich mich richtig auskannte. O ja! Aber die Zeiten haben sich geändert. Für sieben Pfund kriegst du heute ein Zimmer mit Ausblick auf eine Kellertür und bist noch froh und dankbar dafür. Richtig?»

«Das ist mir gleich», sagte Arthur. «Mein Namensvetter wird sowieso nur selten zu Hause sein, wie ich annehme.»

«Wenn er ein bißchen Grips hat, bleibt er weg», sagte Stanley, denn im selben Moment dröhnten die triumphalen Klänge des dritten Satzes von Beethovens Achter durch die Zimmerdecke. «Tschaikowski», fügte er sachkundig hinzu. «Dean schwelgt wieder. Mir ist ja etwas Moderneres lieber.»

«Musik hat mir noch nie etwas gegeben.» Arthur ging zur Tür. «Ich muß weitermachen», sagte er. «Heute ist mein Einkaufstag. Kann ich mein Mietbuch wiederhaben?»

Den Einkaufskorb in einer Hand, einen orangefarbenen Wäschesack aus Plastik in der anderen, marschierte Arthur durch die Trinity Road in den Waschsalon in der Brasenose Avenue. Es gab noch einen Waschsalon mit Münzautomaten in Magdalen Hill, aber nach Magdalen Hill ging er tagtäglich zur Arbeit, deshalb zog er am Wochenende einen anderen Weg vor, weil ihm das ein bißchen Abwechslung bot. Schließlich ging er aus gutem Grund nur selten und nie nach Einbruch der Dunkelheit aus.

Anstatt also die Abkürzung durch die Oriel Mews und am *Waterlily*-Pub vorbei zu nehmen, um an die Kreuzung zu gelangen, schlug er den Weg zur Allerseelenkirche ein, wo er als Kind an jedem Sabbat zwei Stunden verbracht hatte, und nie hatte er auch nur eine Zeile seines Textes vergessen. Um vier Uhr hatte Tante Gracie auf ihn gewartet, immer unter einem Regenschirm, wie ihm jetzt schien. Hatte es an Sonntagen immer geregnet, war die Häuserreihe auf dem leicht ansteigenden Gelände gegenüber immer in dunstiges Grau gehüllt gewesen? Die Häuser, die damals hier gestanden hatten, waren längst abgerissen und durch kasernenähnliche Blocks mit Sozialwohnungen ersetzt worden.

Ein kurzes Stück folgte er demselben Weg, den Tante Gracie und er immer gegangen waren. In der Balliol Street überquerte Arthur mit warnend erhobenem Arm den Zebrastreifen und hatte die Genugtuung, daß der K. 12-Bus seinetwegen anhalten mußte. Die St. John's Road hinunter, wo die alten Häuser noch standen – Häuser aus der Jahrhundertwende, die ein wagemutiger, aber irregeleiteter Bauunternehmer mit holländischen Fassaden ausgestattet hatte, und wo hohe Platanen sich mit Laternenmasten aus Beton abwechselten.

Die Angestellte im Waschsalon wünschte Arthur guten Morgen, doch er nickte nur kurz. Da er dem blauen Zeug in dem kleinen Päckchen, das man für fünf Pence kaufen konnte, nicht traute, brachte er immer sein eigenes Waschmittel mit. Er tat auch seine Wäsche selbst in den Trockner, weil er der Angestellten ebenfalls nicht traute. Am wenigsten traute er den anderen Kunden, die seiner Meinung nach stahlen wie die Raben. Daher saß er, ohne mit jemandem ein Wort zu wechseln, geduldig auf einer Bank und wartete, bis nach fünfunddreißig Minuten der Waschvorgang beendet war.

Mit tiefer Zufriedenheit stellte er fest, wie vorteilhaft seine feinen hellblauen Bettlaken und flauschigen Handtücher, seine schneeweiße Unterwäsche und seine Hemden von dem grellbunten Ramsch in den anderen Maschinen abstachen. Während seine Sachen langsam im Trockner rotierten, ging er zum Metzger nebenan und dann in den Gemüseladen. Arthur kaufte nie in Supermärkten, die fast ausschließlich indisches Personal hatten. Dieses ganze Viertel in Kenbourne Vale wimmelte von Indern. Er suchte sich die Lammkoteletts und das Stück Hammel von der Oberschale für den sonntäglichen Braten sehr sorgfältig aus. Was davon übrigblieb, wurde am Montag durch den Fleischwolf gedreht und zu einer Pastete verarbeitet. «Ein Pfund grüne Bohnen, aber suchen Sie bitte kleine heraus.» Sie mußten auf der Zunge zergehen, er hatte den Mund nicht gern voller Fäden.

Dann nach Hause. Wieder wählte er einen anderen Weg. Die Wäsche lag so ordentlich gefaltet im Beutel, daß sie eigentlich nicht mehr gebügelt werden mußte, was er natürlich trotzdem tat. Langsam trottete er die Merton Street hinauf. Noch mehr Sozialwohnungen, Hochhausblocks, die wie Säulen den tiefhängenden, bewölkten Himmel zu tragen schienen. Die Rasenflächen zwischen den Häusern waren, wie Arthur schon oft befriedigt zur Kenntnis genommen hatte, «Für Kinder verboten». Sie spielten auf der

Straße oder hockten trübsinnig auf den Skulpturen, die überall herumstanden und seiner Meinung nach Körperteilen von vorweltlichen Ungeheuern nachempfunden waren, obwohl sie Namen wie «Frühling», «Das soziale Gewissen» oder «Mann und Frau» trugen. Trotzdem war es nicht richtig, daß die Kinder darauf herumsaßen, und auf der Straße spielen sollten sie auch nicht. Ihm hatte Tante Gracie nie erlaubt, auf der Straße zu spielen.

Stanley Caspians Jaguar war nicht mehr da, und auch Kotowskys Ford aus vierter Hand war verschwunden. Im Briefkasten fand er eine Handvoll Gutscheine, für die man eine kleine Probepackung Zahncreme oder Seife bekam, wenn man zugleich eine Riesenflasche Shampoo kaufte. Arthur nahm sich ein paar und stieg die Treppe hinauf. Nach zehn Stufen kam er in den Zwischenstock, wo ein Münzfernsprecher an der Wand hing. Der erste Stock lag vier Stufen höher. Zu seiner Linken lag die Wohnung der Kotowskys, ihm gegenüber die Tür von Jonathan Deans Zimmer und dazwischen das gemeinsame Bad. Deans Tür stand offen, und sein Plattenspieler schmetterte Schostakowitschs Fünfte Symphonie so laut, daß man sie noch im Rathaus von Kenbourne hören mußte. Zweck dieser ohrenbetäubenden Lautstärke war jedoch nur, Jonathan Dean im Badezimmer mit Musik zu versorgen, aus dem er – ein hochgewachsener, rothaariger und rotgesichtiger Mann – jetzt auftauchte. Er war nackt bis auf ein kleines malvenfarbenes Handtuch, das er sich wie einen Lendenschurz um die Hüften geschlungen hatte.

«Der Körper ist mehr als nur äußere Hülle», sagte er hochtrabend, als er Arthur sah.

Arthur errötete leicht. Er war der festen Überzeugung, daß Dean verrückt war, und zwar hauptsächlich deshalb, weil alles, was der Mann sagte, so klang, als zitiere er aus einem Buch. Er wandte den Kopf zu der offenen Tür.

«Wären Sie wohl so freundlich, den Apparat etwas leiser zu stellen, Mr. Dean?» sagte er.

Dean sagte etwas, das sich anhörte wie, Musik habe die Zauberkraft, um auch das wildeste Herz zu besänftigen, und schlug sich dabei auf die Brust, die stark behaart und voller Sommersprossen war. Aber nachdem er seine Tür laut, aber ganz ohne Feindseligkeit hinter sich zugeknallt hatte, dämpfte er Schostakowitsch, und nur noch leises slawisches Gesäusel begleitete Arthur die Treppe hinauf.

Dort war er in seinem ureigensten Reich, denn er bewohnte den ganzen zweiten Stock allein. Mit einem zufriedenen Seufzen setzte er Wäschesack und Einkaufskorb auf der Matte ab und schloß die Tür auf.

2

Arthur bereitete seinen Lunch zu: zwei Lammkoteletts, schaumigen Kartoffelbrei, grüne Bohnen. Er aß weder das tiefgekühlte Zeug noch Konserven. Nur frische Nahrungsmittel taugten etwas, das hatte Tante Gracie ihm beizeiten beigebracht. Und sorgfältig zubereitet mußten sie sein. Er beendete die Mahlzeit mit einem Stück von dem Pflaumenkuchen, den er Donnerstagabend gebakken hatte, und dann spülte er ohne Verzug das Geschirr. Eine von Tante Gracies wichtigsten Lebensregeln war, daß nur eine schlampige Hausfrau schmutziges Geschirr im Spülbecken stehen läßt. Deshalb spülte Arthur immer sofort nach dem Essen ab.

Er ging ins Schlafzimmer. Das Bett war abgezogen. Er bezog es frisch mit rosa Bettwäsche. Arthur konnte in einem schmutzigen Bett nicht schlafen. Beim Kassieren der Miete hatte er einmal zufällig das Bett der Kotowskys gesehen, und es hatte ihm den Appetit aufs Abendessen verdorben.

Mit peinlicher Gründlichkeit staubte er die Schlafzimmermöbel ab und polierte die silbernen Stöpsel von Tante Gracies kristallenen Parfumflakons. Seine Möbel waren alle spätviktorianisch, ein bißchen schwer vielleicht, aber hübsch. Wenn man sie polierte, bekam das Holz einen schönen Seidenglanz. Arthur hatte noch immer ein schlechtes Gewissen, weil er eine Spray-Politur benutzte und nicht das gute, altmodische Wachs. Tante Gracie war nie dafür gewesen, sich eine Arbeit zu erleichtern. Er warf den hauchdünnen Netzstores, die an jedem Fenster der Wohnung hingen, einen kritischen Blick zu. Sie waren für die Waschmaschine zu empfindlich, deshalb wusch er sie einmal im Monat selbst. Eigentlich waren sie erst nächste Woche fällig, doch das Viertel war so rußig und staubig, und nichts schien Ruß und Staub so unwiderstehlich anzuziehen wie ein weißer Netzstore. Er begann sie abzunehmen. Zum zweitenmal an diesem Tag hatte er die Kellertür vor sich.

Die Wohnung der Kotowskys hatte kein Fenster, das auf den Hof hinausging. Man sah die Kellertür nur von seinem und vom Fenster des Zimmers aus, in das sein Namensvetter einziehen würde. Arthur wußte das schon sehr lange – praktisch schon seit er hier wohnte. In seinem Leben hatte sich während dieser zwanzig Jahre kaum etwas geändert. Die Kellertür war nie gestrichen worden, die Steine vielleicht ein wenig nachgedunkelt und der Hof grüner. Nie hat mich jemand beim Überqueren des Hofes beobachtet, dachte er, als er den Store vorsichtig über einen Stuhl legte, nie hat mich jemand beim Betreten des Kellers gesehen. Er starrte wieder hinunter, dachte nach, erinnerte sich . . .

Er war mit Stanley Caspian in die Schule gegangen, und Stanley war schon damals dick, laut und gemein gewesen – ein richtiges Ekel und ein Tyrann.

«Tantchens Liebling! Tantchens Herzblättchen! Wo ist dein Vater, Arthur Johnson?» Und mit einer Erfindungsgabe, die man Stanley nie zugetraut hätte, wenn man seine schulischen Leistungen kannte: «Schleicher, Schisser, Feigling, Bankert Johnson – Tantchens Liebling!»

Mit zunehmendem Alter wird der Mensch gesitteter, zumindest erlegt es einem Zurückhaltung auf. Als sie sich, jeder inzwischen zweiunddreißig, zufällig auf der Trinity Road trafen, war Stanley freundlich, beinahe rücksichtsvoll.

«Ich habe gehört, du hast deine Tante verloren, Arthur. Mein Beileid. Sie war für dich wohl mehr eine Mutter, nicht wahr?»

«Das war sie, ja.»

«Du wirst jetzt eine eigene Wohnung brauchen. Junggesellenbude, wie? Wie wär's denn mit dem obersten Stockwerk in Nummer 142?»

«Ich habe nichts dagegen, es mir einmal anzusehen», antwortete Arthur steif. Er wußte, daß die alte Mrs. Caspian ihrem Sohn ein paar Häuser in West Kenbourne hinterlassen hatte.

Das Haus war damals in einem fürchterlichen Zustand und die oberste Wohnung eine Katastrophe. Aber Arthur sah ihre Möglichkeiten – und für zwei Pfund zehn pro Woche? Er nahm daher Stanleys Angebot an, und ein paar Tage nachdem er mit der Renovierung begonnen hatte, ging er in den Keller, um nachzusehen, ob er dort zufällig eine Malerleiter fand.

Sie lag im letzten Kellerraum auf einem Haufen alter Säcke und

Verdunkelungsvorhänge aus dem letzten Krieg. Sie war nackt, und ihr schlanker Plastikkörper war kalt und schimmerte weiß. Er fand nie heraus, wer sie in den Keller gebracht und wie in einer Gruft liegengelassen hatte. Zuerst war ihm ihr Anblick peinlich gewesen und hatte ihn so verwirrt, wie wenn er ihresgleichen noch unbekleidet in Schaufenstern erblickte, die frisch dekoriert wurden. Aber weil er allein mit ihr war und niemand ihn sehen konnte, wagte er sich näher an sie heran. So also sahen sie aus? Ehrfürchtig, furchtsam und schließlich angewidert betrachtete er die beiden runden Hügel auf ihrer Brust, die weiche, dreieckige Wölbung zwischen ihren geschlossenen Oberschenkeln. Plötzlich überkam ihn der Wunsch, sie anzuziehen. Er hatte im Leben so viel heimlich getan – fast alles, was er gern tat und getan hatte, mußte versteckt und verstohlen geschehen –, daß er jetzt keine Hemmungen hatte, aus der Wohnung ein schwarzes Kleid, eine Handtasche und Schuhe zu holen. Die Sachen hatten Tante Gracie gehört, und er hatte sie aus dem Haus in Magdalen Hill mitgenommen. Man hatte ihm den Rat gegeben, sie einem Wohltätigkeitsverein zu stiften, der sie dann unter den Armen verteilen würde. Doch wie konnte er das tun? Wie hätte er es ertragen können, irgendeine Schlampe aus West Kenbourne in ihren Kleidern paradieren zu sehen?

Seine weiße Dame hatte schlanke Gliedmaßen und war so groß wie er. Das Kleid von Tante Gracie reichte ihr nur knapp bis zu den Knien. Sie hatte gelbes Nylonhaar, das lockig ihr Gesicht einrahmte. Er zog ihr die Schuhe an und hängte ihr die Handtasche über den Arm. Um auch sehen zu können, was er tat, hatte er eine Hundert-Watt-Birne in die Fassung an der Decke geschraubt. Doch eine plötzliche Eingebung sagte ihm, es sei besser, wenn er sie wieder herausnahm. Im Licht einer Taschenlampe wirkte die Puppe lebendig und der Kellerraum mit den unverputzten Steinmauern einer Seitengasse im Hinterland der Straßen einer Stadt. Es war ein Sakrileg, ihr Tante Gracies Kleider anzuziehen, und doch erschien ihm dieses Sakrileg in gewisser Weise nur recht und billig, war ein zusätzlicher Reiz ...

Er hatte sie erwürgt, bevor ihm klar war, was er da tat. Mit bloßen Händen hatte er ihr den kalten, glatten Hals umgedreht. Das Gefühl der Befreiung, das ihn hinterher schüttelte, war beinahe so groß, wie wenn er ein Wesen aus Fleisch und Blut getötet hätte. Er stellte sie wieder an die Wand und wischte ihr den Staub aus dem schönen weißen Gesicht. Wegen eines solchen Mordes brauchte man sich nicht zu verstecken, und man mußte auch nicht vor Angst in Schweiß geraten. Das Gesetz erlaubte ihn. Man durfte nur keine Menschen töten, mit Puppen konnte man tun, was man wollte ...

Er verließ sie und ging auf den Hof hinaus.

Damals hatte außer ihm niemand im Haus gewohnt. Und der Mieter, der schließlich in Zimmer 2 einzog, hatte fünfmal in der Woche Nachtschicht gehabt und war um sechs Uhr aus dem Haus gegangen. Mit seinem Nachfolger verhielt es sich ebenso. Doch bevor es soweit war, hatte Arthur einen Entschluß gefaßt. Sie sollte ihn retten. Sie sollte – wie diejenigen, die ihn einsperren wollten, es nannten – seine Therapie sein. Die Frauen, die in einer dunklen Straße standen und ihr Schicksal selbst herausforderten, galten ihm nichts, ihr Schmerz, ihr Entsetzen interessierten ihn nicht. Ihn interessierte nur sein eigenes Schicksal. Um dagegen anzukämpfen, würde er in ihrer Person tausend Frauen töten. Sie sollte seine Rettung sein. Und dann gab es nichts Bedrohliches für ihn, vorausgesetzt, daß er vorsichtig war, nie nach Einbruch der Dunkelheit ausging und nie einen Tropfen Alkohol trank.

Im Lauf der Zeit wurde er sogar richtig stolz darauf, daß er sich selbst so gut zu helfen wußte. In den Tagen seiner tiefsten Verzweiflung hatte er die Bücher von Fachleuten studiert und wußte jetzt, daß es Unsinn war, wenn sie behaupteten, Männer mit seiner Veranlagung könnten sich nicht beherrschen und ihren Trieb nicht lenken. Er hatte immer gewußt, daß diese Theorien blühender Blödsinn waren. Warum billigte man ihm nicht dieselbe Zuflucht zu wie den Mitgliedern der Anonymen Alkoholiker, dem geheilten Drogensüchtigen?

Aber jetzt? Anthony Johnson. Arthur kannte die Gewohnheiten und den Lebensrhythmus seiner Mitbewohner sehr genau, und er hoffte sehr, daß er bald über den Tagesablauf des neuen Mannes gründlich informiert sein würde. Bestimmt würde Anthony Johnson zwei- oder dreimal wöchentlich abends ausgehen. Er mußte es einfach, denn die Alternative war etwas, an das Arthur nicht einmal denken wollte.

Ihm blieb jedoch nichts anderes übrig, als abzuwarten. Flüchtig dachte er daran, die weiße Dame in seiner Wohnung unterzubringen und hier zu töten, doch er verwarf die Idee sofort wieder. Er wollte nicht, daß seine Begegnungen mit ihr zu einem Spiel verflachten. Es waren der schmutzige Keller, das Halbdunkel und die Tatsache, daß er sich verstohlen hinunterschleichen mußte, die der ganzen Sache Realität verliehen. Nein, sie muß bleiben, wo sie ist, dachte er, und ich muß einfach abwarten. Er wandte sich vom Fenster ab und verdrängte sie gleichzeitig aus seinen Gedanken, denn er wollte sich nicht allzu eingehend mit ihr und dem beschäftigen, was sie wirklich war. Ihm war es lieber, wenn er völlig vergessen konnte, daß sie dort unten stand – bis er sie wieder brauchte.

Und während er die Stores einweichte, überlegte er, daß er tatsächlich heute zum erstenmal seit Jahren in dieser Weise an sie gedacht hatte. Er schob sie beiseite wie ein Mann, der seiner stets verfügbaren Geliebten den Laufpaß gibt, und ging ins Wohnzimmer. Das Sofa und die beiden Lehnsessel waren sechs Monate nach Tante Gracies Tod frisch gepolstert und überzogen worden, aber Arthur hatte sie so geschont, daß sie noch wie neu aussahen. Vorsichtig bearbeitete er das blaue Plüschgewebe mit einer harten Bürste. Die kremfarbenen Hohlsaum-Sofa- und Sesselschoner wusch er am besten mit den Stores mit. Er polierte den ovalen Mahagonitisch, die Mahagonikommode, die Beine und Armlehnen der Stühle. Er klopfte die blauen und braunen Satinkissen auf, fuhr mit dem Flederwisch über die beiden handgemalten Lampenschirme aus Pergament, die Knöpfe des Fernsehers, das Chelsea-Porzellan in der Vitrine. Dann kam der Staubsauger an die Reihe. Daß er die ganze Wohnung mit einem rehbraunen Teppichboden auslegen ließ, hatte ein ordentliches Loch in seine Ersparnisse gerissen, doch es hatte sich gelohnt. Langsam und gründlich schob er den Staubsauger über jeden Zentimeter Boden und ließ sich viel Zeit damit, damit Jonathan Dean das durchdringende Geräusch ebenfalls genießen konnte. Am Ende spülte er die Stores und die Sesselschoner aus und hängte sie tropfnaß über das Trockengestell im Bad. Die Küche und das Bad brauchte er nicht zu säubern, sie putzte er natürlich jeden Morgen nach dem Frühstück.

Als er mit der Arbeit fertig war, setzte Arthur sich in den bequemen Sessel am Vorderfenster und betrachtete durch die offenen Türen die makellos aufgeräumte Wohnung. Es roch nach Möbelpolitur, einem Silberreinigungsmittel, Seife und Armschmalz. Eine Episode aus seiner Kindheit fiel ihm ein. Er war damals ungefähr elf, und Tante Gracie hatte ihn, weil er das Fenster seines

Zimmers nicht sauber genug geputzt hatte, mit drei Pence in den Laden um die Ecke geschickt.

«Dafür kaufst du ein Pfund Armschmalz, Arthur», hatte sie gesagt. «Lauf zu, und komm sofort wieder zurück!»

Mr. Winter, der Ladenbesitzer, hatte sich beinahe schiefgelacht, aber er hatte Arthur nicht erklärt, warum er kein Armschmalz führte, und er mußte unverrichteterdinge wieder abziehen.

«Natürlich hat er gelacht», sagte Tante Gracie. «Und ich hoffe, das wird dir eine Lehre sein.» Sie boxte Arthur in den dünnen Oberarm. «Da muß das Armschmalz stecken! Man kann es nicht kaufen, man muß es sich antrainieren.»

Arthur war ihr nicht böse gewesen. Sie wollte nur sein Bestes. Sollte er je ein Kind erziehen müssen, würde er genauso handeln. Kinder mußten mit Strenge angefaßt werden, und ihn hatte Tante Gracies Strenge auf den rechten Weg geführt. Wäre sie mit ihm zufrieden, wenn sie ihn jetzt sehen könnte? Wenn sie sehen könnte, daß seine Wohnung blitzsauber war, daß er eine Menge Geld gespart hatte und ein ordentliches Leben führte? In zwanzig Jahren hatte er bei Grainger's nicht einen einzigen Tag gefehlt. Ja, vielleicht wäre sie zufrieden, obwohl sie immer etwas an ihm auszusetzen gehabt hatte. Nie hatte er jenen Gipfel der Vollkommenheit erreicht, der, ihrer Meinung nach, das Ziel eines jeden Menschen sein mußte, der die Pflicht hatte, sich vom Makel seiner Geburt und seiner Herkunft reinzuwaschen.

Arthur seufzte. Er hätte das Chelsea-Porzellan abspülen sollen. Es hatte keinen Sinn, sich einzureden, daß es sauber wurde, wenn er es mit dem Flederwisch abstaubte. Müde, aber entschlossen weiterzurackern, stellte er die Schäferinnen, befrackten Herren, Hündchen und kleinen Blumenkörbe auf ein Tablett und trug sie in die Küche.

3

Arthur hatte einen gesunden Schlaf. Kaum fünf Minuten nachdem er den Kopf auf das Kissen gelegt hatte, war er eingeschlafen und wachte meist erst wieder auf, wenn am Morgen um halb acht der Wecker klingelte. Diese Fähigkeit, gut und traumlos zu schlafen, strafte wiederum die stummen Kritiker, die unsichtbare Armee von Psychiatern Lügen, deren Aussagen er zwar gelesen, aber nie gehört hatte und die ihn, wie er vermutete, sehr ungünstig beurteilen würden – Was geradezu lächerlich war: Neurotische Menschen und Hysteriker schliefen schlecht. Arthur wußte, daß er ein normaler Mann war, der – wie übrigens alle normalen Männer – eine kleine Absonderlichkeit hatte, die er sehr gut kontrollieren konnte.

Da er den kürzesten Weg zur Arbeit hatte, verließ er das Haus als letzter und war als erster wieder daheim. Jonathan Dean ging als erster, und zwar fünf Minuten nach acht, wenn Arthur noch im Bad war. An diesem Montagmorgen warf Dean die Wohnungstür so laut zu, daß das Badewasser tatsächlich in Bewegung geriet und hin und her schwappte. Auch die Haustür fiel krachend ins Schloß. Arthur trocknete sich ab und zog sich aus Gründen der Schicklichkeit den Bademantel an, bevor er Wanne, Waschbecken und Fußboden gründlich säuberte. Sobald er damit fertig war, öffnete er seine Wohnungstür und ließ sie angelehnt.

Die Kotowskys stürzten aus ihrer Wohnung, während er sich seine Frühstückscornflakes zurechtmachte. Sie stritten, wie gewöhnlich.

«Schön, schön, schön», rief Brian Kotowsky, «ich hab's kapiert. Du hast mir dreimal gesagt, daß du heute abend nicht zu Hause bist.»

«Ich will nur nicht, daß du wieder alle meine Freunde anrufst und fragst, wo ich bin.»

«Das kannst du leicht verhindern, indem du mir sagst, wo du sein wirst, Vesta.»

Immer noch aufeinander herumhackend, polterten sie die Treppe hinunter, aber Vesta Kotowskys Antwort hörte Arthur nicht mehr. Die Haustür fiel ziemlich leise hinter ihnen zu, was bedeutete, daß Vesta sie geschlossen hatte. Arthur ging zum Wohnzimmerfenster und sah zu, wie sie in den schäbigen Ford stiegen, der tagein, tagaus, ob bei Regen oder Sonnenschein, auf der Straße parkte. Arthur war aufrichtig froh, daß er nie geheiratet, sondern im Gegenteil einen fast verzweifelten Schritt gewagt hatte, um der Ehe zu entgehen.

Als er in die Küche zurückkam, hörte er Li-li Chan im Zwischenstock telefonieren. Li-li sprach recht gut Englisch, doch es klang, als plappere ein sprachbegabter Vogel. Sie hatte eine hohe Stimme und verschluckte Buchstaben, und sie kicherte ununterbrochen, meist völlig ohne Grund.

Sie kicherte auch jetzt ins Telefon. «Du holst mich bald ab? Viertel vor neun? Du bist wirklich ein sehr, sehr netter Mann. Ob ich dich liebe? Ich weiß nicht. O ja, ja, ich liebe dich. Ich liebe viele, viele Menschen. Tschüs.» Und kichernd stieg Li-li die Treppe wieder hinunter.

Arthur schnaubte verächtlich, aber nicht so laut, daß sie es hörte. Die Londoner Verkehrsbetriebe wurden durch sie bestimmt nicht reich. Glaub nicht, daß sie auch nur einen Penny für Bahn oder Bus ausgibt, dachte er – und düster: Möchte wissen, was die Männer an ihr finden? Doch darüber wollte er nicht nachdenken. Es war zu abstoßend.

Viertel vor neun verließ sie das Haus, auf den Schlag genau. Sie machte die Haustür immer so leise zu, als habe sie etwas zu verbergen. Ein gutgebauter, frisch aussehender junger Engländer in einem roten Sportwagen wartete auf sie. Er sollte sich schämen, dachte Arthur. Aber diese jungen Männer verschuldeten ihr Schicksal selbst, sie hatten einfach keine Selbstdisziplin.

Jetzt war Arthur allein im Haus. Er frühstückte ohne Hast, spülte das Geschirr und wischte die Küchenmöbel ab. Die Post kam um neun. Während er das Jackett seines zweitbesten Anzugs ausbürstete, klapperte der Briefkasten unten im Haus. Arthur holte die Post immer heraus und legte sie sortiert auf den Tisch in der Halle.

Aber zuerst mußte er den Müll hinunterbringen. Bevor er die Wohnung verließ, warf er einen raschen Blick in den Spiegel, um zu sehen, ob seine Krawatte richtig saß und das weiße Einstecktuch in seiner Brusttasche ordentlich gefaltet war. Ob nun jemand im Haus war oder nicht – Arthur wäre es nie im Traum eingefallen, unkorrekt angezogen hinunterzugehen. Ebensowenig wie er einen Fuß aus dem Haus setzte, ohne die Wohnungstür zuzusperren. Er schloß auch ab, wenn er nur zur Mülltonne ging. Wieder einmal war sie vollgestopft mit gelblichen, fauligen Sojabohnensprossen. Wieder diese verschwenderische Li-li! Er mußte es Stanley Caspian endlich begreiflich machen, daß eine Mülltonne für fünf Leute – sechs, wenn der neue Mann heute kam – einfach nicht genügte.

Arthur schloß die Tür auf, betrat das Haus und nahm die Post aus dem Briefkasten. Der allwöchentliche Brief mit dem Stempel Taiwan von Li-lis Vater, der sich den westlichen Sitten nicht angepaßt hatte und als Absender stets Chan Ah Feng schrieb. Armer, vertrauensseliger Mann, dachte Arthur, was weißt du schon von deiner Tochter? Eine weitere Rechnung für Jonathan Dean. Demnächst würde seinetwegen noch der Gerichtsvollzieher hier erscheinen und das Haus in Verruf bringen. Zwei Briefe für die Kotowskys – einer für sie, der andere für beide gemeinsam. Nichts Aufregendes also, dasselbe wie immer.

Er ordnete die Postwurfsendungen und Warengutscheine – wer aus Schlamperei so liederlich mit ihnen umging, konnte er sich nicht vorstellen – und legte dann die Briefe Kante an Kante auf dem Tisch aus. Zehn nach neun. Mit einem bedauernden Seufzer, weil es so angenehm war, das Haus für sich allein zu haben, ging Arthur hinauf und holte seine Aktenmappe. Er brauchte sie eigentlich überhaupt nicht, weil er sich nie Arbeit nach Hause nahm, aber Tante Gracie hatte ihm an seinem einundzwanzigsten Geburtstag die erste geschenkt, und seither hatte er sie dreimal durch neue ersetzt. Außerdem machte es sich gut. Tante Gracie pflegte zu sagen, ein Mann, der ohne Aktenmappe zur Arbeit gehe, sei ebenso mangelhaft gekleidet wie eine Dame ohne Handschuhe.

Er schloß seine Tür und prüfte nach, ob sie auch richtig zugeschnappt war. Wieder die Treppen hinunter und hinaus auf die Trinity Street. Ein schöner, sonniger Tag, aber schon ein wenig herbstlich. Doch was konnte man Ende September anderes erwarten?

Der Arbeitsbeginn bei der Baufirma Grainger war auf halb zehn festgesetzt, und Arthur hatte noch etwas Zeit. Er blieb ein wenig vor dem Haus stehen, in dem er mit Tante Gracie gewohnt hatte. Es lag an der Ecke Balliol Street und Magdalen Hill, genau an dem Punkt, an dem Magdalen Hill zur Kenbourne Lane wurde. Ein hohes, schmalbrüstiges Haus, zum Abbruch verurteilt wie seine Nachbarn. Die Haustür und der Kellereingang waren mit Wellblech abgedichtet, um Stadtstreicher und andere Obdachlose fernzuhalten. Arthur fragte sich oft, was Tante Gracie sagen würde, wenn sie das Haus jetzt sehen könnte, doch er war völlig damit einverstanden, daß man es unzugänglich gemacht hatte. Er blieb an der Gartentür stehen und blickte zu dem mit Brettern verschlagenen Rechteck hinauf, das sein Zimmerfenster gewesen war.

Tante Gracie war sehr gut zu ihm gewesen. Er konnte ihr nie vergelten, was sie für ihn getan hatte, selbst wenn er sich bis zu seinem letzten Atemzug noch so sehr anstrengte. Er wußte genau, was sie alles für ihn getan hatte, denn abgesehen von den greifbaren Beweisen um ihn herum, hatte sie nie eine Gelegenheit versäumt, es ihm zu sagen.

«Nach allem, was ich für dich getan habe, Arthur!»

Sie hatte ihn seiner Mutter, ihrer eigenen Schwester, abgekauft, als er zwei Monate alt gewesen war.

«Hundert Pfund hat sie verlangt, stell dir das vor, Arthur! Und ein Hunderter war damals eine Menge Geld. Wir haben sie nie wiedergesehen, sie war weg wie ein geölter Blitz.»

Tante Gracie hatte eine Vorliebe für «fette» Vergleiche gehabt. Armschmalz, geölter Blitz ... «Dich laß ich noch in deinem eigenen Fett schmoren, Arthur! – Du hast wohl wieder mal Butter auf dem Kopf, wie?»

Sie klärte ihn über die näheren Umstände seiner Geburt auf, sobald sie glaubte, er sei alt genug, sie zu begreifen. Unglücklicherweise hatten Stanley Caspian und seine Kumpane ihn schon ein paar Monate früher für alt genug gehalten. Aber das war nicht Tante Gracies Schuld. Und sie hatte seine Mutter oder seinen Vater – wer immer das sein mochte – nie erwähnt. Aber in dem Zimmer dort oben – bei offener Tür natürlich, weil Tante Gracie darauf bestand, daß sie offen blieb – hatte er unzählige Stunden seiner Kindheit damit verbracht, herumzurätseln, wer sein Vater sein mochte. Wie dumm Kinder waren – und wie undankbar ...

Arthur riß sich zusammen und hüstelte leicht. Gleich würden die Leute anfangen, ihn anzustarren, und er vermied geradezu ängstlich, Aufmerksamkeit zu erregen. Warum, um Himmels willen, stand er auch hier herum und träumte vor sich hin? Schließlich kam er seit Jahren tagtäglich an dem Haus vorbei, und es hatte sich nichts Ungewöhnliches ereignet, das ein solches Verhalten gerechtfertigt hätte. Und doch, es gab einen Grund – den neuen Mieter von Zimmer 2. Da war es nur natürlich, daß er sich heute ein bißchen mit seiner Vergangenheit beschäftigte. Natürlich, ja, aber nicht ratsam. Die Uhr der Allerseelenkirche schlug die halbe Stunde, und Arthur ging rasch weiter.

Zwischen dem Haus und dem Gelände der Firma Grainger lag etwa ein halber Morgen Ödland, wo die Häuser schon abgerissen worden waren, aber noch keine Neubauten standen. Dahinter lag die U-Bahnstation.

Arthur schloß das zweiflügelige Tor auf und ging auf die Baracke aus Glas und Zedernholz zu, die sein Büro war. Der Junge, der Tee kochte, ausfegte, Botengänge erledigte und am Morgen aufsperren sollte, war noch nicht da. Typisch. Er käme bestimmt nicht jeden Tag zu spät, wenn er eine Tante Gracie hätte, die ihm seine Tranigkeit austrieb.

Nachdem Arthur die Jalousien hochgezogen hatte, um die Sonne in den kleinen, ordentlichen Raum hereinzulassen, nahm er die Hülle von der Schreibmaschine. Seit Freitag war eine Menge Post eingegangen, hauptsächlich Schecks zur Begleichung offener Rechnungen. Ein Kunde schrieb verärgert, Grainger habe statt der verchromten Edelstahlspüle, die er bestellt habe, eine pastellblaue in seiner Küche installiert. Arthur las den Brief sorgfältig durch und überlegte, wie er den Mann auf diplomatische Weise beschwichtigen konnte.

Fragte ihn jemand nach seinem Beruf, antwortete er, er sei Abteilungsleiter. Tatsächlich hatte er noch nie etwas geleitet und hätte auch gar nicht gewußt, wie er sich anderen gegenüber durchsetzen sollte. Seine Arbeit bestand einfach darin, von halb zehn bis fünf an seinem Schreibtisch zu sitzen, das Telefon zu bedienen, Rechnungen zu schreiben und wegzuschicken und die Bücher zu führen. Er kannte diese Arbeit in- und auswendig und hätte sie im Schlaf erledigen können, doch sie machte ihn immer noch nervös, weil er immer Tante Gracies hohe Anforderungen vor Augen hatte.

«Verschiebe nie auf morgen, Arthur, was du heute kannst besorgen», pflegte sie zu sagen. «Denk immer daran, jede Arbeit, die es wert ist, getan zu werden, ist es auch wert, daß sie gut getan wird. Dein Arbeitgeber vertraut dir. Er hat dir eine verantwortungsvolle Stellung gegeben, und an dir ist es jetzt, ihn nicht zu enttäuschen.»

Mit diesen oder ähnlichen Worten hatte sie ihn eine Woche nach seinem vierzehnten Geburtstag als Laufbursche zu Grainger geschickt. Also hatte er besser ausgekehrt als alle anderen, besseren Tee gemacht als alle anderen. Mit einundzwanzig hatte er die Stellung bekommen, die er jetzt noch innehatte und in der er dafür sorgen mußte, daß das Dach eines Grainger-Kunden besser repariert wurde als alle anderen Dächer, daß der Küchenboden sorgfältiger gelegt wurde als alle anderen Küchenböden. Und er hatte dafür gesorgt. Er war unersetzlich.

Sehr geehrter Herr – tippte Arthur –, *mit größtem Bedauern entnehme ich Ihrem Schreiben, daß die Spüle «Rosenknospe de Luxe» (Typ E/4283, pastellblau) leider ...*

Barry Hopkins latschte, einen Bubble Gum kauend, ins Büro.

«Hallo», sagte er lässig.

«Guten Morgen, Barry. Ein bißchen spät dran, wie? Weißt du, wie spät es ist?»

«So um halb zehn rum», sagte Barry.

«Ich verstehe. So um halb zehn rum. Von allen leichtsinnigen und unfähigen ...» Am liebsten hätte Arthur ihn ins Lager um ein Pfund Armschmalz geschickt, aber die jungen Leute fielen heute auf so etwas nicht mehr herein. «Nimm das scheußliche Zeug aus dem Mund!» fauchte er statt dessen.

Barry beachtete ihn nicht. Er ließ den aquamarinblauen Kaugummi zu einer riesigen Blase anschwellen und dann mit einem leisen Plopp platzen. Faul am Fenster lümmelnd, sagte er:

«Der alte Grainger kommt über den Hof.»

Arthur hatte das Gefühl, einen elektrischen Stromstoß bekommen zu haben. Er setzte eine Miene auf, die gleichzeitig Pflichttreue, Eigendünkel und kriecherisch lächelnde Einfalt ausdrückte, und legte die Hände auf die Tasten der Schreibmaschine.

4

Anthony Johnson hatte keine Möbel. Außer ein paar Kleidern und einer Unmenge von Büchern besaß er überhaupt nichts. Sie hatte er in einem alten Schrankkoffer und einer Segeltuchtasche in die Trinity Road 142 transportiert. Es waren Bücher über Soziologie, Psychologie, sein Wörterbuch der Psychologie und das Standardwerk, das für jeden Studenten dieses Fachs unentbehrlich ist: *Der Psychopath* von William und Joan McCord. Was er sonst an Sekundärliteratur brauchte, konnte er sich im Britischen Museum oder in der ausgezeichneten Bibliothek für Kriminologie besorgen – der besten von London, wie es hieß –, die im Radclyffe College in Kenbourne Vale untergebracht war. In dieser Bibliothek wollte er auch seine Dissertation schreiben. Sie sollte den Titel *Einige Aspekte der psychopathischen Persönlichkeit* tragen und ihm, wie er hoffte, den

Titel eines Doktors der Philosophie der Universität London einbringen.

Einen Teil, dachte er, Zimmer 2 kritisch betrachtend, werde ich hier schreiben müssen. In dem Kaminsessel wahrscheinlich, der mit Resten eines Damentweedrocks ausgebessert schien. Auf dem windschiefen Klapptisch, unter der Hängelampe, die wie eine riesige Plastikqualle aus einem Scherzartikelladen aussah. Nun, er wollte seinen Dr. phil. machen, und das war der Preis, den er dafür bezahlen mußte. Dr. Johnson. Er selbst würde sich natürlich nicht Doktor nennen. Helen war es, die ihn darauf hingewiesen hatte, daß in diesem Land der Widersprüchlichkeiten ein Bakkalaureus der Medizin mit «Doktor» angesprochen, der Doktor der Philosophie aber «Mister» genannt wurde. Auch sie hatte es sehr lustig gefunden, daß er Dr. Johnson sein würde. Ihm war die Übereinstimmung erst aufgefallen, als sie Epigramme zitiert und James Boswell erwähnt hatte. Doch so war es immer. Manchmal dachte er, daß er trotz seines hervorragenden Abschneidens in Cambridge, seines Diploms in Soziologie und seiner Erfahrung in der Armenfürsorge, seiner Arbeit bei Kranken und Behinderten an den wichtigen Dingen vorbeigelebt und sein Blick erst geschärft worden war, seit er Helen kennengelernt hatte. Erst durch sie hatte er zur richtigen Einsicht gefunden, sie war es, die ihm die Augen geöffnet hatte.

Er stand, während er das dachte, vor Stanley Caspians grünspanfleckigem, mit Fingerabdrücken übersäten Spiegel und betrachtete sich selbst. Er war nicht eitel und dachte kaum einmal über sein Aussehen nach. Daß er groß, schlank und muskulös war, ein geradliniges Gesicht und dichtes blondes Haar hatte, war für ihn nur deshalb von Bedeutung gewesen, weil man daraus auf eine robuste Gesundheit schließen konnte. In letzter Zeit war er jedoch nachdenklich geworden. Er fragte sich, was Roger ihm voraus hatte. Da war er, Anthony, gut aussehend, lebhaft, ein guter Gesellschafter, gebildet, mit erstklassigen Berufsaussichten – und dort Roger, dümmlich und langweilig, ein Haustyrann, der sich einzig und allein als Pistolenschütze hervortat. Aber er wußte natürlich, daß es gar nicht darum ging. Es war nur so, daß Helen, trotz ihrer Klugheit, nicht wußte, was sie wollte.

Um ihr die Möglichkeit zu geben, zu sich selbst zu finden, und um ihr die Entscheidung zu erleichtern, war er hierhergekommen. Daß ihm hier die Bibliothek zur Verfügung stand, war natürlich ein Vorteil, aber er hätte seine Dissertation auch ohne Schwierigkeiten in Bristol schreiben können. Aber hieß es nicht, daß eine Trennung das Herz sehnsüchtiger machte und die Liebe stärkte? Wäre er zu seinen Eltern nach York gegangen, hätte sie ihn jeden Abend anrufen können. Er würde ihr die hiesige Telefonnummer nicht geben – er wußte sie auch selbst noch nicht –, und er wollte sich auch nicht mit ihr in Verbindung setzen, außer am letzten Mittwoch des Monats, wenn Roger im Schützenverein war. Schreiben konnte er ihr überhaupt nicht, weil die Gefahr bestand, daß Roger den Brief abfing. Sie wollte ihm einmal in der Woche einen Brief schicken. Während er seine Bücher auspackte, überlegte er, wie sich das auf ihre Beziehung auswirken würde, ob es klug von ihm gewesen war, ihre Vorschläge zu akzeptieren und sich ganz nach ihr zu richten? Er hatte ihr jedoch eine Frist gesetzt. Bis November mußte sie sich entschieden haben, ob sie in ihrem Gefängnis bleiben oder zu ihm kommen wollte, um mit ihm in Freiheit frische Luft zu atmen.

Er öffnete das Fenster, weil es im Zimmer muffig roch. Draußen war ein enger Hof. Darüber ein Stück Himmel, das noch von den Blättern eines Baumes beschnitten wurde, der über die Backsteinmauer ragte, die in einer Entfernung von etwa vier Metern einen rechten Winkel bildete und den Himmel noch einmal verkürzte. In der Mauer, die von größeren und kleineren Rohren wie von Lianen überzogen war, befand sich eine Tür. Da er weder neben der Tür noch irgendwo in ihrer Nähe ein Fenster entdecken konnte, kam Anthony zu dem Schluß, daß sie in einen Keller führen mußte.

Fünf Uhr. Er mußte sich ein paar Lebensmittel besorgen, um sich auf dem altersschwachen Gaskocher etwas kochen zu können. In der Halle roch es ganz schwach nach Gewürznelken und weniger schwach nach alten, ungewaschenen Kleidern. Die Tür zwischen seiner Behausung und Zimmer 1 führte bestimmt ins Bad und die zweite, rechts vom Tisch des alten Caspian, in die Toilette. Er fragte sich, was für eine Frau oder was für ein Mädchen Miss Chan wohl war und ob sie immer ausgerechnet dann das Bad besetzt halten würde, wenn er es benutzen wollte. Dann trat er ins Freie.

Trinity Road. Sie führte ihn über die Oriel Mews in die Balliol Street. Die Londoner Straßennamen, dachte er, verdienen eine eigene historische Abhandlung. Irgend jemand mußte doch wissen, warum die Straßen in Hamstead nach Orten in Devon hießen und das Gewirr in Cricklewood nach Hebridischen Inseln. Waren die

Barbara, die Dorinda und die Lesley, nach denen die Straßen nördlich der City benannt worden waren, einst drei Dorfschönheiten von Barnsbury? Wohnte ein Zauberer in der Warlock Road, Kilburn Park, und wer war die Sylvia von Sylvia Gardens in Wembley? In der Ecke von Kenbourne Vale, in die es Anthony Johnson verschlagen hatte, trugen die verwahrlosten Straßen und Gassen ausgerechnet die Namen ehrwürdiger Oxford-Colleges.

Es konnte kein beabsichtigter grausamer Scherz sein. Der Stadtrat oder Städteplaner mußte es für einen Geistesblitz gehalten haben, als er sie Trinity Road, All Souls' Grove, Magdalen Hill, Brasenose Avenue und Wadham Street nannte. Es stand für Anthony jedoch fest, daß der Mann nie in Oxford studiert haben, nie durch die abgeschlossenen College-Höfe der Universitätsstadt geschlendert sein konnte. Ja, nicht einmal ihre verträumten Türme hatte er gesehen.

Derart phantasievolle Gedanken wären ihm früher nie gekommen. Helen hatte ihn gelehrt, die Welt mit ihren Augen zu sehen, Zusammenhänge zu entdecken, zu vergleichen und zu träumen. Sie war ganz Phantasie, er praktischer Verstand. Und da er nun einmal praktisch war, merkte er sich so irdische Dinge wie das *Vale Café* für schnelle und billige Mahlzeiten, *Kemal's Kebab House*, aus dem es nach Kreuzkümmel, Sesam und Bockshornklee duftete, wenn er gelegentlich ein bißchen üppiger essen wollte, ein Pub mit dem poetischen Namen *Waterlily*. Es öffnete gerade. Anthony sah rote Plüschbänke, eine braun gestrichene gewölbte Decke und Milchglasscheiben mit Ritzzeichnungen hinter und neben der Bar.

Auf den Gehsteigen lagen überall volle Müllsäcke aus schwarzem Plastik herum. Streikten die Müllmänner wieder einmal? Die Schule war längst aus. Wo spielten die Kinder in diesem Viertel? Immer auf dem staubigen Straßenpflaster? Oder auf dem Stück Ödland zwischen der Baufirma Grainger und der U-Bahnstation, das mit rostigem Draht eingezäunt war? Darum herum mehrere abbruchreife Häuser. Je früher sie abgerissen wurden, um so besser, damit Platz geschaffen wurde für Wohnungen mit großen Fenstern, für Grünanlagen und Spielplätze.

Die Menschen auf der Straße waren ein buntes Völkergemisch. Kaum waschechte Engländer. Braunhäutige Frauen mit Kinderwagen, in denen schwarze Babies lagen, zigeunerhaft aussehende Frauen mit harten, verhärmten Gesichtern, Inderinnen mit Wolljacken von Marks and Spencer über Saris in Lila, Gold und Türkis. Die Autos parkten praktisch Stoßstange an Stoßstange, und die Lieferwagen standen in zweiter Reihe auf einer langen, mit zerrissenem Papier, faulendem Gemüse und silbernen Fischschuppen übersäten Straße, auf der bis vor kurzem ein Markt abgehalten worden war. Halb sechs. Aber der Laden an der Ecke, Winter, hatte wahrscheinlich bis zum späten Abend geöffnet. Anthony ging hinein, kaufte ein Paket Schinken, eine Büchse Bohnen, Brot, Eier, Tee, Margarine und Tiefkühlerbsen. Vom Strom heimkehrender Pendler mitgerissen, kehrte er in die Trinity Road 142 zurück. Das Haus war nicht mehr leer.

Beim Tisch in der Halle stand ein ungefähr fünfzigjähriger Mann und hatte einen ganzen Packen Werbegutscheine und Postwurfsendungen über Sonderangebote in der Hand. Er war ziemlich groß, mager und hatte ein schmales, rötliches Gesicht mit grobkörniger Haut. Sein schütteres graublondes Haar war sorgfältig zurückgekämmt, um eine kahle Stelle zu verbergen, und mit Brillantine an den Kopf geklebt. Er trug einen makellosen dunkelgrauen Anzug, ein weißes Hemd und eine braune Krawatte mit winzigen silbernen Pünktchen. Auf seiner ziemlich langen, geraden, knochigen Nase saß eine goldgefaßte Brille. Als er Anthony sah, zuckte er zusammen.

«Das Zeug hat auf der Matte gelegen», sagte er. «Es kommt jeden Tag, bergeweise. Als gäb's keine Papierknappheit auf der Welt. Ich räume die Zettel auf, im Haus scheint sich niemand sonst dafür zu interessieren. Aber sie wegzuwerfen, kommt mir auch nicht zu.»

Anthony fragte sich, warum der Mann ihm das so umständlich erklärte.

«Ich bin Anthony Johnson», sagte er. «Ich bin heute eingezogen.»

Der Mann sagte: «Ach, Sie sind das!» und streckte die Hand aus. Er sah wie ein pedantischer Gelehrter aus – etwa so, als sei er derjenige, der für die Straßennamen dieses Viertels verantwortlich war. Aber seine Stimme klang ungebildet. «Haben das kleine Hinterzimmer bezogen, wie? In diesem Haus hält sich so ziemlich jeder für sich. Sie werden nach elf Uhr nicht mehr telefonieren, nicht wahr?»

Anthony fragte, wo das Telefon war.

«Im ersten Zwischenstock. Meine Wohnung liegt im zweiten Stock. Ich habe nämlich eine ganze Wohnung, nicht nur ein Zimmer.»

Jetzt dämmerte es bei Anthony. «Dann sind Sie wohl der andere Johnson?»

Der Mann lachte gezwungen, ja, sogar vorwurfsvoll auf. «Sie meinen wohl, Sie sind der *andere*? Ich wohne seit zwanzig Jahren hier.»

Was er darauf antworten sollte, wußte Anthony wirklich nicht. Er ging in sein Zimmer und schloß die Tür hinter sich. An diesem milden, noch sommerlichen Tag wurde der Raum schon um sechs Uhr allmählich dunkel, da die hohen, mit einem Geflecht aus Rohren überzogenen Steinwälle ihm viel Licht wegnahmen. Er knipste die Quallenlampe an und sah, daß ihr Licht den ganzen Hof erhellte. Aus dem Fenster gebeugt, blickte er nach oben. In der hochaufragenden Fassade über ihm war nur noch ein einziges Fenster – und zwar im obersten Stock. Der Wolkenstore hinter der Scheibe bewegte sich leicht. Jemand hatte zu ihm und in den erleuchteten Hof heruntergeschaut, aber Anthony kannte sich im Haus noch nicht gut genug aus, um zu wissen, wer derjenige gewesen war.

Die ganze Woche über horchte Arthur jeden Morgen angestrengt, um herauszufinden, wann Anthony Johnson zur Arbeit ging. Aber Jonathan Dean und die Kotowskys machten immer so viel Krach, daß es schwierig war, etwas festzustellen. Fest stand auf jeden Fall, daß er am Abend zu Hause blieb. Aus seinem Schlafzimmerfenster hinunterspähend, sah Arthur, daß in Zimmer 2 jeden Abend um sechs das Licht anging und Anthony Johnson die Vorhänge nicht zuzog. Das verrieten ihm die beiden von einem dunklen Balken geteilten gelben Rechtecke, die das Licht auf den Zement malte. Noch fühlte er nicht den Drang, den Keller aufzusuchen, dazu war es noch zu früh, aber er wurde allmählich unruhig. Diese Unruhe hatte seiner Meinung nach etwas mit Frustration zu tun, mit dem Bewußtsein, daß er nicht in den Keller konnte, und wenn es ihn noch so sehr danach verlangte.

Als er Freitag früh die Post holte, kam Anthony Johnson aus seinem Zimmer und ging, nur mit Jeans bekleidet, ins Bad. Mußte der Mensch denn nicht zur Arbeit? Hatte er die Absicht, Tag und Nacht zu Hause zu hocken?

Unter den Briefen war diesmal auch einer für Anthony Johnson.

Arthur wußte, daß er für den «anderen» war, da er den Poststempel York und den Absender «Mrs. R. L. Johnson, West Highamgate 22, York» trug. Aber adressiert war der Brief an A. Johnson Esq., Trinity Road 142/2. London W15 6HD». Gereizt nagte Arthur an seiner Unterlippe, denn so etwas wie diese Adresse mußte zu Mißverständnissen führen. Und als Anthony Johnson ein paar Minuten später, nach Zahncreme riechend, aus dem Bad kam, wies Arthur ihn auf die möglichen Folgen einer solchen Ungenauigkeit hin.

Der junge Mann nahm es gelassen auf. «Der Brief ist von meiner Mutter. Wenn ich daran denke, will ich ihr gern schreiben, daß es Zimmer 2 heißen muß.»

«Ich hoffe, Sie denken dran, Mr. Johnson. Es könnte zu peinlichen Irrtümern führen.»

Anthony Johnson lächelte. Er hatte schöne weiße Zähne und strahlte Gesundheit, Energie und so viel unbekümmerte Männlichkeit aus, daß Arthur ein starkes Unbehagen empfand. Außerdem hatte Arthur keine Lust, sich zehn Minuten nach neun eine nackte braune Männerbrust anzusehen. O nein, besten Dank.

«Es könnte sehr peinlich werden», fügte er hinzu.

«Ach, das glaube ich nicht. Wir wollen doch die Schwierigkeiten nicht an den Haaren herbeiziehen. Ich bekomme nicht viel Post, und die paar Briefe sind entweder in York oder in Bristol gestempelt.»

«Na schön. Ich dachte nur, es sei meine Pflicht, Sie darauf hinzuweisen, und das habe ich jetzt getan. Jetzt können Sie mich nicht verantwortlich machen, wenn es Verwechslungen gibt.»

«Ich mache Sie nicht verantwortlich.»

Arthur sagte nichts mehr. Er war betroffen über die Art dieses Mannes, der sich so ungezwungen, so ruhig und gelassen gab. Wäre er aggressiv geworden oder hätte sich entschuldigt, hätte Arthur gewußt, wie er reagieren sollte. Aber daß er die Gegebenheiten einfach kühl hinnahm – nein, nicht kühl, sondern freundlich und entgegenkommend –, brachte ihn völlig aus der Fassung, weil er so etwas noch nie erlebt hatte. Fast war es, als sei Anthony der ältere, klügere, erfahrenere, der es sich leisten konnte, eine auf den privaten Bereich begrenzte Schwierigkeit nachsichtig zu behandeln.

Arthur war dadurch mehr als nur ein bißchen verärgert. Es wäre Anthony Johnson nur recht geschehen, hätte Arthur den Brief aus Bristol ohne zweimal zu überlegen geöffnet, der am Dienstag unter der Post war. Er tat es natürlich nicht, obwohl der Stempel so schwach war, daß man ihn fast nicht lesen konnte. Außerdem trug der Brief nicht einmal einen Absender. Aber auch er war an A. Johnson, Esq., Trinity Road 142/2, London W15 6HD adressiert. Der Umschlag war aus einem teuer aussehenden, starken, matt malvenfarbenen Papier mit rauher Oberfläche.

Arthur legte ihn an den äußersten rechten Rand des Tisches, auf den Platz, den er für Anthony Johnsons Post reserviert hatte. Dann ging er in den Vorgarten, um den Dreck wegzuräumen, der sich auf den Mülltonnen und um sie herum angesammelt hatte. Die Müllmänner streikten jetzt schon zwei Wochen. In der stickigen, schwülen Luft stank der Abfall faulig und säuerlich. Als Arthur ins Haus zurückkam, war der malvenfarbene Briefumschlag verschwunden.

Arthur dachte weder über seinen Inhalt noch über den Absender nach. Sein Interesse galt ausschließlich Anthony, weil es ihm immer noch nicht gelungen war, etwas über den Tagesablauf des «anderen» in Erfahrung zu bringen. Doch am nächsten Abend, dem letzten Mittwoch im Monat, sollten ihm gleichzeitig all diese Fragen zumindest teilweise beantwortet werden.

Es war acht Uhr und dämmerte schon. Arthur hatte längst zu Abend gegessen und das Geschirr gespült. Er wollte es sich eben vor dem Fernseher bequem machen, als ihm einfiel, daß das Schlafzimmerfenster noch offen war. Tante Gracie hatte ihn stets sehr beredt vor der schädlichen Nachtluft gewarnt. Als er das Schiebefenster herunterzog, wobei er sehr sorgfältig darauf achtete, die Kante des Wolkenstores nicht einzuklemmen, sah er, daß der Hof dunkel wurde. Anthony Johnson mußte also das Licht ausgeschaltet haben. Rasch lief er zu seiner Wohnungstür, öffnete sie und horchte. Aber anstatt das Haus zu verlassen, kam der «andere» die Treppe herauf.

Dann hörte Arthur sehr deutlich, wie die Nummernscheibe des Telefons gedreht wurde. Viele Zahlen, nicht nur die sieben für London. Und gleich darauf warf Anthony Johnson eine Menge Münzen ein.

«Ich nehme an, daß die Luft rein ist», sagte Anthony Johnson dann, «daß er nicht an einem Nebenanschluß mithört und morgen früh hier auftaucht, um mich zu erschießen.» Eine Pause. Dann: «Selbstverständlich necke ich dich nur, mein Herz. Die ganze Sache ist übel.» Arthur lauschte sehr angestrengt. «Ich habe deinen Brief bekommen. Liebling, den nächsten mußt du aber mit Fußnoten versehen. Ich glaube, du bist die einzige verheiratete Frau, die in einem Brief an ihren Geliebten Ausschnitte aus John Bunyans berühmtem Roman *Des Pilgers Wanderfahrt* zitiert. Das Zitat war aus dem Buch *Überreiche Gnade für der Sünder größesten*? Na, da siehst du, es geht nicht ohne Fußnoten.» Eine lange Pause. Anthony Johnson fluchte vor sich hin, wahrscheinlich weil er wieder Münzen einwerfen mußte. «Ich soll das nächste Mal ein R-Gespräch anmelden? Aber das geht doch nicht, Roger würde es auf der Rechnung sehen und so weiter und so fort.» Stille. Gelächter. Wieder Stille. Dann: «Das Semester beginnt heute in einer Woche, aber ich belege nur ein paar Vorlesungen, die sich mit dem Thema meiner Dissertation befassen. Ich bin die meiste Zeit zu Hause, arbeite – und denke viel nach. Ob ich abends ausgehe? Wohin und mit wem wohl, mein Schatz?»

Arthur schloß die Tür – er tat es völlig lautlos, was ihm durch lange Übung möglich war.

5

West Kenbourne, nie durch die Wohlgerüche Arabiens verwöhnt, stank penetrant nach Müll. Zwischen der Kneipe und *Kemal's Kebab House* türmten sich Säcke, Beutel und Kisten mit Abfall am Straßenrand zu einem Wall auf. Industriemüll und Küchenabfälle quollen aus zerrissenen Schachteln, ergossen sich über die Oriel Mews und schmorten in der Trinity Road, die Luft verpestend, in der Sonne.

«Und wir haben nur eine einzige kleine Mülltonne», sagte Arthur grämlich zu Stanley Caspian.

«Und wenn wir zehn hätten, wären sie inzwischen auch voll. Könnt ihr eure Abfälle nicht in so einen großen schwarzen Sack tun, wie die Gemeindeverwaltung sie verteilt?»

Arthur schwenkte auf einen anderen Kurs ein. «Es geht mir nur ums Prinzip», sagte er. «Wenn diese Männer darauf bestehen zu streiken, dann müßten die zuständigen Stellen sich etwas anderes einfallen lassen. Ich bezahle Steuern, ich habe ein Recht darauf, daß mein Abfall abgeholt wird. Ich werde mich an die hiesige Gemeindeverwaltung wenden und mich beschweren. Vielleicht gibt es ihnen zu denken, wenn ein Steuerzahler ihnen energisch die Meinung sagt.»

«Wenn Schweine Flügel hätten, könnten sie fliegen, aber wir hätten trotzdem nicht mehr Schweinefleisch.» Stanley brüllte vor Lachen. «Wobei mir einfällt, daß ich Hunger habe. Setz den Kessel auf, mein Alter.» Er riß eine Tüte mit Erdnüssen und eine zweite mit Kartoffelchips auf, die wie ein Hamburger schmeckten. «Wie macht sich der neue Mieter?»

«Frag mich nicht», antwortete Arthur. «Du weißt, daß ich mich nicht um die anderen Mieter kümmere.»

Er bereitete Stanleys Kaffee zu, bat um seinen Umschlag mit dem Mietbuch und ging hinauf. Die Vorstellung, über Anthony Johnson sprechen zu müssen, widerte ihn an, zum Teil deshalb, weil man in Zimmer 2 bestimmt alles hörte, was in der Halle gesprochen wurde. Stanley Caspian war das natürlich egal. Arthur wünschte sich, ebenfalls so gleichgültig sein zu können, doch seit einigen Tagen breitete sich das immer stärker werdende Gefühl in ihm aus, er müsse sich bei Anthony Johnson beliebt machen, dürfe ihn auf keinen Fall verärgern oder seinen Unwillen erregen. Er bedauerte jetzt, daß er wegen der ungenau adressierten Briefe so heftig geworden war. Ihn beschäftigte, noch völlig vage, der Gedanke, daß er sich mit Anthony Johnson anfreunden mußte – eine geradezu gräßliche Vorstellung! Denn nur so gelang es ihm vielleicht, den «anderen» zu überreden, seine Vorhänge zu schließen, wenn das Licht brannte, oder sich zum Schutz gegen die unbarmherzige Hitze eine Jalousie anbringen zu lassen – was Stanley Caspian natürlich nie tun würde. Vielleicht gelang es ihm sogar, Anthony Johnson davon zu überzeugen, daß er im Keller einer ganz legitimen Beschäftigung nachging. Einem Hobby, wie der Tischlerei oder dem Entwickeln von Fotos zum Beispiel. Doch das bedurfte einer mühsamen und sehr sorgfältigen Vorbereitung.

Während er seine Schmutzwäsche zusammensuchte und in den orangefarbenen Plastikbeutel stopfte, empfand er Bestürzung und Gereiztheit. Er wollte mit dem «anderen» nichts zu tun haben, er wollte mit niemandem etwas zu tun haben. Es brachte ihn immer so durcheinander, wenn er Menschen kennenlernen mußte, und es war in den letzten zwanzig Jahren auch immer unnötig gewesen.

Der Psychopath ist asozial – mehr noch, er befindet sich in einem offenen Konflikt mit der Gesellschaft. Begierden, die einem früheren primitiven Menschheitsstadium entsprechen, und das krankhafte Verlangen nach Erregung treiben ihn an. Egozentrisch und impulsiv, mißachtet er die Tabus der Gesellschaft ...

Anthony hatte sich den ganzen Vormittag Notizen gemacht, aber als er Stanley Caspian jetzt das Haus verlassen hörte, legte er den Kugelschreiber aus der Hand. Hatte es einen Sinn, mit seiner Dissertation zu beginnen, bevor er die Vorlesung über Kriminologie gehört hatte? Aber was sollte er sonst tun? Die Musik aus dem ersten Stock, die ihn während der letzten halben Stunde daran gehindert hatte, sich zu konzentrieren, war verstummt, und eine Tür fiel zu. Bisher hatte er außer Arthur Johnson keinen anderen Mieter kennengelernt, und als es in der Halle wieder laut wurde, ging er hinaus.

Auf der Treppe saßen zwei Männer, allem Anschein nach, damit der eine, ein kleiner Kerl mit wildem schwarzem Haar, sich die Schnürsenkel binden konnte. Der andere sang vor sich hin:

«Glaub mir, nichts kommt dem Trunke gleich,
den du diesseits des Grab's genießt.
Dem Traurigen schenkt er das Himmelreich,
dem Feigling Mut in die Adern fließt.»

«Hallo», sagte Anthony.

Nachdem er sich die Schnürsenkel gebunden hatte, kam der kleine dunkelhaarige Mann die Treppe herunter und sagte munter: «Mr. Johnson, nehme ich an?»

«Ja. Anthony. Der ‹andere› Johnson.»

Die Bemerkung rief ein Gelächter hervor, das in keinem Verhältnis zu seinem Anlaß stand. «Das müßten Sie sich auf Ihr Türschild schreiben. Warum tun Sie's nicht? Ich bin Brian Kotowsky, zu Ihren Diensten. Und das ist Jonathan Dean, der beste Kumpel, den ein Mann haben kann.»

Eine zweite Hand, groß, rot und behaart, streckte sich ihm entgegen. «Wir sind unterwegs, um in dem unter Stammgästen als *Lily* bekannten Lokal ein paar Trainingsrunden zu absolvieren, und wären Sie vielleicht ...»

«Er meint, ob Sie Lust haben, mitzukommen und mit uns einen zu heben.»

Anthony nahm lachend an, fragte sich aber schon im selben Moment, ob er diese Bekanntschaft nicht schon bald bereuen würde. Jonathan Dean warf die Haustür hinter ihnen zu und meinte, jetzt riesle bestimmt wieder der Kalk von den Decken des alten Gemäuers. Sie überquerten die Trinity Road und bogen in die Oriel Mews ein, eine mit Kopfsteinen gepflasterte Passage. In den ehemaligen Stallungen waren jetzt Kleinbetriebe und Lagerhäuser untergebracht. Das Pflaster war mit einem schmierigen Belag aus Kartoffelschalen und Kaffeesatz aus den aufgestapelten und zum Teil geplatzten Müllsäcken bedeckt.

Anthony rümpfte die Nase. «Wohnen Sie schon lange hier?» fragte er Jonathan Dean.

«Seit einer Ewigkeit. Aber ich ziehe bald aus.»

«Und läßt mich mit dem Satansbraten von Ehefrau allein», klagte Brian. «Ohne deinen besänftigenden Einfluß wird sie mich umbringen und in Stücke reißen.»

«Das ist nur recht und billig. So geht es in den besten Ehen zu. Sie sind kein Bett aus Rosen, sondern ein Schlachtfeld. Lies mal Tolstoi oder D. H. Lawrence.»

Sie waren noch immer mit Tolstoi und D. H. Lawrence beschäftigt und debattierten hitzig, als sie das Pub betraten. Der Schankraum war überfüllt, verraucht und stickig. Anthony bestellte die erste Runde – stets eine weise Maßnahme, wenn man sich bald aus dem Staub machen will. Als in der literarischen Diskussion eine kurze Pause eintrat, stellte er die zweite Frage, für die seine erste nur der Vorläufer gewesen war.

«Was», sagte er, «kann man hier eigentlich unternehmen?»

«Trinken», antwortete Jonathan schlicht.

«Ich meine nicht hier in *The Waterlily*, ich meine in Kenbourne Vale.»

«Trinken, reden, mit einer Frau ins Bett gehen.»

«Wir haben ein Kino – das *Tadsch Mahal*», sagte Brian. «Früher hieß es *Odeon*, aber jetzt bringen sie nur noch indische Filme. Außerdem gibt es noch den Radclyffe Park. In der Radclyffe Hall finden regelmäßig Konzerte statt.»

«Also wirklich, Tony», mischte sich Jonathan ein, «finden Sie sich damit ab, daß Sie hier nur eins können: trinken. Es gibt diese Kneipe, dann *The Dalmatian*, *The Hospital Arms* und *The Grand Duke*. Herz, was begehrst du mehr?»

Bevor Anthony antworten konnte, stürmte eine Frau durch das Lokal auf sie zu, beugte sich über ihren Tisch und stützte die Hände mit den sehr schmutzigen Fingernägeln auf die Tischplatte.

«Wie kannst du dich unterstehen, ohne mich herzukommen?» wandte sie sich an Brian.

«Du hast geschlafen», antwortete er, «warst tot für die Welt.»

«... schliefst im eklen Schweißgeruch einer zerwühlten Lagerstatt», zitierte Jonathan.

«Halt den Mund und quatsch nicht so widerliches Zeug.» Sie warf ihm einen jener verächtlichen Blicke zu, die Frauen stets für die Männer parat haben, die ihrer Meinung nach auf ihren Ehemann einen schlechten Einfluß ausüben. Denn Brian war ihr Mann, das wußte Anthony, noch ehe der kleine Schwarzhaarige mit einer halbherzigen Geste vorstellte: «Meine Frau Vesta.»

Sie setzte sich. «Deine Frau Vesta möchte was zu trinken», sagte sie. «Einen doppelten Gin Tonic.» Sie nahm sich eine Zigarette aus ihrem Päckchen, und Jonathan steckte sich eine aus seiner Packung zwischen die Lippen, aber anstatt Vesta Kotowsky das brennende Feuerzeug hinzuhalten, zündete er nur seine Zigarette an und steckte das Feuerzeug weg. Sie kehrte ihm den Rücken, strich ein Streichholz an, hielt es an ihre Zigarette und inhalierte tief. Sie war ungefähr Mitte Dreißig und sah aus, als habe sie sich, bevor sie das Haus verließ, nicht die Mühe gemacht, den «eklen Schweißgeruch» von Jonathan Deans allzu drastischem Zitat abzuwaschen. Ihr Haar, von Natur aus dunkel, war mit Henna gefärbt, und einige Strähnen der medusenähnlichen Locken – sie waren so wild und ungepflegt wie die ihres Mannes, aber viel, viel länger – hatten einen zinnoberroten metallischen Schimmer. Fettige Haut, verlebte Züge. Dünne Lippen. Große, rotbraune, zornige Augen. Ein Duft nach Patschuliöl. Sie trug ein langes Kleid aus dunkler, schmutziger indischer Baumwolle, und sie war mit Perlen und Ketten behängt, die zum Teil von einem roten Fransentuch verdeckt wurden. Als Brian ihren Gin brachte, legte sie beide Hände um das Glas und blickte so starr hinein wie eine Wahrsagerin in ihre Kristallkugel.

Drei weitere Biere wurden gebracht. Jonathan, der Vesta mit noch ein paar ähnlich beleidigenden, jedoch wirkungslos von ihr abprallenden Bemerkungen bedacht hatte – Bemerkungen, die ihren Mann weniger zu verärgern als dankbar zu stimmen schienen –, begann von Li-li Chan zu sprechen. Ein «aufregendes Geschöpf» nannte er sie. Er könne, fuhr er fort, die Baumeister des Britischen Empire sehr gut verstehen, die ihre blassen, blutlosen Ehefrauen verlassen und sich asiatische Geliebte genommen hatten. Wie kleine zarte Blüten waren sie. Er hoffe nur, Anthony wisse das Glück zu schätzen, daß er dasselbe Bad benutzen dürfe wie Li-li. Und so weiter. Anthony kam zu dem Schluß, daß es ihm für den Augenblick reiche. Jahrelange Erfahrung als Untermieter hatte ihn gelehrt, daß es unklug war, übereilt Freundschaften zu schließen, damit einem die Decke nicht auf den Kopf fiel. Früher oder später lernte man Leute kennen, mit denen man sich wirklich anfreunden wollte, und dann hatte man größte Mühe, die Lückenbüßer wieder loszuwerden.

Als Brian daher anfing, Pläne für den Abend zu machen – «eine Mammutsause durch die Pubs» –, lehnte Anthony energisch ab. Zu seiner größten Überraschung wollte auch Jonathan nicht mitmachen, der eine geheimnisvolle Verabredung hatte. Vesta, die plötzlich nicht mehr ganz so stark einem Zombie ähnelte, sagte, sie gehe abends aus. Brian brauche erst gar nicht zu fragen, warum und mit wem und all das. Sie sei ein freier Mensch, oder? Sie habe nicht geheiratet, um sich ununterbrochen in der Öffentlichkeit einer hochnotpeinlichen Befragung auszusetzen.

Brian tat Anthony leid. Sein Spanielgesicht sah plötzlich unendlich traurig aus. «Ein andermal», sagte er, und es war ihm ernst damit.

Die Sonne schien, und der ganze Nachmittag lag vor ihm. In den Radclyffe Park, dachte er, und als der K. 12-Bus kam, stieg er ein. Der Park war groß, aber gärtnerische Anlagen gab es kaum. Auf einem grünen Rasenstück, über das die Schatten der Platanenblätter tanzten, streckte Anthony sich aus und las Helens Brief noch einmal.

Liebster Tony, ich wußte, daß ich Dich vermissen würde, aber ich ahnte nicht, wie sehr ... Mir ist, als müßte ich fragen: Wer hatte denn die Idee? Doch ich weiß natürlich, daß wir sie gewissermaßen gleichzeitig ausbrüteten, weil sie für uns der einzige Ausweg war. Außerdem gehören wir beide nicht zu den Menschen, die auf die Dauer ein heimliches Verhältnis haben und dabei glücklich sein können. Es liegt uns nicht, zu lügen und zu intrigieren. Daß wir diskret sein mußten, kam Dir sinnlos vor, das Versteckspiel schien Dir schmutzig und unser nicht würdig. Auch ich fand es immer abscheulich, Roger belügen zu müssen. Als Du sagtest – oder war ich's, die es sagte? –, zwischen uns könne es nur ein Alles oder Nichts geben, hattest Du, hatte ich, hatten wir recht.

Mit meinem Talent zum Lügen kann es auch nicht weit her sein, denn ich weiß, daß Roger etwas von meiner Untreue ahnt. Er war seit jeher grundlos eifersüchtig, ohne es mich allzusehr fühlen zu lassen. Jetzt ruft er mich zwei- oder dreimal täglich im Büro an, und vergangene Woche hat er zwei an mich adressierte Briefe geöffnet. Der eine war von Mutter, der andere eine Einladung zu einer Modenschau. Es wollte mir einfach nicht gelingen, mich künstlich darüber aufzuregen und die gekränkte Unschuld zu spielen. Dazu hatte ich nicht das Recht. Schließlich habe ich tatsächlich einen Geliebten, habe ich Roger wirklich betrogen ...

Ein Kind, das ein Stückchen weiter spielte, kickte Anthony seinen Ball vor die Füße. Er warf ihn zurück. Komisch, dachte er, aber viele Leute scheinen zu glauben, nur Frauen wollen heiraten und Kinder haben.

Ich denke an all die Dinge, die Du mich gelehrt hast, an die Prinzipien, auf denen man sein Leben aufbauen soll. Angewandter Existentialismus ist das wohl. Ich sage mir, daß ich für keinen Erwachsenen verantwortlich bin und auch nicht lebe, um Rogers Erwartungen zu erfüllen. Aber ich habe ihn nun einmal geheiratet, Tony. Habe ich, indem ich ihn heiratete, nicht weitgehend versprochen, daß ich bereit bin, die Verantwortung für sein Glück zu tragen? Habe ich damit nicht mehr oder weniger gesagt, er habe das Recht, viel von mir zu erwarten? Und er hat so wenig bekommen, der arme Roger. Nie habe ich ihm Liebe vorgetäuscht. Seit sechs Monaten habe ich nicht einmal mehr mit ihm geschlafen. Ich heiratete ihn nur, weil er mich drängte und drängte und mein Nein nicht akzeptieren wollte ...

An dieser Stelle runzelte Anthony die Stirn. Er haßte ihre Schwäche, ihre Unentschlossenheit, ihr Zaudern. Es gab große Bereiche ihres sanften, empfindsamen Wesens, die zu begreifen er sich nicht einmal bemühte, weil er wußte, daß er sie nicht begreifen konnte. Doch hier, der Abschnitt von John Bunyan, den sie zitierte – er ergab einen Sinn.

Warum also sage ich ihm nicht einfach die Wahrheit und gehe? ‹Springe von der Leiter, blindlings sogar, in die Ewigkeit, versinke oder schwimme, gleichgültig, was kommen mag – Himmel oder Hölle ...› Aus Furcht, vermute ich, und aus Mitleid. Doch der Sinn war zu kurzlebig. *Ich tue es deshalb nicht, weil im Augenblick das Mitleid stärker ist als die Leidenschaft. Deshalb bin ich auch hier, bist Du in London ...*

Er faltete den Brief zusammen und steckte ihn wieder in die Tasche. Er war nicht niedergeschlagen, fühlte sich nur ziemlich allein, aber nicht unbedingt gelangweilt. Am Ende würde sie zu ihm kommen; was sie für ihn empfand, war zu stark, um sich verleugnen zu lassen. Es gab Erinnerungen, die sie verbanden und an die sie während seiner Abwesenheit denken würde, und diese Erinnerungen, die Hoffnung, alles noch einmal zu erleben – sie würden zwingender sein als jedes Mitleid. Und in der Zwischenzeit? Er warf dem Kind noch einmal den Ball zu, drehte sich im warmen Gras auf die Seite und schlief ein.

Mit der Untergrundbahn fuhr Anthony in die Kenbourne Lane zurück. Am Eingang der U-Bahnstation kam ein etwa zehnjähriger Junge auf ihn zu und bat ihn um einen Penny für den Guy Fawkes-Tag.

«Jetzt? Im September? Bist du nicht ein bißchen früh dran?»

«Ich muß rechtzeitig anfangen», sagte der Junge, «sonst kommt mir jemand anders zuvor.»

Anthony lachte und gab ihm zehn Pence. «Aber ich sehe weit und breit keine Strohpuppe.»

«Es gibt auch noch keine, deshalb sammeln wir ja, mein Freund und ich. Damit wir eine kriegen.»

Die Kinder – die beiden Jungen und das Kind aus dem Park – brachten ihn auf einen Gedanken. Er brauchte einen Job für die Abende und hin und wieder für einen Nachmittag am Wochenende. Und zwar einen Job, für den er alle Voraussetzungen besaß, für den er gründlich ausgebildet war ... Es war sechs Uhr. Er betrat sein Zimmer, setzte sich an den wackligen Tisch, schrieb den Brief, adressierte einen Umschlag und frankierte ihn. Es dauerte kaum länger als zehn Minuten, aber als er fertig war, mußte er die Quallenlampe einschalten, so dunkel war es inzwischen geworden. Als er das Zimmer verließ, begegnete er Arthur Johnson in der Halle, und Arthur Johnson hatte auch einen Brief in der Hand. Anthony wäre mit einem Lächeln und einem kurzen «Guten Abend» an ihm vorbeigegangen, aber der «andere» Johnson – oder war er selbst der «andere»? – drehte sich um, verstellte ihm fast den Weg und musterte Anthony mit einem eindringlichen, beinahe hungrigen Blick.

«Darf ich fragen, ob Sie ausgehen oder nur zur Post wollen, Mr. Johnson?» fragte er.

«Nur zur Post», antwortete Anthony überrascht.

Der hoffnungsvolle Glanz in den Augen des Mannes schien zu erlöschen. Doch warum sollte er sich eigentlich für Anthonys Tun und Treiben interessieren? Aber vielleicht war das genau die Antwort, die er hören wollte, denn er streckte die Hand aus, lächelte mit irgendwie gezwungen scheinender Freundlichkeit und sagte: «Dann müssen Sie mir erlauben, Ihren Brief mitzunehmen, denn auch ich habe einen Brief aufzugeben.»

«Besten Dank», antwortete Anthony, «das ist sehr nett von Ihnen.»

Arthur Johnson nahm den Brief entgegen, verließ, ohne noch ein Wort zu sagen, das Haus und schloß mit peinlicher Sorgfalt die Tür hinter sich.

6

Am letzten Montag im September las Arthur in der Zeitung, daß der Streik der Müllabfuhr beendet war. Zwei Tage später, am ersten Mittwoch im Oktober, hörte er die Deckel der Tonnen klappern, das Ächzen der Kippautomatik, die – seiner Meinung nach idiotischen – schlagfertigen Bemerkungen der Müllmänner untereinander, und all das sagte ihm, daß die Trinity Road endlich von ihrer Sintflut aus Abfall und Unrat befreit wurde. Er hätte es sich ersparen können, an die Stadtverwaltung zu schreiben. Trotzdem schienen derartige Beschwerden sie auf Trab zu bringen. Sie hatten prompt geantwortet. Der braune Umschlag trug den Absender: London Borough of Kenbourne und war adressiert an: A. Johnson Esq, Trinity Road 142/2. Arthur schob ihn in die Tasche. Die übrige Post, das Werberundschreiben eines Schuhgeschäfts für Li-li

Chan und einen malvenfarbenen Brief mit dem Poststempel Bristol für Anthony Johnson legte er auf den Tisch, genau dahin, wohin sie gehörten.

Außer ihm war kein Mensch mehr im Haus. Seit er Anthony beim Telefonieren belauscht hatte, wußte er, daß der «andere» heute ins College mußte, doch war es für ihn eine zusätzliche Erleichterung gewesen, als er vom Fenster seines Schlafzimmers aus beobachtet hatte, daß Anthony fünf nach neun zur U-Bahnstation gegangen war. Nicht daß er daraus einen praktischen Nutzen ziehen konnte, denn schließlich mußte er in zehn Minuten auch zur Arbeit. Es war einfach tröstlich zu wissen, daß der Mann auch hin und wieder ausging. Es war ein Anfang.

Arthur ging hinauf und schlitzte den Briefumschlag mit einem von Tante Gracies silbernen Obstmessern auf. «London Borough of Kenbourne, Amt für Soziales». Eigentlich hatte er erwartet, von der Abteilung für Gesundheitswesen zu hören, aber heutzutage war ja alles anders geworden.

Sehr geehrter Mr. Johnson, in Beantwortung Ihres Schreibens vom 28. des Monats, mit welchem Sie sich nach einer Arbeitsmöglichkeit in einem Kinderhort im Bezirk Kenbourne erkundigten, müssen wir Ihnen leider mitteilen, daß Kinderhorte nicht in unseren Zuständigkeitsbereich fallen und Sie sich daher an das Amt für Erziehungswesen wenden müssen . . .

Voller Entsetzen begriff Arthur, was geschehen war. Daß er – von beiden ausgerechnet er! – es sein mußte, der irrtümlich einen Brief geöffnet hatte, der für den «anderen» bestimmt war. Es wäre bei weitem nicht so schlimm gewesen, wenn der Brief jemand anders gehört hätte, dem ewig kichernden Chinesenflittchen zum Beispiel oder dem Trunkenbold Dean. Selbstverständlich mußte er das Schreiben seinem Eigentümer zurückstellen. Arthur war über seine Tat so erschüttert, daß er es nicht fertigbrachte, ein paar entschuldigende und erklärende Worte zu Papier zu bringen. Außerdem mußte er jetzt gehen, wenn er nicht zu spät kommen wollte. Er steckte den Brief in seine leere Aktenmappe und machte sich auf den Weg.

Die Abbrucharbeiten hatten angefangen, und Tante Gracies Wohnzimmer – braune Decke, Marmorkamin, rotes Linoleum – war den profanen Blicken der Menschen preisgegeben. Dort, wo die ockergelbe Tapete ihre ursprüngliche Farbe behalten hatte und sich als helleres Rechteck von der nachgedunkelten Wand abhob, hatte die Zimmerkredenz gestanden. Einmal hatte er in die große Schublade eine Maus eingesperrt. Das war sein erster Mord gewesen. Tante Gracie war in diesem Zimmer gestorben, und von dort war er ausgezogen, um zu töten ... Aber warum jetzt daran denken? Ihm war übel. Er sperrte das Tor auf und ging in sein Büro, wobei er sich wünschte, eine Möglichkeit zu haben, den Raum gegen das Dröhnen der Hammerschläge und das Poltern stürzenden Mauerwerks isolieren zu können. Aber als Barry Viertel vor zehn mit größter Seelenruhe hereinschlenderte, bastelte Arthur schon am ersten Entwurf seiner Entschuldigung für Anthony Johnson.

Zum Glück hatte er an diesem Tag nicht viel Firmenkorrespondenz zu erledigen, und die Bücher waren tadellos in Ordnung. Es fiel Arthur unglaublich schwer, in dem Schreiben an Anthony den richtigen Ton zu treffen. Ein Entwurf nach dem anderen landete im Papierkorb. Aber um ein Uhr lag das fertige Produkt vor ihm – handgeschrieben, da getippte Briefe von einem Mangel an Höflichkeit zeugten. Und endlich war Arthur mit seiner Leistung zufrieden.

Lieber Mr. Johnson, nehmen Sie bitte meine aufrichtigste Entschuldigung dafür entgegen, daß ich versehentlich Ihren Brief geöffnet habe. Mit Rücksicht auf den Ernst dieses Zwischenfalls, der einen argen Eingriff in Ihre Privatangelegenheiten darstellt, halte ich es nur für angemessen, Ihnen genau zu erklären, wie es dazu kommen konnte. Ich erwartete nämlich selbst einen Brief vom Bezirksamt Kenbourne, und zwar auf ein Schreiben meinerseits, in dem ich mich über die unhaltbaren Zustände beschwerte, die durch den Streik der Müllabfuhr in unserem Viertel eingerissen sind. Als ich auf dem heute eingetroffenen Schreiben den Absender des Bezirksamts las, öffnete ich es ohne Umschweife, stellte jedoch sehr bald fest, daß es für Sie bestimmt war. Unnötig zu sagen, daß ich nicht mehr las als erforderlich war, um zu erkennen, daß mir ein Irrtum unterlaufen war. Hoffend, daß Sie liebenswürdig genug sind, mir zu verzeihen, was ein wirkliches Versehen war, verbleibe ich

hochachtungsvoll
Ihr
Arthur Johnson

Wer konnte ahnen, wann Anthony Johnson zurückkam? Arthur betrat Nummer 142 um Viertel nach eins. Das Haus war still, leer, der malvenfarbene Umschlag lag noch auf dem Tisch in der Halle. Arthur legte den Brief des Bezirksamts und sein Entschuldigungsschreiben, nachdem er sie mit einer Büroklammer zusammengeheftet hatte, dicht daneben. Als er kurz vor halb sechs aus dem Büro kam, waren die Briefe noch da und das Haus noch immer wie ausgestorben.

In seiner Wohnung begann er darüber nachzudenken, wie Anthony Johnson wohl reagieren würde. Vielleicht stellte sich der Zwischenfall noch als verkappter Segen heraus. Anthony Johnson würde seinen Brief lesen und, gerührt von so viel ernsthafter Redlichkeit, sofort heraufkommen, um Arthur zu erklären, er verstehe durchaus, wie es zu der Verwechslung gekommen sei, und Arthur möge bitte keinen Gedanken mehr daran verschwenden. Das wäre seine Chance. Er setzte Teewasser auf, stellte sein bestes Porzellan auf ein Tablett und ließ seine Wohnungstür angelehnt, damit Anthony Johnson sofort wußte, daß er erwartet wurde und willkommen war. Zwar war es lästig, jemanden bewirten und sich unterhalten zu müssen, doch in diesem Fall ließ es sich nicht umgehen. Und wie wunderbar wäre es, wenn Anthony Johnson im Lauf des Gesprächs erwähnen würde, er habe die Absicht, sich einen Job für den Abend zu suchen, was man nach dem Brief durchaus schließen konnte.

Er setzte sich ans Fenster und schaute hinunter. Li-li Chan kam als erste nach Hause – und zwar mit einem anderen jungen Mann in einem grünen Sportwagen. Zehn Minuten nachdem die beiden das Haus betreten hatten, hörte Arthur Li-li telefonieren.

«Nein, nein, ich sage dir doch, es tut mir sehr leid.» Li-li sagte beinahe «dil», «mil» und «sehl». «Du gibst Theaterkarte einem anderen netten Mädchen. Ich wasche mir den Kopf, bleibe den ganzen Abend zu Hause. Oh, aber jetzt bist du albern. Weil ich mir den Kopf wasche, liebe ich dich nicht? Ich sage dir doch, ich liebe dich, ich liebe viele, viele Menschen. Also bis dann.»

Arthur verrenkte sich den Hals, um sehen zu können, wie sie und ihr Begleiter in den grünen Sportwagen stiegen und die Kenbourne Lane hinunter davonbrausten. Er wartete. Vesta Kotowsky kam. Sie sah mürrisch aus. Sie, dachte er, hätte es wirklich nötig, zu Hause zu bleiben und sich das wirre, fettige Haar zu waschen. Fünf nach sechs tauchte Anthony Johnson unter dem Torbogen der Oriel Mews auf. Beim Anblick der großen, gutproportionierten Gestalt, des anziehenden Gesichts mit den festen Zügen, der Haarmähne, die den wohlgeformten Kopf bedeckte, regte sich in Arthur ein Gefühl, das eine Mischung aus Neid und Groll war. Doch dieses Gefühl wurde nicht durch das gute Aussehen des «anderen» Johnson hervorgerufen. Arthur fand nämlich, daß er selbst durchaus passabel aussah. Neid und Groll waren auch nicht darauf zurückzuführen, daß der «andere» Zimmer 2 bewohnte, sondern einzig und allein darauf, daß das unerforschliche Schicksal es mit Anthony besser meinte als mit ihm. Anthony hatte es nicht mit einem Trieb geschlagen, der sein Leben und seine Freiheit ständig bedrohte ...

Die Haustür wurde mit mittlerer Lautstärke geschlossen. Zehn Minuten vergingen, eine Viertel- eine halbe Stunde. Arthur saß wie auf Kohlen. Jetzt konnte er dem «anderen» kaum noch eine Tasse Tee anbieten, dazu war es zu spät. Es wurde Zeit, daß er anfing, das Abendessen zu kochen. Der Gedanke, jemand könnte an seine Tür klopfen oder gar hereinkommen, während er aß, war unvorstellbar. Sollte er vielleicht hinuntergehen? Sollte er seiner schriftlichen Entschuldigung noch eine mündliche folgen lassen?

Eine Wagentür fiel krachend zu. Er stürzte wieder ans Fenster. Es war der Wagen der Kotowskys. Brian Kotowsky und Jonathan Dean stiegen aus. Dann knallte die Haustür, daß die Wände bebten. Eine lange Pause und schließlich die Schritte eines einzelnen Menschen auf der Treppe. Konnte das endlich ... Nein. Einen Stock tiefer flog Jonathan Deans Tür ins Schloß.

Voller Unbehagen blieb Arthur am Fenster stehen. Und wieder tauchte Brian Kotowsky auf. Arthur hielt den Atem an, als Anthony Johnson ebenfalls das Haus verließ. Er sah verärgert aus.

«Also gut», hörte Arthur ihn unwillig sagen, «aber nur ein Glas, und das schnell. Ich habe zu arbeiten.»

Sie überquerten die Straße und schlugen die Richtung zum Pub ein. Arthur schlich in den ersten Stock hinunter. Aus Jonathan Deans Zimmer kam undeutliches Stimmengemurmel, dann ein leises, kehliges Lachen. Arthur ging weiter ins Erdgeschoß. Als er über das Treppengeländer blickte, sah er, daß auf dem Tisch nur noch die üblichen Werbeprospekte und Postwurfsendungen lagen, die übrige Post war verschwunden. Verwirrt blieb er vor dem Tisch stehen. Dann entdeckte er in Stanley Caspians Papierkorb zwei kleine Papierknäuel. Er holte sie heraus. Es waren der Entschuldigungsbrief, den er sich so mühsam abgerungen hatte, und das Kuvert des Bezirksamts.

Der Sachbearbeiter im Amt für Erziehungswesen erklärte Anthony, er könne ihm am Telefon natürlich nicht sagen, ob sie einen Job für ihn hätten. Er solle sich bitte schriftlich bewerben. Er bewarb sich schriftlich und mußte sehr lange auf die Antwort warten. Als sie dann kam, hieß es, er möge Weihnachten noch einmal anfragen. Die Behörde in Kenbourne hatte wenigstens prompt reagiert. Anthony lächelte kläglich, als er sich an den Abend erinnerte, der ihm nichts als Ärger gebracht hatte.

Da war als erstes Helens Brief gewesen, der praktisch nichts anderes enthielt als die Leidensgeschichte von Roger.

Am Abend lese ich gewöhnlich, wie Du ja weißt, und immer wenn ich von meinem Buch aufsehe, begegne ich seinem anklagenden Blick, und auf jeder kleinen, noch so unschuldigen Bemerkung, die ich mache, möchte er mich festnageln. («Was soll das nun wieder heißen» «Worauf willst du jetzt hinaus?»), so daß ich mir allmählich wie ein Ladendieb vorkomme, den der große Detektiv verhört. Gestern abend fing ich an zu weinen, und – oh, es war furchtbar – er weinte mit mir. Er kniete zu meinen Füßen und bettelte mich an, ihn zu lieben ...

Anthony hatte sich über diesen Brief so geärgert, den er in seiner ersten Begeisterung sofort in der Halle geöffnet und gelesen hatte, daß er den zweiten Brief, der für ihn dalag, erst nach ein paar Minuten bemerkte. Als er dann die lächerliche Entschuldigung von Arthur Johnson las, hatte sein Unmut einen solchen Grad erreicht, daß er das Blatt zusammenknüllte und in den Papierkorb warf. Zur gleichen Zeit war Brian Kotowsky aufgetaucht und hatte ihn – vom besten Freund, den ein Mann je hatte, im Stich gelassen – gedrängt, ihn ins Pub zu begleiten. Dort hatte sich Anthony einen Vortrag über die Schrecken der Ehe anhören müssen, über die unerwünschte Unabhängigkeit einer Frau, die selbst berufstätig war. Außerdem, hatte Brian erklärt, wisse er wirklich nicht, was er ohne Jonathan Dean anfangen solle. Nach einer halben Stunde hatte Anthony genug gehabt und war gegangen.

Als er wieder zu Hause war, hatte er sich überlegt, ob er hinaufgehen sollte, um Arthur Johnson zu beruhigen. Der Mann litt ganz offensichtlich an einer ausgewachsenen Angstneurose. Eine besser angepaßte Persönlichkeit hätte einfach auf den Umschlag geschrieben: «Tut mir leid, habe Ihren Brief versehentlich geöffnet» und es dabei bewenden lassen. Die Weitschweifigkeit und die Umständlichkeit, mit der Arthur Johnson formulierte, waren bemitleidenswert. Sie verrieten den verzweifelten Wunsch, der Welt ein makelloses Ego zu präsentieren, sie deuteten auf Wahnvorstellungen hin, auf Furcht vor Strafe, ein Verlangen, vor allen Menschen – sogar vor Fremden – in einem guten Licht dazustehen. Aber Männern wie ihm kann man ihr Selbstwertgefühl nicht zurückgeben, dachte Anthony. Die Überzeugung ihrer eigenen Minderwertigkeit ist zu tief in ihnen verwurzelt. Einem solchen Fünfzigjährigen kann man kein Selbstvertrauen mehr einimpfen. Außerdem bringt man einen Außenseiter, der so zurückgezogen lebt wie Arthur Johnson, nur in Verlegenheit, wenn man ihn mit einem Besuch gewissermaßen überfällt ...

Es war wohl besser, er wartete ab, bis er Johnson zufällig in der Halle traf.

In der Woche darauf bekam er Johnson zwar nicht zu Gesicht, wurde aber an der U-Bahnstation noch einmal von den Kindern aufgehalten, die ihn schon einmal angesprochen hatten.

«Einen Penny, Mister, für den Guy.»

«Wo wollt ihr euren Scheiterhaufen eigentlich aufrichten?» fragte Anthony. «Im Radclyffe Park?» Er gab ihnen noch einmal zehn Pence.

«Wir haben gefragt. Der Parkwächter erlaubt es nicht, der miese alte Kerl. Wenn mein Vater uns ließe, könnten wir's bei uns im Hinterhof machen.»

«Das letzte Mal hat die alte Mutter Winter die Bullen geholt», sagte der andere Junge.

Anthony ging weiter, Magdalen Hill hinunter. Die Leute hier sprachen es «Mag-da-le-ne» aus, genauso wie sie «Bawlial» anstatt «Balliol Street» sagten. Wie dumm doch diese Pseudo-Intellektuellen waren – Jonathan Dean gehörte auch zu ihnen –, die sich über die ihrer Meinung nach falsche Aussprache lustig machten. Wenn die Leute, die in diesen Straßen zu Hause waren, nicht das Recht hatten, sie zu nennen, wie sie wollten – wer hatte es dann? Sein Blick fiel auf das mit einem rostigen Maschendrahtzaun umfriedete unbebaute Grundstück. Die Behörden hatten zwar keine Beschäftigung für ihn, doch warum sollte er nicht sozusagen auf eigene Faust Sozialarbeit leisten? Warum sollte er sich nicht überlegen, wie man am 5. November auf dem leeren Grundstück eine Guy Fawkes-Feier veranstalten konnte? Die Idee schien ihm plötzlich sehr reizvoll. Er betrachtete durch den Zaun die bucklige, von Unkraut überwucherte Wildnis. Auf einer Seite verlief die Trasse der U-Bahn nach London, auf der anderen türmte sich der ganze Bauschutt von den abgerissenen Häusern – Ziegel, morsche Bretter und Balken und Fladen aus gelbem Putz. Den Hintergrund bildeten die Rückfronten der Häuserreihe in der Brasenose Avenue – hohen Mietskasernen mit eisernen Außentreppen, die aussahen wie den *Carceri* entnommen, den Architekturphantasien, die der italienische Architekt und Kupferstecher Piranesi im 18. Jahrhundert veröffentlichte. Ein Mann, der hier einen Scheiterhaufen errichtete, würde bald die Kinder und Jugendlichen des ganzen Viertels anlocken. Und er müßte auch die Eltern für seinen Plan gewinnen, vor allem die Mütter, die dafür sorgen könnten, daß genug zu essen und zu trinken da war. Das könnte die große Guy Fawkes-Fete von Kenbourne Vale werden, dachte Anthony. Vielleicht wird sie sogar zur alljährlichen Tradition.

Es war sechs Uhr an einem Freitagabend. Am Freitag, dem 10. Oktober. Wenn er wirklich etwas auf die Beine stellen wollte, fing er am besten schon morgen damit an. Heute abend mußte er allerdings arbeiten. Er setzte sich in sein Zimmer an den Klapptisch, schlug Arietis *Das intrapsychische Selbst* auf, holte seine Notizen heraus und vertiefte sich hinein.

Kann nicht als schizophren, manisch depressiv oder paranoid eingestuft werden. Das Krankheitsbild stimmt nicht mit den Symptomen der drei genannten Erkrankungen überein. Der Psychopath ist nicht fähig, gefühlsmäßige Bindungen einzugehen, und das ist charakteristisch für ihn. Kommt es sporadisch doch zu einer – immer nur flüchtigen – Bindung, dient sie nur der eigenen Triebbefriedigung. Unfähig, Schuld oder Liebe zu empfinden. Der Psychopath hat nur wenige von der Gesellschaft akzeptierte Möglichkeiten, mit seinen Frustrationen fertig zu werden. Die er sich zu eigen gemacht hat (z. B. eingehende Beschäftigung mit «harter» Pornographie), kommen uns bestenfalls grotesk vor. Für seine Handlungen ...

Die Glühbirne in der Quallenlampe zischte plötzlich leise und ging aus.

Anthony fluchte. Ein paar Sekunden saß er im Dunkeln und überlegte, ob er Jonathan Dean oder die Kotowskys bitten sollte, ihm mit einer Glühbirne auszuhelfen. Aber das würde wahrscheinlich wieder nur in eine Trinkerei ausarten. Vor ein paar Minuten war die Haustür ganz leise geschlossen worden und hatte ihm verraten, daß Li-li Chan das Haus verlassen hatte. Er würde sich also bequemen müssen, sich eine neue Glühbirne zu besorgen. Nur gut, daß sie bei Winter erst um acht Uhr schlossen.

Als er zur Haustür ging, hörte er Schritte auf dem Treppenabsatz über sich. Arthur Johnson. Aber noch während er zögerte und die Treppe hinaufblickte – die Gelegenheit war günstig, dem Mann ein paar längst überfällige beschwichtigende Worte zu sagen –, wich die Gestalt, die er ohnehin nur flüchtig gesehen hatte, in den Schatten zurück. Achselzuckend wandte sich Anthony der Haustür zu.

7

Arthur war überzeugt, daß er Anthony Johnson tödlich beleidigt und sich dadurch selbst um jede Hoffnung gebracht hatte. Jetzt konnte er nur noch die Augen offenhalten, abwarten und immer bereit sein. Früher oder später mußte der «andere» abends ausgehen. Samstags und sonntags verließ er zwar tagsüber das Haus, aber was nützte das schon. Arthur brauchte die Dunkelheit. Er brauchte die Illusion, daß der Gang, der Hof, der Keller, die Seitengasse, die Allee, der tief im Schatten verborgene Ort waren, deren er zur Befriedigung seiner Triebe benötigte. Niemand durfte ihn stören, sich einmischen, lärmende Stimmen, zuknallende Autotüren, all das lenkte ihn ab. Dunkelheit, Abgeschiedenheit, Stille waren sein Element.

Er wußte noch ganz genau, wann er diesen Drang zum erstenmal gespürt hatte – den Drang, sich die Dunkelheit zunutze zu machen. Er war zwölf gewesen. Tante Gracie hatte zwei Freundinnen zum Tee eingeladen. Sie saßen am Kamin, und der Tisch war mit demselben Porzellanservice gedeckt gewesen, das er vor ein paar Tagen für Anthony Johnson herausgeholt hatte. Die drei Frauen hatten über ihn geredet. Er wäre, wie so oft, am liebsten in sein Zimmer gegangen, aber das durfte er nicht, außer zur Schlafenszeit. Kaum lag er dann jedoch im Bett, knipste Tante Gracie das Licht aus, und es war ihm unter Androhung strengster Strafe verboten, aufzustehen und wieder Licht zu machen. Das Licht im Flur brannte immer, damit Arthur sich nicht fürchtete. Ihm wäre allerdings lieber gewesen – ja, er sehnte sich sogar danach, entweder genug Licht zu haben, um lesen oder aber in pechschwarzer Finsternis einschlafen zu können.

Tante Gracies Freundinnen hatten Mrs. Goodwin und Mrs. Courthope geheißen. Arthur mußte im Wohnzimmer sitzen, brav sein und Tante Gracie Ehre machen. Sie redeten sehr viel über einen namenlosen Jungen, der nach ihren geheimnisvollen Anspielungen und bedeutsamen Blicken zu schließen kein anderer als er selbst sein konnte.

«Ein solches Kind ist und bleibt natürlich sein Leben lang gebrandmarkt», sagte Mrs. Goodwin.

Anstatt zu antworten, wandte Tante Gracie sich an Arthur. «Geh ins andere Zimmer hinüber und hol mir einen frischen Teelöffel aus dem Büffet. Aber einen von den guten, mit dem Monogramm.»

Arthur gehorchte. Er ließ die Tür offen, doch eine der drei Frauen schloß sie sofort. Weil die Flurbeleuchtung brannte, machte er im Vorderzimmer kein Licht und öffnete daher irrtümlich die falsche Schublade. Im selben Moment flitzte eine Maus vom Büfetaufsatz herunter in die Schublade. Arthur stieß sie mit einem lauten Knall zu. Er nahm den Löffel mit dem Monogramm aus dem richtigen Fach, umklammerte ihn krampfhaft und blieb mit wild hämmerndem Herzen stehen. Die Maus raste in der Schublade herum, rannte verzweifelt im Kreis, prallte mit Kopf und Körper an die hölzernen Wände ihres Gefängnisses. Dann fing sie an zu quieken. Es klang so, als piepse ein Vogeljunges, doch waren es Schreie der Qual und der Angst. Arthur empfand eine ungeheure und tiefe Befriedigung, die fast ein Glücksgefühl war. Es war dunkel, und er war allein, und er hatte genug Macht über ein Lebewesen, um es sterben zu lassen.

Merkwürdigerweise schienen die Frauen ihn nicht vermißt zu haben, obwohl er länger als fünf Minuten ausgeblieben war. Als er zurückkam, verstummte das Gespräch wie abgeschnitten. Nachdem Mrs. Goodwin und Mrs. Courthope gegangen waren, spülte

Tante Gracie das Geschirr, und Arthur trocknete ab. Er mußte auch das Silber einräumen, was ihm nur recht war, denn wenn Tante Gracie es getan hätte, hätte sie die Maus gehört. Sie hatte aufgehört zu quietschen und kratzte nur noch schwach und kraftlos am Holz. Arthur öffnete die Schublade nicht. Es bereitete ihm großes Vergnügen, diesen letzten Zuckungen eines verlöschenden Lebens zuzuhören. Als er am nächsten Abend in die Schublade hineinschaute, war die Maus tot, die Serviettenringe und die Menage über und über mit Blut bespritzt. Die Leiche interessierte Arthur nicht. Er überließ es Tante Gracie, sie zu entdecken, was sie ungefähr eine Woche später mit viel Geschrei auch tat.

Dunkelheit. Er dachte damals sehr oft an die Maus in ihrem finsteren Gefängnis und daran, wie mächtig die Dunkelheit ihn machte. Wie sehnte er sich danach, am Abend auf die Straße zu dürfen. Aber auch als er schon arbeitete und Geld verdiente, verlangte Tante Gracie, daß er sofort nach der Arbeit nach Hause kam. Und er mußte ihr Freude machen, mußte sich ihrer würdig erweisen. Sich gegen sie aufzulehnen, wäre außerdem etwas so Ungeheuerliches gewesen, daß er nicht einmal wagte, daran zu denken. Also ging er abends nur mit ihr aus dem Haus. Höhepunkt dieser gemeinsamen Unternehmungen war der wöchentliche Kinobesuch im *Odeon*, das jetzt indisch war und *Tadsch Mahal* hieß. Bis ihm eines Abends der alte Mr. Grainger den Auftrag gab, nach Arbeitsschluß – und nachdem er den Hof gefegt hatte, natürlich! – ans andere Ende von Kenbourne schickte, um eine elektrische Bohrmaschine abzuholen, die ein Arbeiter in einem Haus vergessen hatte, in dem er schadhafte Leitungen erneuerte. Mr. Grainger hatte Arthur versprochen, «Miss Johnson» auf dem Nachhauseweg Bescheid zu sagen, und er solle sich gefälligst beeilen.

Arthur holte die Bohrmaschine ab. Die Dunkelheit – es war mitten im Winter – war so schön, daß sie alle seine Vorstellungen übertraf. Und wie dunkel es damals war, viel dunkler als heute. Verdunkelung. Die kohlrabenschwarze Nacht des Krieges. Im Finstern stieß er mit Leuten zusammen, von denen einige den dünnen Lichtstrahl abgeblendeter Taschenlampen vor sich hertanzen ließen. In einer gewundenen kleinen Seitengasse, die es jetzt längst nicht mehr gab und an deren Stelle ein riesiger Wohnkomplex aus dem Boden gestampft worden war, begegnete er einem Mädchen. Wieso hatte er es eigentlich berührt? Oh, wenn er das wüßte, wüßte er die Antwort auf so viele Fragen. Aber es war nun einmal geschehen, er hatte die Hand ausgestreckt – er war damals schon so groß gewesen wie ein Mann – und hatte mit dem Finger über den warmen Hals gestrichen. Der Schrei, mit dem das Mädchen davongerannt war, hatte ihm noch erregender in den Ohren geklungen als das Quietschen und Piepsen der Maus. Er hatte ihr nachgestarrt, durch die Dunkelheit nachgestarrt, bis ins Innerste aufgewühlt und bebend, wie von einem betäubend duftenden Rausch erfaßt. Er wußte, was er tun wollte, doch die Vernunft hielt ihn zurück. Er las Zeitungen, er hörte Radio, und ihm war klar, was mit Menschen geschah, die taten, wozu es ihn trieb. Es war wohl wirklich klüger, wenn er nach Einbruch der Dunkelheit nicht mehr ausging. Tante Gracie wußte immer alles am besten. Es war beinahe so, als wisse sie Bescheid, was natürlich Unsinn war, denn so etwas wäre ihr nicht einmal in ihren schlimmsten Träumen eingefallen ...

Ihn quälten jedoch seit ungefähr vierzehn Tagen wieder böse Träume – die Folge immer wieder enttäuschter Hoffnungen. Jeden Abend um elf hatte er, bevor er schlafen ging, noch einmal aus dem Fenster geschaut, und immer war aus dem Zimmer des «anderen» Licht in den Hof gefallen. Es kam ihm wie eine persönliche Beleidigung und – in gewisser Weise – wie eine Entweihung vor. Außerdem ging Anthony Johnson ihm absichtlich aus dem Weg. Arthur hätte nicht einmal gewußt, ob er noch im Haus war, wären die Briefe aus Bristol nicht regelmäßig eingetroffen und vom Hallentisch verschwunden und hätte in Zimmer zwei nicht allabendlich Licht gebrannt.

Und dann ging an einem Freitagabend das Licht plötzlich aus. Die Taschenlampe in der Hand, schlüpfte Arthur aus der Wohnung und stieg leise die Treppe hinunter. Die Haustür fiel ins Schloß, doch das konnte auch Li-li Chan gewesen sein, die wegging. Sie und Anthony Johnson behandelten die Tür gleichermaßen rücksichtsvoll. Und sie mußte es auch gewesen sein, denn als Arthur im Zwischenstock über das Treppengeländer nach unten blickte, tauchte Anthony in der Halle auf. Arthur wich hastig zurück, und gleich darauf klappte die Haustür wieder zu. Durch die roten und grünen Scheiben sah Arthur schemenhaft die Umrisse des «anderen». Wer um diese Zeit ausgeht, kommt so schnell nicht wieder, dachte Arthur. Er ging die restlichen Stufen hinunter und wartete einen Augenblick in der Halle, um dem «anderen» einen ausreichenden Vorsprung zu geben. Dann verließ er das Haus, überquerte den Rasen und bog in den Seitengang ein.

Es war eine mondlose Nacht, doch es herrschte keine totale Finsternis. Der weitreichende Schein der Straßenlaternen, der Lichtschimmer aus den Häusern und der schmale Streifen Himmel vermischten sich zu einem leicht rötlich gefärbten Grau. Eine Dunkelheit wie diese fand man in den Elendsvierteln aller Großstädte. Der Gang entsprach in allem Arthurs Vorstellung von einer schmalen Seitenstraße, die von einer Hauptstraße abzweigte und in ein Gewirr schäbiger Gassen und Gäßchen führte. Der Verkehrslärm klang gedämpft herüber, doch das machte die Illusion nur vollkommener. Mit verkrampften Muskeln, vor innerer Anspannung am ganzen Körper zitternd, sperrte er die Kellertür auf.

Er war drei Wochen nicht hiergewesen, und daß er es nach so viel Angst und Qual endlich doch geschafft hatte, steigerte seine Lust fast bis ins Unerträgliche. Mehr noch als sonst schenkte es ihm fast die gleiche Befriedigung wie die echte Tat, empfand er fast das gleiche wie bei Maureen Cowan und Bridget O'Neill. Langsam näherte er sich zwischen den Bergen von altem Eisengerümpel, Holzstapeln und Zeitungsbündeln seinem Ziel, den zitternden Strahl seiner Taschenlampe als Wegweiser vor sich. Und dort, im dritten Raum, wartete sie auf ihn.

Seine Reaktionen ihr gegenüber hingen von seiner Stimmung und dem Grad seiner Erregung ab. Manchmal war sie nicht mehr als ein Therapiemittel, das ihm rasche Erleichterung verschaffte. Doch es gab Tage – Tage wie den heutigen –, an denen der Druck der inneren Spannung und der Erinnerung so groß und seine Erwartungen so übersteigert waren, daß die ganze Szenerie und sie selbst eine andere Dimension annahmen und durch eine ausufernde Phantasie eine unerhörte Veränderung erfuhren. Der Keller in der Trinity Road wurde zu einem verlassenen, nur selten begangenen Hof zwischen einem Lagerhaus und – nun ja – einer Friedhofsmauer. Sie war keine lebensgroße Puppe mehr, sondern eine Frau aus Fleisch und Blut, die auf ihren Geliebten wartete. Das Licht der Taschenlampe fiel auf sie, ihre leeren Augen schienen aufzuleuchten, und dann gaukelte ihm das Spiel von Licht und Schatten einen Ausdruck der Furcht auf ihrem Gesicht vor. Er stand ganz still, hätte aber schwören können, daß sie sich bewegt hatte. Es gab keine Zuflucht für sie, keine Möglichkeit, ihm zu entrinnen, nur die

Backsteinmauer, die hinter ihr in einen gesprungenen, mit Spinnweben verhangenen Himmel ragte. Seine Taschenlampe wurde zur Straßenlaterne, die aus einer Ecke herüberschimmerte. Einer unerklärlichen Regung folgend, knipste er sie aus. Absolute Stille, absolute Dunkelheit um ihn herum. Die Frau versuchte zu entkommen – versuchte es bestimmt, denn als er die Mauer nach ihr abtastete, konnte er sie nicht finden.

Die Steine waren feucht, und Wasser tröpfelte ihm durch die Finger. Er fuhr mit den Fingerspitzen über die Mauer, suchte die Frau, knurrte jetzt tief aus der Kehle heraus, und sein Atem kam in langen Stößen, die wie ein Stöhnen klangen. Dann berührte seine Hand ihr Kleid, glitt zu ihrem kalten Hals hinauf. Aber für Arthur fühlte sich dieser Hals warm und lebendig an wie der von Bridget O'Neill. War sie es, die diesen kurzen, erstickten Schrei ausstieß? Oder hatte er geschrien? Diesmal erdrosselte er sie mit seiner Krawatte, zog und drehte sie so lange zusammen, bis seine Hände wund waren.

Er brauchte lange, um wieder ruhig zu werden – ungefähr zehn Minuten, und das war viel länger als sonst. Aber die Tat war erregender und befriedigender gewesen als sonst, daher war es ganz natürlich, daß die Erholungsphase sich hinzog. Er lehnte die Puppe wieder an die Mauer, brachte ihr Gesicht in Ordnung, nahm seine Taschenlampe und ging zur Kellertür zurück, die er ganz vorsichtig öffnete. Das Fenster von Zimmer 2 war noch dunkel. Gut. Ausgezeichnet.

Er trat auf den Hof, drehte sich um und wollte die Tür abschließen. Im selben Moment wurde der ganze Hof von Helligkeit überflutet. Und diese Helligkeit erschreckte ihn wie einen Einbrecher, dem plötzlich ein Polizist mit der Taschenlampe direkt ins Gesicht leuchtet. Fast wäre er erschrocken herumgefahren, doch dann riß er sich zusammen und drehte sich ganz langsam um, obwohl er damit rechnete, Anthony Johnson im nächsten Moment direkt in die Augen zu sehen.

Zuerst nahm er nur das Innere von Zimmer 2 wahr, die hellgrünen, fleckigen Wände, den mit Büchern vollgepackten Klapptisch, das gelbe Waschbecken und das Licht in dem rosa und grünen Plastikschirm, der aus irgendeinem Grund wie ein Pendel hin und her schwang. Dann tauchte Anthony Johnson unter der Lampe auf, ging quer durch das Zimmer und starrte zu ihm herüber. Arthur wartete. Hastig lief er über den Hof, den Kopf gesenkt, Gesicht und Hals feuerrot. Er wieselte durch den Seitengang ins Haus und die Treppe hinauf in seine Wohnung.

Dort ließ er sich schwer in seinen Sessel fallen. Vesta Kotowsky war inzwischen oben gewesen und hatte die Miete unter der Tür durchgeschoben, aber Arthur war so aufgeregt, daß er den Umschlag auf der Türmatte liegenließ. Ihm zitterten die Hände. Anthony Johnson war kaum eine halbe Stunde weggewesen. Es sah ganz danach aus, als habe er Arthur eine Falle gestellt, um ihn zu ertappen. Doch woher sollte er etwas gewußt haben? Jetzt wußte er natürlich oder ahnte zumindest etwas. Wahrscheinlich wartete er nur auf eine Gelegenheit, Arthur heimzuzahlen, daß er den Brief geöffnet hatte. Zwar war es, Arthurs Ansicht nach, kein besonders vertraulicher Brief gewesen – wie zum Beispiel diejenigen, die aus Bristol kamen –, aber man konnte nie wissen. Vielleicht gab es an der Universität eine Vorschrift, die es Studenten verbot, Nebenbeschäftigungen anzunehmen. Arthur mußte sich eingestehen, daß er sehr wenig über derlei Dinge wußte, aber vielleicht würde Anthony Johnson hinausgeworfen oder von der Universität verwiesen – oder wie immer man das nannte –, wenn er nebenher arbeitete. Wie sonst sollte man sich sonst erklären, daß er auf eine höfliche Entschuldigung so zornig reagierte, daß er ihn schnitt, sich verstohlen aus dem Haus schlich und den Hof genau in dem Augenblick, in dem Arthur aus dem Keller kam, in geradezu festlicher Beleuchtung erstrahlen ließ?

Da von der euphorischen Stimmung, in die seine Morde ihn versetzten, überhaupt nichts geblieben war, verbrachte Arthur eine schlechte Nacht. Er schwitzte so stark, daß er sich einbildete, die rosa Bettwäsche stinke. Angeekelt riß er Laken und Bezüge hinunter und bezog das Bett frisch. Irgendwann am frühen Morgen hatte Li-li den Umschlag mit der Miete unter seiner Tür durchgeschoben. Um halb zehn saß er mit ihrem und den beiden Umschlägen der Kotowskys – Vesta bestand nämlich darauf, ihren Mietanteil separat einzuzahlen – in der Halle und wartete auf Stanley Caspian. Keine Miete mehr von Jonathan Dean, der – Gott sei Dank! – heute auszog, und – abermals Gott sei Dank! – auch keine Miete von Anthony Johnson. Er hatte für zwei Monate im voraus bezahlt.

In der Halle war es kalt und feucht. Der Nebel draußen, ein früher Vorbote des Winters, drückte auf die Stimmung. Stanley stapfte zehn nach zehn herein. Er trug eine karierte Wolljacke, die aussah, als sei sie aus einer Autodecke gemacht, und in der Hand schwenkte er eine riesige Cellophantüte mit Käsegebäck. Arthur wurde übel, denn die orangebraunen, dicken Kringel erinnerten ihn an überfütterte Würmer.

Stanley riß die Tüte auf, bevor er richtig saß, und ein paar von den Käselarven rollten über den Schreibtisch.

«Setz den Kessel auf, mein Alter. Magst du ein paar von den hübschen kleinen Schlängelchen?»

«Vielen Dank, nein», antwortete Arthur ruhig. Er räusperte sich. «Ich war gestern abend übrigens im Keller.» Er zwang sich, die sorgfältig ausgedachte Lüge so beiläufig vorzubringen wie möglich. «Hab einen Schraubenzieher gesucht, um eine Steckdose in meiner Wohnung zu reparieren.»

Stanley sah ihn mürrisch an. «Du hast in letzter Zeit immer was zu meckern, Arthur. Zuerst waren es die Mülltonnen, jetzt sind es die Steckdosen. Du willst mir wohl zu verstehen geben, daß ich im ganzen Haus neue elektrische Leitungen legen soll.»

«Aber nein, ganz bestimmt nicht. Ich wollte dir nur erklären, wieso ich im Keller war. Für den Fall – nun ja, für den Fall, daß jemand glaubt, ich hätte geschnüffelt.»

Stanley tupfte mit der Fingerspitze Käsegebäckkrümel von seinem Bauch, der mit seiner Wölbung eigens dazu geschaffen schien, aufzufangen, was sein Besitzer verschüttete oder fallen ließ.

«Also, ob du in den Keller gehst und was du dort treibst, interessiert mich wirklich nicht die Bohne, mein Alter. Amüsier dich, lade dir ein paar Mädchen ein. Wenn du deine Abende gern im Keller verbringst, ist das deine Sache, stimmt's?»

Obwohl er nur einen Witz machen wollte, war Stanley der Wahrheit sehr nahe gekommen. Arthur wurde rot. Er zitterte fast und hatte große Mühe, sich zu beherrschen, während Stanley seine Eintragungen ins Mietbuch machte und sie so energisch mit Punkten ausschmückte, daß man den Eindruck hatte, er wolle das Papier durchbohren und die Feder verbiegen. Arthur schob das Buch in den Umschlag zurück und murmelte dann die übliche Entschuldigung: Leider habe er viel zu erledigen, wie jeden Samstag. Auf dem Weg nach oben in seine Wohnung hörte er, wie Anthony Johnson aus seinem Zimmer kam und spöttisch – er mußte hinter der Tür gelauscht haben – Arthurs Worte wiederholte:

«Ich war gestern abend übrigens im Keller.»

8

Da Winter nur Vierzig-Watt-Birnen vorrätig hatte, hatte Anthony bis in den Supermarkt am nördlichen Ende der Kenbourne Road gehen müssen, der bis Mitternacht geöffnet hatte. Hinterher hatte er zum Arbeiten nicht mehr die richtige Ruhe gehabt, und als er Arthur Johnson aus dem Keller kommen sah, beschloß er, sich dort auch ein bißchen umzusehen. Er war zwar nicht weiter als bis in das erste Gewölbe vorgedrungen, doch das hatte ihm schon genügt.

Stanley Caspian brach in schallendes Gelächter aus. «Ich nehme an, Sie haben einen Schraubenzieher gesucht?»

Anthony zuckte mit den Schultern. Wenn das ein Witz sein sollte, verstand er ihn nicht. «Dort unten liegt eine Menge altes Zeug herum – Holz, Pappschachteln und so weiter», sagte er. «Könnte ich die Sachen haben? Falls Sie sie nicht brauchen, natürlich nur.»

«Und wofür, wenn man fragen darf?»

«Für ein Freudenfeuer am Guy Fawkes-Tag.»

«Bedienen Sie sich», sagte Stanley Caspian. «Plötzlich interessiert sich die halbe Welt für meinen Keller, wie es scheint. Sie wollen das Feuer doch hoffentlich nicht auf meinem Hof machen?»

Anthony erwiderte, nein, durchaus nicht, dazu sei der Hof völlig ungeeignet, und besten Dank auch. Stanley Caspian schien mit dieser Antwort nicht besonders zufrieden, aber Anthony überließ ihn seinen Mietbüchern und ging zur U-Bahnstation hinüber, wo die kleinen Jungen wieder ihre Stellung bezogen hatten. Diesmal war auch ein kleiner Schwarzer dabei. Die weißen Kinder kannten Anthony inzwischen. Sie baten ihn nicht mehr um Geld, sondern sagten hallo.

«Wie wär's, wenn wir am Guy Fawkes-Tag dort drüben auf dem unbebauten Grundstück ein großes Feuer machten?» fragte er, unterbrach sich dann jedoch sofort, denn das war die Art der

Annäherung, wie Sittenstrolche sie bei Kindern anwandten. «Wenn euch die Idee gefällt», fügte er schnell hinzu, «wollen wir uns gleich mal mit euren Eltern darüber unterhalten, ja?»

Leroy, der farbige Junge, wohnte mit seiner Mutter in einer Erdgeschoßwohnung in der Brasenose Avenue. Linthea Carville hatte eine Halbtagsstellung als Sozialarbeiterin, was sie Anthony sofort sympathisch machte, obwohl er sich auch ohne diese gemeinsame Basis zu ihr hingezogen gefühlt hätte. Er konnte nicht anders, er mußte sie anstarren, diese hochgewachsene Tochter afrikanischer Gottheiten mit dem wie eine schwarze Perle schimmernden Gesicht und dem mit Öl geglätteten, seidigen schwarzen Haar, das sie, zu einem schweren Knoten geschlungen, trug wie eine Krone. Dann jedoch zwang er sich, an seinen Plan zu denken, erklärte, was er vorhatte, und zehn Minuten später hatten sich die weißen Nachbarn, der Vorsitzende der Brasenose-Mieterinitiative und die Mutter von Leroys größerem Freund Steve eingefunden und hörten interessiert zu. Der Vorsitzende war von Anthonys Idee ehrlich begeistert. Schon vor Monaten war die Mietervereinigung bei der Gemeindeverwaltung vorstellig geworden und hatte vorgeschlagen, das unbenutzte Grundstück zu einem Kinderspielplatz auszubauen. Man war bei der Behörde auf taube Ohren gestoßen, doch vielleicht änderte sich das, wenn sie am 5. November ein großes Fest veranstalteten und ein paar Mitglieder des Magistrats dazu einluden. Linthea sagte, sie wolle Hot dogs beisteuern und sie sei überzeugt, daß die anderen Frauen sich nicht ausschließen würden. Auf ihre Freundin, die Mutter des dritten Jungen, der David hieß, konnte sie ganz bestimmt zählen. Als Anthony ihnen von dem Holz und den Pappkartons in Stanley Caspians Keller erzählte, sagte Steve, sein großer Bruder habe einen Schubkarren, mit dem er am nächsten Samstag in der Trinity Road 142 erscheinen werde, um das Brennmaterial abzuholen.

Dann kamen sie noch auf den Guy zu sprechen, für den Steves Mutter einen abgelegten Anzug ihres Mannes opfern wollte. Linthea bewirtete sie alle mit unzähligen Tassen Kaffee, und als Anthony in die Trinity Road zurückkam, war es schon fast ein Uhr. Er hatte vergessen, daß Jonathan Dean heute auszog, und sah jetzt, daß Jonathan und Brian treppauf und treppab liefen und Brians altersschwachen Wagen mit Schachteln und Kisten beluden. Vesta blieb unsichtbar.

«Ich helfe euch», sagte er zu Anthony und bereute sein Angebot sofort, als Brian ihm kräftig auf den Rücken schlug und erklärte, jetzt wisse er wenigstens, wohin er sich wenden könne, wenn er, von Jonathan so schnöde verlassen, einen Freund brauche.

Ebenso wie Anthony, besaß auch Jonathan keine eigenen Möbel, doch er hatte Hunderte von Schallplatten und sehr viele Bücher, von denen das schwerste und zerlesenste das *Oxford-Wörterbuch der Zitate* war. Während sie arbeiteten und Fisch und Chips aßen, die Brian besorgt hatte, lief der Plattenspieler und gröhlte die Jubelgesänge der Straußschen *Elektra* so laut heraus, daß Arthur Johnson schon die Geduld eines Märtyrers haben mußte, weil er nicht schon längst aufgetaucht war und sich energisch beschwert hatte. Aber er kam auch nicht heraus, als Jonathan auf der Treppe eine Kiste mit Lebensmitteln fallen ließ und in hilfloses Gelächter ausbrach, als rohe Eier, Ketchup und Milch, zu einem friedlichen Strom vereint, die Treppe hinunterflossen.

Sie mußten ein paarmal hin- und herfahren, um den Umzug zu bewältigen. Jonathans neues Zuhause war ein viel kleineres Zimmer im schmutzigsten und heruntergekommensten Teil von South Kenbourne. Brian war ebenso erstaunt wie Anthony, daß Jonathan die Trinity Road für eine solche Höhle in einer solchen Gegend aufgab. «Warum tust du das?» fragte Brian immer wieder. «Warum überlegst du es dir nicht doch noch? Caspian wäre bestimmt damit einverstanden, daß du dein Zimmer behältst.»

«Nein, das wäre er nicht», antwortete Jonathan. «Er hat es an einen Schwarzen vermietet.» Und wie Cicero, aber nicht ganz so treffend, fügte er hinzu: «O tempora! O mores! – O Zeiten! O Sitten!»

Der Plattenspieler sollte zuletzt abtransportiert werden, und da Jonathan keinen passenden Karton hatte, holten Brian und Anthony einen aus Anthonys Zimmer.

«Ich habe ihn beim Einzug im Schrank entdeckt», sagte Anthony. «Mein Vormieter muß ihn zurückgelassen haben.»

Die vielen Bücher imponierten Brian ungemein, und er ließ sich von Anthony alles über seine Doktorarbeit erzählen. Sobald er wußte, um was es ging, benahm er sich so, als habe er erfahren, daß Anthony einen Kriminalroman schrieb.

«Ich hätte da einen Fall für Sie», sagte er, als sie am Friedhof vorüberfuhren. «Sie könnten ihn bestimmt in Ihre Geschichte einbauen. Vor genau fünfundzwanzig Jahren hat hier der Kenbourne-Mörder sein erstes Opfer erwürgt. Ein Mädchen namens Maureen Cowan.»

«Was? Auf dem Friedhof?»

«Nein, auf dem Weg, der an der Friedhofsmauer entlangführt. Viele Leute benutzen diesen Weg als Abkürzung von den Hospital Arms zur Elm Green-Station. Sie war eine Nutte, die dort ihren Strich hatte. Ich war zwar damals noch ein Kind, erinnere mich aber noch sehr genau daran.»

«Ein Kind?» sagte Jonathan. «Du machst wohl Witze? Du warst dreizehn.»

Brian machte ein gekränktes Gesicht, antwortete aber nicht darauf. «Der Mörder wurde nie erwischt», berichtete er weiter, «und fünf Jahre später schlug er wieder zu.» Ganz unbewußt bediente er sich desselben Stils wie die Zeitungen, wenn sie über derartige Fälle schrieben. «Diesmal war es eine Lernschwester namens Bridget Sowieso. Eine Irin. Er erwürgte sie auf einem freien Gelände zwischen dem Krankenhaus und der Eisenbahnbrücke. Ist ein Mensch, der so was tut, ein Psychopath, Tony?»

«Höchstwahrscheinlich. War es in beiden Fällen der gleiche Täter?»

«Die Polizei war schon der Meinung. Aber da es später in der Gegend keine Mordfälle mehr gab – keine, die unaufgeklärt blieben, meine ich –, geriet die ganze Sache mehr oder weniger in Vergessenheit. Doch ich frage mich, wieso der Mörder aufhörte zu morden, wenn er ein Psychopath war? Was meinen Sie, Tony?»

«Er ist von hier weggezogen», antwortete Anthony, der sich zu langweilen begann. «Oder gestorben», fügte er hinzu, denn er war, als der erste Mord begangen wurde, noch nicht einmal ein Jahr alt gewesen.

«Er kann auch wegen einer anderen Sache im Knast gewesen sein», fuhr Brian fort. «Oder in der Klapsmühle. Ich habe oft über ihn nachgedacht. Ob er wohl noch einmal auftauchen und wieder zuschlagen wird?» Er hielt vor Jonathans neuer Behausung. «Was für eine Bruchbude!» stieß er kopfschüttelnd hervor. «Du kannst es dir immer noch anders überlegen, Jon, mein Alter. Zieh doch für eine Weile zu Vesta und mir. Du kannst auf der Couch schlafen.»

«Großer Gott!» sagte Jonathan. «Die Dummen sterben wirklich nicht aus.» Er brachte diese Binsenweisheit wie ein weltbewegendes Zitat vor. Und nachdem Anthony eine Weile darüber nachgedacht hatte, konnte er nicht mehr völlig ausschließen, daß es tatsächlich eins war.

Sie luden ihn ein, im *Grand Duke* ein Glas mit ihnen zu trinken, aber er lehnte ab. Es war schon fast fünf Uhr. Er ging nach Hause und las die Doktorarbeit von J. G. Miller *Die Konditionierung von Primär- und neurotischen Psychopathen durch bestimmte Reize*. Um zehn Uhr fiel ihm ein, daß er seine Zimmer- und seine Armbanduhr zurückstellen mußte. Die britische Sommerzeit war zu Ende.

An seinem «Horst» am Wohnzimmerfenster sitzend, beobachtete Arthur am Sonntagnachmittag die Ankunft des neuen Mieters. Zuerst dachte er, einen Besuch vor sich zu haben, irgendeinen zwielichtigen Freund von Li-li oder Anthony Johnson, denn er konnte sich nicht entsinnen, daß früher jemand in einem solchen Stil eingezogen wäre. Der Mann war so schwarz wie das Taxi, dem er entstieg, und er hatte nicht nur schwarze Haut und schwarzes Haar. Er trug einen schwarzen Ledermantel, dem man sogar von weitem ansah, wie teuer er gewesen sein mußte, und er schleppte sich mit zwei riesigen schwarzen Lederkoffern ab. Zu Arthurs größter Bestürzung ähnelte er täuschend einer Mischung aus großem haitianischem Gangster und Politiker. Er kannte Typen wie diesen aus dem Fernsehen und wäre nicht überrascht gewesen, hätte der Schwarze unter seinem Angebermantel zwei Revolver und ein Messer versteckt gehabt.

Er wollte ins Haus, das war offensichtlich. Doch zu wem wollte er? Arthur öffnete die Wohnungstür einen Spalt und horchte. Die Haustür wurde leise geschlossen, Schritte durchquerten die Halle, kamen die Treppe herauf. Arthur warf gerade rechtzeitig einen Blick über das Treppengeländer, um zu sehen, wie eine sepiabraune Hand mit einem einfachen goldenen Siegelring am Finger die Tür von Zimmer 3 aufschloß. Zorn packte ihn. Wieder hatte Stanley Caspian ein Zimmer vermietet und es nicht für nötig gehalten, ihm etwas davon zu sagen. Wieder war er übergangen worden. Es fehlte nicht viel und er hätte sich hingesetzt, um Stanley einen geharnischten Brief zu schreiben, in dem er sich über diese Geringschätzung seiner Person energisch beschwerte. Doch was hätte es für einen Sinn? Stanley würde nur antworten, Arthur habe ihm keine Gelegenheit gegeben, mit ihm darüber zu sprechen, und über die Hautfarbe des neuen Mieters brauche er sich überhaupt nicht aufzuregen, da einem Vermieter durch das neue Gesetz über die Rassengleichheit praktisch die Hände gebunden waren.

Am Dienstag erfuhr Arthur den Namen des neuen Hausgenossen. Er holte die Briefe herein und sortierte sie auf dem Hallentisch. Es waren ungewöhnlich viele – einer für Li-li Chan aus Taiwan, Absender Chan Ah Feng; zwei für Anthony Johnson, der eine aus York, der andere in dem malvenfarbenen Umschlag trug den Poststempel Bristol. Diese Briefe kamen, wie Arthur festgestellt hatte, regelmäßig am Mittwoch und waren immer noch an «A. Johnson, Esq., Trinity Road 142/2» adressiert. Mrs. R. L. Johnson hingegen hatte Vernunft angenommen und schrieb jetzt immer «Zimmer 2». Alle anderen Briefe, fünf sehr offiziell aussehende Kuverts, waren für «Winston Mervyn Esq., Trinity Road 142/3» bestimmt. Winston! Was für eine Unverschämtheit. Wie durften Abkömmlinge westindischer Sklaven es nur wagen, ihren Sohn nach dem größten englischen Staatsmann des Jahrhunderts zu nennen? Aber fast noch unverschämter schien es Arthur, daß dieser anmaßende Schwarze so kurz nach seinem Einzug schon fünf Briefe bekam, die auf dem Tisch einen so breiten Raum einnahmen, als sei ihr Empfänger ebenfalls ein bedeutender Zeitgenosse.

Arthur bekam den neuen Mieter jedoch nicht zu Gesicht, und er hörte auch nicht das geringste von ihm, obwohl er Nacht für Nacht wachlag und lauschte, ob er nicht doch Voodoo-Trommeln zu hören bekam.

Wie Anthony befürchtet hatte, setzte Brian nach Jonathan Deans Auszug bei ihm die Daumenschrauben an. Er war dazu ausersehen, Jonathans Nachfolger zu werden, und Abend für Abend klopfte es bei ihm, und eine wehleidig klingende Stimme forderte ihn auf, ins Pub mitzukommen, um «einen zu heben».

«Ich muß wirklich arbeiten», sagte Anthony nach dem viertenmal. «Tut mir leid, aber ich kann's nicht ändern.»

Brian sah ihn mit dem bekümmerten Blick eines Spaniels an, der sich schlecht behandelt fühlte. «Ich glaube eher, daß Sie mich nicht leiden können. Ich langweile Sie. Los, geben Sie's doch zu!

Ich bin ein langweiliger Kerl, das weiß ich. Vesta hat es mir oft genug gesagt.»

«Da Sie mich schon fragen – es stimmt, ich fände es langweilig, mich jeden Abend vollaufen zu lassen. Ich kann es mir auch gar nicht leisten.» Er kam Brian einen Schritt entgegen. «Kommen Sie morgen abend auf einen Sprung zu mir. Ich besorge ein paar Flaschen Bier.»

Brian wurde schlagartig wieder guter Laune und erklärte, Anthony sei doch ein feiner Kerl. Am Freitag erschien er Schlag sieben mit einer Flasche Wodka und einer Flasche französischem Wermut, neben denen sich Anthonys sechs Dosen Bier ziemlich armselig ausnahmen. Jammernd begann er sich über seinen Job auszulassen – er war Verkäufer in einem Antiquitätenladen, der Vestas Bruder gehörte –, über das schreckliche Los, immer in möblierten Zimmern hausen zu müssen, und er beklagte sich bitter über Vesta, die sich weigerte, Kinder zu bekommen, und die abends stets durch Abwesenheit glänzte. «Aber noch nie war sie so selten zu Hause wie in dieser Woche.» Und: «Halten Sie mich eigentlich für einen Alkoholiker, Anthony?»

Anthony ließ ihn reden und gab hin und wieder einsilbige Antworten. Er dachte über Helens letzten Brief nach. Daß die Liebe zunahm, wenn man voneinander getrennt war, klang ja nicht schlecht, aber das Sprichwort «Aus den Augen, aus dem Sinn» war vielleicht nicht minder zutreffend. Er hatte nicht erwartet, daß ihre Briefe in eine genaue Schilderung von «Rogers Leiden» ausarten würden. Während der heimlichen Rendezvous im Sommer, während dieser vierzehn Tage ungetrübter Liebe, war Roger kaum erwähnt worden, war nicht mehr gewesen, als die schattenhafte Gestalt eines Ehemanns, der irgendwo auf Geschäftsreise war. Jetzt hieß es ununterbrochen Roger, Roger, Roger.

Ich frage mich, ob es nicht für uns beide besser wäre, wenn wir versuchten, einander zu vergessen. Wir könnten es schaffen, Tony. Sogar ich, die Du überromantisch nanntest, weiß, daß Menschen nicht über viele Jahre hinweg hoffnungslos lieben. Die Geschichte von Troilus und Cressida mag ja sehr schön sein, aber wir beide wissen, daß sie nicht der Realität entspricht. Wir würden darüber hinwegkommen. Du könntest ein Mädchen heiraten, das frei und sorglos ist, und ich würde mich mit meinem Leben mit Roger abfinden. Ich könnte Rogers Jammer und seine – Ausbrüche einfach nicht ertragen, würde mich noch jahrelang mit dem Gedanken quälen, an seinem Unglück schuld zu sein und sein Leben zerstört zu haben ...

Dumm, dachte Anthony. Unlogisch. Sie und er konnten nicht jahrelang hoffnungslos lieben. Roger hingegen schon. So viel vernunftwidrigen Unsinn hätte ich Helen nie zugetraut ...

Zum fünfzigstenmal ungefähr sagte er «ja» und «ich verstehe» und «das ist wirklich schlimm» zu Brian, und dann packte er ihm die beiden noch halbvollen Flaschen unter die Arme und schickte ihn weg, weil er ihn nicht mehr ertrug. Da er selbst nur ein Glas Bier getrunken hatte, stürzte er sich in die Arbeit und schrieb um zwei Uhr morgens noch immer. Um zehn weckte ihn Stanley Caspians grölende Stimme. Mit vollem Mund redete der Hauswirt auf Arthur Johnson ein, und Anthony wartete, bis die Luft in der Halle rein war, und marschierte erst dann ins Bad. Zum Glück war er in der Halle, als Linthea Carville mit ihrem Sohn und seinen beiden Freunden Steve und David eintraf, denn sie klingelten bei Arthur Johnson. Anthony sah hinter dem roten und grünen Glas die Umrisse ihrer Gestalten und nahm sich vor, demnächst ein Schildchen mit seinem Namen unter seiner Klingel anzubringen. Er ging hinaus und führte sie um das Haus herum zum Keller. Linthea hatte eine Taschenlampe und zwei Kerzen mitgebracht, und die Jungen schoben den Schubkarren, den sie allerdings nicht in den Keller mitnahmen. Sie trugen das Holz auf den Armen herauf.

Anthony war von Lintheas Kraft beeindruckt. Sie hatte einen vollkommenen Körper, war muskulös und geschmeidig, aber auch weich und weiblich, und die Jeans und der Pulli, die sie trug, brachten ihre üppigen Rundungen so gut zur Geltung, daß Anthony, wie er ein wenig schuldbewußt feststellte, den Blick kaum von ihr losreißen konnte.

«Dort unten liegt mehr Holz, als ich dachte», sagte er hastig, als er merkte, daß sie seine Blicke aufgefangen hatte. «Wir müssen wohl noch einmal fahren.»

«Vergessen Sie nicht, daß meine Jungen noch unten sind», entgegnete Linthea, als er die Kellertür schließen wollte. «Alle drei, und sie haben Ihre Taschenlampe.»

Da sie beide eine ganze Menge von Erziehung verstanden, hatten sie nicht, wie die meisten Erwachsenen es wohl getan hätten, die ganze Arbeit allein erledigt, weil sie schneller und geschickter waren. Die Jungen hatten auch zupacken müssen, aber sobald der Schubkarren vollgeladen war, hatten sie den Kindern erlaubt, im Keller auf Entdeckungsreisen zu gehen.

«Leroy, wo steckst du?» rief Linthea, und gedämpft, aber unverkennbar aufgeregt und übermütig, kam die Antwort aus den Tiefen des finsteren Gewölbes: «Hier, Mami, hier!»

David und Steve saßen, die Taschenlampe zwischen sich, im ersten Kellerraum auf einer umgedrehten Kiste. Als sie Linthea sahen, kicherten sie. Eine flackernde Kerze vor sich hertragend, tastete sie sich vorsichtig durch das Gerümpel in den zweiten Raum. Anthony hielt sich dicht hinter ihr, und als sie unter dem Mauerbogen des dritten Gewölbes plötzlich stehenblieb und laut aufschrie vor Schreck, packte er sie bei den Schultern und hielt sie fest.

Sie überwand den Schreck sofort, und ihr Schrei wurde zum herzlichen Gelächter westindischer Heiterkeit. Anthonys Hände abschüttelnd, stürzte sie auf eine Ecke zu, in der sich der Junge versteckte. Und jetzt erst sah Anthony, was sie gesehen und was ihr solche Angst eingejagt hatte. Während das Kerzenlicht auf und nieder tanzte, während die Frau sich den lachenden Jungen einfing, riß der Strahl der Taschenlampe, den Steve jetzt auf die Mauer richtete, die bleiche Gestalt mit der schwarzen Handtasche über dem Arm, die dort lehnte, aus der Dunkelheit.

«Du wolltest, daß deine arme Mutter der Schlag trifft, ich kenne dich, du Lauser», sagte Linthea.

«Du hast dich gefürchtet!» frohlockte der Junge. «Du hast dich wirklich und wahrhaftig gefürchtet!»

«Sie waren alle drei an dem Unfug beteiligt», sagte Anthony. «Ich frage mich nur, wie das Ding in den Keller gekommen ist?»

Er ging auf die Puppe zu, betrachtete neugierig das verbeulte Gesicht, sah den klaffenden Riß in ihrem Hals und berührte dann, ohne eigentlich zu wissen, warum, ihre kalten, glatten Schultern. Sofort schienen seine Finger wieder Lintheas warmes, zartes Fleisch zu fühlen, und ihm wurde klar, wie groß sein Verlangen nach der Berührung einer Frau war.

Die Gestalt vor ihm hatte etwas Obszönes an sich, diese tote Verhöhnung aller Weiblichkeit mit ihrem bleichen, harten Kunststoffkörper, der so kalt war wie der Panzer eines Reptils, und den allzu dünnen, überlangen Gliedmaßen. Am liebsten hätte er sie umgestoßen und im Dreck liegenlassen, doch er beherrschte sich und wandte sich rasch ab. Die anderen warteten mit Taschenlampe und brennenden Kerzen bei der Kellertür auf ihn.

9

Im November lief die Bedenkzeit ab, die Anthony Helen zugebilligt hatte. Jetzt war es schon fast November, und sie erwartete Anthonys nächsten Anruf am Mittwoch, dem 30. Oktober. Der Brief, den er am letzten Dienstag von ihr bekommen hatte, beschäftigte sich weniger mit Rogers und mehr mit ihren eigenen und Anthonys Gefühlen. Sie schrieb darin von ihrer Liebe zu ihm und erinnerte sich an die gemeinsamen Stunden voller Zärtlichkeit und Leidenschaft, so daß Anthony beim Lesen jenes merkwürdige Prickeln in der Magengrube spürte, das sich dann – und nur dann einstellt, wenn man in seiner Phantasie eine unvergeßliche Umarmung heraufbeschwört. Von dieser Empfindung noch völlig durchdrungen, wußte er, daß er darüber sprechen würde, wenn er mit Helen telefonierte. Er wußte, er würde sich nicht scheuen, sie mit der Erinnerung unter Druck zu setzen, und deshalb wollte er nicht, daß die Kotowskys oder Li-li Chan oder der neue Mieter, den er bisher zweimal flüchtig gesehen hatte, etwas von dem Gespräch mitbekamen.

Am besten war dann wohl, wenn er Linthea Carville bat, von ihrer Wohnung aus telefonieren zu dürfen. Auf diese Weise konnte er gleich zwei Fliegen mit einer Klappe schlagen: Er wäre völlig ungestört und außerdem gezwungen, mit Linthea über seine Beziehung zu Helen zu reden, und ein so offenes Gespräch konnte die allmählich wachsende Freundschaft zwischen Linthea und ihm nur festigen.

Aber am Dienstag, dem 29. Oktober, sah alles wieder ganz anders aus. Er grub Helens Brief unter dem riesigen Stapel der für Winston Mervyn bestimmten Post aus und riß ungeduldig das Kuvert auf. Der Brief war eine bittere Enttäuschung.

Ich weiß, daß Du mich am Mittwoch fragen willst, ob ich zu einem Entschluß gekommen bin. Ich bin es nicht, und ich kann es nicht, Tony. Wir haben ein grauenhaftes Wochenende hinter uns, Roger und ich. Zuerst fing er an, mich regelrecht über mein Tun und Lassen während der vierzehn Tage im Juni zu verhören, in denen er in den Staaten war. Ich hatte ihm erzählt, ich hätte ein Wochenende bei meiner Schwester verbracht, und anscheinend hat er jetzt von meinem Schwager erfahren, daß ich nicht dort war. Er drohte mir die fürchterlichsten Dinge an, tobte und spielte den Beleidigten, aber am Abend wurde er furchtbar pathetisch, kam in mein Zimmer, nachdem ich zu Bett gegangen war, und begann seinen ganzen Jammer vor mir auszubreiten. Seit Jahren habe er sich danach gesehnt, mich zu heiraten, habe vierzehn Jahre um mich gedient wie Jakob um Rahel (was natürlich nicht stimmt, weil ich dazu nicht alt genug bin), und jetzt ertrage er es nicht, aus meinem Leben ausgeschlossen zu werden. Es ging stundenlang so weiter, Tony. Ich weiß, es ist Erpressung, aber die meisten Menschen sind nun mal erpreßbar, oder?

Er war jetzt froh, daß er Linthea nicht gebeten hatte, bei ihr telefonieren zu dürfen. Wollte er sich seine Chancen nicht verderben? Vielleicht. Aber die junge Frau aus Westindien war ihm noch anziehender als bisher vorgekommen, als er nach dem Holztransport mit Leroy und ihr gegessen und sie am letzten Samstagnachmittag bei einer Versammlung der Mieterinitiative getroffen hatte. Und wenn er Helen tatsächlich an diesen plärrenden Scharfschützen verlieren sollte – und es sah ganz danach aus, dann ... War es wirklich verwerflich, daß er sich seine Chancen bei Linthea nicht dadurch verderben wollte, daß er sie auf den Gedanken brachte, er benutze sie nur als Lückenbüßer. Wenigstens war bei ihr von einem Ehemann weit und breit nichts zu sehen.

Erbittert sagte er sich, es sei ihm jetzt völlig gleichgültig, ob sein Telefongespräch mit Helen belauscht würde oder nicht, denn er würde ganz gewiß nicht von vergangenen Liebesstunden schwärmen. Eine, die ganz bestimmt nicht lauschen würde, war Vesta Kotowsky, die in einem bodenlangen schwarzen Kapuzenumhang an ihm vorbeiraste, als er die Treppe der U-Bahnstation heraufkam. Beim Kiosk kaufte er eine Schachtel Streichhölzer und ließ sich eine Pfundnote wechseln, um genügend Kleingeld zum Telefonieren zu haben. Er würde eine ganze Menge Münzen brauchen, das wußte er schon jetzt. Alle, die er hatte.

Ihre Stimme klang nervös, als sie antwortete, aber es war *ihre* Stimme, die er seit einem Monat nicht gehört hatte, und sie hatte eine solche Wirkung auf ihn, daß sein ganzer Zorn vorübergehend verrauchte. Diese Stimme war so weich, so melodisch, so kultiviert und sanft. Er dachte an Helens herzförmigen Mund mit der vollen Unterlippe, und in Gedanken an diesen Mund verloren, ließ er sie reden.

Dann fiel ihm ein, wie entscheidend dieses Gespräch war und was er sagen mußte. «Ich habe deinen Brief bekommen.»

«Bist du sehr böse?»

«Böse? Nein, Helen, böse bin ich nicht. Du bist kein Kind mehr. Ich bin zornig, verärgert. Ich habe es satt. Ich glaube, ich könnte mich damit abfinden, wenn du dich gegen mich entschiedest. Es stimmt wahrscheinlich, daß wir einander mit der Zeit vergessen würden – wie du in deinem vorletzten Brief schriebst. Was ich nicht ertragen kann, ist dieses ewige Hin und Her, dieses einmal heiß und einmal kalt, und ...» Er unterbrach sich. Die Tür der Kotowskys ging auf, Brian kam heraus und begann ihm Zeichen zu machen, lächerliche pantomimische Gesten zu machen, indem er ein unsichtbares Glas an die Lippen führte.

«Keine Zeit», fauchte Anthony. «Ein andermal.»

«Was hast du gesagt, Tony?» flüsterte Helen.

«Ich hab mit jemand anders gesprochen. Der Telefonapparat hier hängt im Treppenhaus und ... O Gott verdammt!» brüllte er, als es in der Leitung zu piepsen begann. Er warf noch mehr Münzen ein. «Hör zu, Helen, könntest du mich nicht unter dieser Nummer anrufen? Ich geb sie dir, schreib bitte mit ...»

«Nein, bitte!» unterbrach sie ihn mit echter Furcht in der Stimme. «Es geht nicht. Wenn die Telefonrechnung kommt, müßte ich Roger erklären ...»

Er schwieg eine Zeitlang und sagte dann: «Also wirst du noch bei ihm sein, wenn die Rechnung kommt?»

«Ich weiß es nicht, Tony. Ich habe mir überlegt, wenn du Weihnachten herkommen und in einem Hotel wohnen könntest, wenn wir einander wiedersehen und richtig miteinander reden könnten, dann wäre es mir vielleicht möglich, dir begreiflich zu machen, wie schwierig ...»

«O nein!» explodierte er. «Ich soll wohl eine Woche in Bristol rumsitzen, um dich, wenn es hochkommt, eine halbe Stunde täglich und vielleicht einen einzigen Abend zu sehen, sofern du dich aus deinem Gefängnis befreien kannst. Und möglicherweise erwartest du Ostern dasselbe? Und im Sommer? Während du zauderst und unentschlossen hin und her schwankst und ich mich verzweifelt bemühe, dich zu verstehen. O nein, Helen, ich eigne mich nicht zum Schoßhündchen einer verheirateten Frau.»

Wieder piepste es in der Leitung, und er warf noch mehr Münzen ein. «Das war mein letztes Kleingeld», sagte er.

«Ich liebe dich wirklich. Das mußt du doch wissen.»

«Nein, ich weiß es nicht. Und hör bitte auf zu weinen, weil ich dir jetzt etwas sehr Wichtiges sage. Dein nächster Brief wird von großer Bedeutung sein – vielleicht der entscheidendste, den du in deinem Leben schreiben wirst. Wenn du zu mir kommst, suchen wir uns eine Wohnung, und ich werde für dich sorgen. Du brauchst dich dann auch nicht vor Roger zu fürchten, weil ich bei dir sein werde. Roger wird sich von dir scheiden lassen, wenn er merkt, daß sein Widerstand sinnlos ist, und dann heiraten wir. Aber dein nächster Brief ist deine letzte Chance. Ich habe es satt, ich lasse mich nicht mehr hinhalten und herumstoßen, und bald ist es zu spät.» Zorn ließ ihn heftig werden – Zorn und die Angst vor dem nächsten Piepsen, das unwiderruflich das Ende des Gesprächs ankünden würde. «Es gibt noch andere Frauen auf der Welt, vergiß das nicht! Und wenn du mir immer wieder erzählst, wie verdammt wichtig dir dein Mann ist und du jetzt schon Angst davor hast, daß er in drei Monaten nach einem bestimmten Posten auf der Telefonrechnung fragen könnte, dann kommt mir die ganze Sache wie eine idiotische französische Komödie vor, und ich frage mich, ob es nicht schon zu spät ist!»

Ein Schluchzen antwortete ihm und wurde von dem schrillen Piep-piep abgeschnitten. Anthony knallte den Hörer auf, ohne sich zu verabschieden, und lehnte sich schwer atmend an die Wand, als habe er einen anstrengenden Wettlauf hinter sich. In der Hand hatte er ein letztes Zwei-Pence-Stück. Als sein Atem ruhiger wurde, wählte er aus einem Impuls heraus Lintheas Nummer.

Als sie hörte, wer am Apparat war, lud sie ihn zum Kaffee ein. Anthony zögerte. Sein Gespräch mit Helen hatte in seinem Kopf ein geradezu chaotisches Durcheinander hinterlassen, und er wußte nicht mehr, ob er ihr seine Nummer gegeben hatte oder nicht. Falls er es getan hatte und sie rief zurück ... Nein, es war unmöglich, daß er zu Linthea ging. Aber vielleicht konnte Linthea zu ihm kommen? Ja, sehr gern, sagte sie, sie müsse nur noch die Nachbarin bitten, ab und zu nach Leroy zu sehen.

Arthur hatte alles gehört – oder eben soviel, wie man von einem Telefongespräch mitbekommt, wenn man heimlich lauscht. Da er die Antworten der Frau nicht gehört hatte, wußte er jedoch nicht, ob Anthony Johnson ausging oder nicht. Er soll ausgehen, bitte! betete er stumm. Betete vielleicht zu jenem dornengekrönten Gott, dessen Bildnis im Saal der Allerseelenkirche hing, in dem die Sonntagsschule abgehalten worden war. Doch weder Tante Gracie noch er selbst hatten je wirklich an ihn geglaubt. Bitte mach, daß er weggeht!

Aber das Licht aus Zimmer 2 erhellte unverändert den mit Flechten bewachsenen Hof. Arthur hörte, wie die Haustür geöffnet und wieder geschlossen wurde, und dann sah er, was er noch nie zu sehen bekommen hatte: auf dem hellen Asphalt des Hofes malten sich die Schatten zweier Köpfe. Der eine war Anthony Johnsons Kopf, den anderen schmückte ein schwerer, glatter Haarknoten. Am ganzen Körper zitternd, wandte Arthur sich ab. Er warf die rosa geblümte Daunendecke zurück, packte ein Kissen nach dem anderen, würgte sie, grub die Finger in ihre Weichheit, schlug sie und packte sie wieder mit so brutaler Kraft, daß er mit den Fingernägeln einen Saum aufriß. Aber das verschaffte ihm keine Erleichterung, und nach diesem Exzeß sinnloser Gewalt warf er sich mit dem Gesicht nach unten auf das Bett und weinte bitterlich.

Linthea trug einen langen schwarzen Wollrock, der mit orangefarbenen Blüten bestickt war, einen gelben Poncho und kleine goldene Nadeln im Haar.

«Ich habe mich feingemacht, weil Sie noch andere Gäste erwarten», sagte sie. «Geben Sie eine Party?»

Er war ein bißchen enttäuscht, weil sie sich nicht für ihn so festlich angezogen hatte. «Ich erwarte niemand sonst. Wieso glauben Sie das?»

Sie hob die Brauen, vollkommene Bögen, schwarze Sicheln über weißen Monden. «Weil Sie nicht zu mir kommen wollten. Ach, ich verstehe! Sie lieben einfach dieses entzückende kleine Zimmer mit den kostbaren Antiquitäten und dem Blick auf den hinreißenden altmodischen Keller. Sie lieben es so, daß Sie sich nicht davon trennen können. Dieser Lampenschirm sieht wie ein portugiesisches Kriegsschiff aus.»

Er lachte. «Ich habe ihn für ein Quallentier gehalten. Hierbleiben wollte ich nur, weil ich vielleicht noch angerufen werde.»

«Aha!»

«Überhaupt nicht ‹aha›.» Anthony setzte den Kessel auf und deckte den Tisch. «Irgendwann erzähle ich Ihnen die ganze Geschichte. Aber vorher möchte ich noch sehr viel über Sie erfahren.»

«Da gibt es nicht viel zu erfahren. Ich bin neunundzwanzig, in Kingston, Jamaika, geboren. Als ich achtzehn war, kam ich mit meinen Eltern nach England und ließ mich hier in Kenbourne zur Sozialarbeiterin ausbilden. Dann heiratete ich einen Arzt.» Sie blickte in ihren Schoß hinunter und hob eine goldene Haarnadel auf, steckte sie wieder ins Haar. «Er ist vor drei Jahren an Krebs gestorben.»

«Das tut mir leid.»

«Ja.» Sie nahm die Kaffeetasse entgegen, die Anthony ihr reichte. «Und jetzt Sie.»

«Ich? Ich bin der sprichwörtliche ewige Student.» Als er das sagte, fiel ihm ein, daß Helen ihn so genannt hatte. Soviel er wußte, stammte der Name aus einem Stück von Tschechow. Sie würde ihn nicht anrufen. Nicht jetzt. Er begann, Linthea von seiner Doktorarbeit zu erzählen, nahm ihr aber sanft die Blätter mit seinen Notizen aus der Hand, als sie anfangen wollte zu lesen: *Er empfindet keine oder nur geringe Schuld, gleichgültig ob er nun Kinder und Tiere grausam quält oder sogar mordet. Ein Schuldbewußtsein entwickelt er nur, wenn er im alltäglichen Leben versagt, bei Routineaufgaben oder Pflichten, die für das Wohl der Gesellschaft völlig bedeutungslos sind ...*

Nein, das war es nicht, worüber Anthony heute abend reden wollte. Leider gab es in seinem Zimmer kein Sofa, sondern nur den Kaminsessel mit dem geflickten Tweedbezug, die beiden steifen Holzstühle und das runde Sitzkissen, das aber recht brauchbar war, weil er sich damit ganz unauffällig immer näher an Linthea heranschieben konnte. Als er schon ganz dicht bei ihr saß und eben anfangen wollte, ihr sein Herz auszuschütten, ihr von seiner bitteren Enttäuschung über Helen erzählen wollte, klopfte jemand energisch an seine Tür.

Telefon für ihn! Wenn er hier unten saß, konnte er das Klingeln gar nicht hören ... Er riß die Tür auf. Auf der Schwelle stand der neue Bewohner von Zimmer 3, ein hochgewachsener, gutaussehender Mann, der große Ähnlichkeit mit Muhammed Ali hatte.

«Tut mir wahnsinnig leid, Sie zu stören», sagte Winston Mervyn in tadellosem Akademikerenglisch, das völlig anders klang als Lintheas warmer, von Sonne durchtränkter westindischer Dialekt. Er hielt Anthony eine kleine Tasse entgegen. «Könnten Sie mir vielleicht ein bißchen Salz borgen?»

«Klar», sagte Anthony. «Kommen Sie rein.» Kein Telefonanruf. Er hatte Helen die Nummer ja gar nicht gegeben, das wußte er jetzt wieder genau.

Winston Mervyn trat ein. Er ging direkt auf Linthea zu, die – wenn man das von einer Negerin sagen konnte – totenblaß geworden war. Sie stand halb auf, streckte ihm die Hand entgegen und sagte:

«Das kann ich einfach nicht glauben! Einen solchen Zufall gibt es nicht!»

«Da hast du recht», antwortete Mervyn. «Ich habe dem Zufall nämlich ein bißchen nachgeholfen. Das Salz war nur ein Vorwand. Ich habe dich vor der Haustür gesehen.»

«Ja, aber daß du in diesem Viertel – in diesem Haus wohnst ...» Linthea unterbrach sich und wandte sich Anthony zu. «Wir kennen uns von Jamaika her», sagte sie, «und haben uns zwölf Jahre nicht mehr gesehen.»

10

Auf der Matte lagen drei Briefe für Winston Mervyn, eine Rechnung für Brian Kotowsky und das an Anthony Johnson adressierte malvenfarbene Kuvert. Arthur wog es in der Hand und überlegte kurz, was für eine Nachricht es enthalten mochte. Hatte sich die Frau endlich dazu entschlossen, ihren Mann zu verlassen, oder blieb sie bei ihm? Aber allzugroßes Interesse konnte Arthur für die Probleme anderer nicht aufbringen, weil er ausschließlich von dem Gedanken besessen war, daß er es irgendwie fertigbringen mußte, den Keller wieder für sich allein zu haben.

Die Nacht vor dem 5. November war kalt und frostig gewesen. Mauerkronen, Geländer und Stufen hatten dicke weiße Reifränder, die aussahen wie Schnee. Das gelbe Laub im Rinnstein war ebenfalls weiß bestäubt. Das Tor von Grainger's war bereits aufgeschlossen, als Arthur kam. Barry war zur Abwechslung einmal früher dagewesen. Arthur entdeckte ihn bei einem Stapel Nutzholz, wo er eben ein brennendes Streichholz an einen Knallfrosch hielt.

«Laß das gefälligst!» sagte Arthur mit eisiger Strenge. «Willst du, daß die ganze Firma abbrennt?»

Er sperrte das Büro auf. Barry kam ihm nach und blieb bockig auf der Schwelle stehen.

«Als ich in deinem Alter war, wäre ich streng bestraft worden, wenn ich mit Knallkörpern hantiert hätte.»

Barry blies einen riesigen orangefarbenen Kaugummiballon. «Was ist Ihnen denn heute über die Leber gelaufen?» fragte er.

«Was nimmst du dir eigentlich heraus?» donnerte Arthur. «Wie redest du denn mit mir? Hinaus! Geh und koch mir eine Tasse Tee.»

«Was? Um halb zehn?»

«Tu, was man dir sagt! Als ich in deinem Alter war, wäre ich glücklich gewesen, wenn ich am Vormittag eine Tasse Tee bekommen hätte.»

Als ich in deinem Alter war ... Aus dem Fenster auf die weiße Einöde starrend, dachte Arthur an seine verlorene Kindheit. Wäre er bestraft worden, wenn er einen Feuerwerkskörper angefaßt hätte? Vielleicht hätte er in Barrys Alter so offensichtlich kindischen Vergnügen keinen Geschmack mehr abgewonnen. Den hatte Tante Gracie ihm damals längst ausgetrieben. Ja, er war mit eiserner Strenge erzogen worden, und doch war er noch heute der Meinung, daß Strenge einem Kind nur wohltat.

«Bis du erwachsen bist, Arthur», pflegte Tante Gracie zu sagen, «bin ich unumschränkter Herr in diesem Haus.»

Wäre sie in dieser Beziehung lax gewesen, hätte er sich vielleicht zu einem weichlichen, schlampigen, arbeitsscheuen und unpünktlichen Menschen entwickelt. Und mehr Freiheit wäre ihm nicht gut bekommen. Er brauchte sich ja nur zu vergegenwärtigen, was er mit der Freiheit anstellte – was er tat, wenn er sich selbst überlassen blieb. Wenn er sich nicht selbst ganz fest in der Hand hätte, schlüge wahrscheinlich sehr bald die letzte Stunde der Freiheit für ihn. Da war zum Beispiel der Zwischenfall mit Mrs. Goodwins Baby gewesen ... Aber bevor er sich eingehender mit dieser Erinnerung beschäftigen konnte, brachte Barry den Tee.

«Haben Sie den Holzstoß gesehen, den sie drüben auf dem leeren Grundstück abbrennen wollen?» fragte der Junge.

«Zum Teufel», fauchte Arthur, «kannst du nicht aufpassen? Ich trinke nicht gern aus der Untertasse! Nein, den habe ich nicht gesehen. Und wer mögen ‹sie› sein?»

«Leute, Kinder, ich weiß es nicht. Es ist ein verdammt hoher Holzstoß, den sie dort aufgeschichtet haben. Ich schätze, das wird das tollste Feuer in ganz Kenbourne. Es hat keinen Sinn, wenn Sie hier aus dem Fenster schauen, er steht drüben in der Brasenose dicht am Zaun.»

Arthur nahm einen Schluck Tee. «Ich hoffe nur, es kommt zu keiner Katastrophe. Wahrscheinlich wird die Feuerwehr eine Menge zu tun haben. Vielleicht bist du, wenn du genug von Mr. Graingers Zucker genascht hast, kräftig genug, um meinen Papierkorb auszuleeren.»

Ein fast furchterregender Berg von Briefen erwartete ihn. Sorgfältig schlitzte er die Kuverts auf, denn als er einmal zu hastig gewesen war, hatte er einen Scheck über einen hohen Betrag in der Mitte entzweigerissen. Doch an diesem Vormittag wollte es ihm einfach nicht gelingen, sich zu konzentrieren. An den Bildern, die ununterbrochen an seinem geistigen Auge vorüberzogen, an den Erinnerungen, die aus der Vergangenheit aufstiegen und die er längst von der Zeit getilgt glaubte, erkannte er, daß er am Ende seiner Kräfte angelangt war.

Mit den Bildern tauchten natürlich auch die Gesichter der Toten auf – Tante Gracies Gesicht und die der beiden Mädchen. Und jetzt sah er das Baby, hörte wieder seine Schreie.

Tante Gracie hatte das Baby gehütet, weil seine Mutter etwas zu erledigen hatte. Soweit Arthur sich erinnerte, war von einer kranken Verwandten die Rede gewesen, die Mrs. Goodwin besuchen mußte.

«Falls ich einkaufen gehen muß», hatte Tante Gracie gesagt, «kann Arthur sich um das Kleine kümmern.» Und mit einem bedeutungsvollen Blick: «Es wird Arthur nur guttun, mit einer solchen verantwortungsvollen Aufgabe betraut zu werden.»

Sobald sie das Haus verlassen hatte, war er zu dem Baby hinübergegangen und hatte es mit einer merkwürdigen Gier betrachtet. Es war ungefähr sechs Monate alt, dick, und es schlief fest. Er schlug die Decke zurück, zog das Wolljäckchen hoch, aber das Baby wachte nicht auf. Eine flauschige weiße Windel, die mit einer Sicherheitsnadel festgesteckt war, bedeckte oberhalb der fetten Beinchen den kleinen Körper. Wie merkwürdig, daß man ein so großes und gefährliches Instrument wie diese Nadel mit dem Begriff «Sicherheit» in Verbindung brachte. Arthur nahm die Nadel heraus und stieß sie, vom Rausch der Macht und der Lust wie benommen, dem Baby tief in den Bauch. Das Baby erwachte mit einem durchdringenden Schrei, und als er die Nadel aus dem weichen Fleisch zog, quoll ein großer scharlachroter Blutstropfen heraus. Eine Weile genoß er die Schreie des Kindes, beobachtete es innerlich jubelnd, betrachtete den schmerzverzerrten, weit aufgerissenen Mund und die Tränen, die über das rote Gesicht liefen. Er beobachtete und hörte zu. Tante Gracie blieb zum Glück lange weg. Wirklich zum Glück. Er mußte alles wieder in Ordnung bringen, damit sie nicht ärgerlich wurde. Wie durch ein Wunder schien die Nadel auch keinen lebenswichtigen Körperteil getroffen zu haben. Er wechselte die jetzt nasse und blutverschmierte Windel und wusch sie aus – wie hatte Tante Gracie ihn dafür gelobt! –, und als sie wiederkam, weinte und greinte das Baby nur noch jämmerlich vor sich hin, wie Babies das so oft ganz ohne Grund tun.

Das Baby trug auch keinen ernsthaften Schaden davon. Es mußte inzwischen ein Mann Mitte der Dreißig sein. Auch hatte Tante Gracie nie wegen der Wunde Rede und Antwort stehen müssen – falls sie überhaupt je entdeckt worden war. Er war nur um seiner selbst willen froh, daß er gewußt hatte, Tante Gracie werde nicht lange ausbleiben. Denn wer weiß, in wie viele weiche und verletzliche Teile des Babys er die Nadel noch gebohrt hätte, wenn er stundenlang mit ihm allein geblieben wäre? Ja, Tante Gracie war sein Schutzengel und seine Beschützerin gewesen, und nach ihrem Tod hatte die andere Beschützerin ihren Platz eingenommen, seine geduldige weiße Dame, die Tante Gracies Kleider trug ...

Um ein Uhr hatte er noch keinen einzigen Brief beantwortet. Vielleicht ging ihm die Arbeit leichter von der Hand, nachdem er gut gegessen hatte. Er schlüpfte in den silbergrauen Tweedmantel, der nur eine Schattierung heller war als die stahlgraue Seidenkrawatte, die er fester zuzog, bevor er das Büro verließ, bis sie sich wie ein metallisch schimmernder Bogen zwischen den Mantelrevers wölbte. Auf dem Weg zum *Vale Café* blieb er einen Augenblick stehen und sah sich den Holzstoß an. Er war ungefähr fünf Meter hoch, und zu beiden Seiten hatte jemand einfache Holztische aufgebaut. Arthur schüttelte mißbilligend den Kopf, obwohl ihm selbst nicht ganz klar war warum. Dann ging er rasch weiter und hoffte, daß die frische, rhythmisch und tief eingeatmete Luft ihn von dem ungeheuren Druck und dem Hämmern hinter den Schläfen befreien würde.

Auf dem Rückweg wurde er von einer jungen Frau angesprochen, die Informationen für irgendeine Statistik sammelte. Arthur sagte ihr, wie er hieß und wo er wohnte, daß er die Konservativen unterstützte und unverheiratet sei. Er weigerte sich, ihr sein Alter zu nennen, und gab als Beruf «Lagerverwalter» an. Sie notierte seine Angaben, und er fühlte sich ein bißchen wohler.

In seinem Büro wartete die unerledigte Post auf ihn, und dank seiner Trödelei am Vormittag sah es so aus, als müsse er Überstunden machen, um die Arbeit zu bewältigen. Im Winter, wenn es schon um fünf Uhr dämmerte, machte er auch gern Punkt fünf Schluß, weil um diese Zeit die Straßen noch sehr belebt waren und er im Schutz unzähliger Blicke vor Einbruch der Dunkelheit ungefährdet nach Hause gelangte. Er tröstete sich jedoch mit dem Gedanken, daß die Straßen heute auch noch sehr spät von Menschen wimmeln würden. Schon jetzt sah er goldene, scharlachrote und weiße Feuerwerksraketen in den blassen, noch sonnenhellen Himmel schießen.

Doch aus irgendeinem perversen Wunsch heraus hoffte er, daß Regen das Fest verderben sollte, und er ging sogar ein paarmal hinaus, um auf das Thermometer zu schauen, das an der Hauswand hing. Gegen Mittag war der Himmel leicht bewölkt gewesen, doch im Lauf des Nachmittags schienen die Wolken zu schrumpfen und in der zunehmenden Kälte dahinzuschwinden, denn die rote Flüssigkeitssäule des Thermometers war von plus drei Grad auf zwei und ein Grad gesunken und stand jetzt, um halb sechs, auf zwei Grad unter Null.

Kaum war die Sonne untergegangen, erschienen die Sterne im dunklen Blau des Himmels und glänzten hart und klar wie Brocken eines unbekannten Metalls. Und sie blieben in ihrer ewigen Schönheit unberührt vom funkelnden sprühenden Feuer der falschen Meteore, die von Menschenhand in die ephemeren Galaxien geschleudert wurden. Arthur zog die Jalousie herunter, damit er sie nicht mehr sah, obwohl er Stimmengewirr und Gelächter, die vom Festplatz zu ihm drangen, dadurch nicht aussperren konnte.

Zehn nach sechs hatte er den letzten Brief geschrieben und tippte die Adresse auf den Umschlag. Er legte die gesamte Korrespondenz in den dafür vorgesehenen Korb, damit Barry sie am nächsten Vormittag zur Post bringen konnte. Nachdem er den Mantel angezogen hatte, zupfte er wieder energisch an seiner Krawatte und verließ das Büro. Er schloß das Haupttor hinter sich ab und ging Magdalen Hill entlang. Die Leute, die sich inzwischen auf dem Festplatz drängten, um ihr albernes Guy Fawkes-Feuer abzubrennen, machten einen, Arthurs Meinung nach, ungebührlichen Lärm. Vor dem Maschendrahtzaun hatte sich schon eine kleine Menschenmenge versammelt – Menschen, die wie Arthur von der Arbeit kamen. Eigentlich hatte er die Absicht, vorüberzugehen und weder nach links noch nach rechts zu schauen, aber mit einem merkwürdigen Widerwillen vermischte Neugier und die unerklärliche Hoffnung auf eine Katastrophe zwangen ihn, sich unter die Zuschauer zu mischen.

Die Tische waren mit Papiertüchern gedeckt, auf denen sich ganze Berge von Sandwiches, Brötchen und Hot dogs türmten. Dazwischen standen Terrinen mit dampfender, würzig riechender Suppe. Es mochten, Arthurs Schätzung nach, ungefähr hundert Leute da sein. Hauptsächlich Kinder, aber auch viele Frauen und vielleicht ein halbes Dutzend Männer. Alle waren in Windjacken oder dicke Mäntel und Schals gepackt. Schon glitzerte Reif auf dem Gras, und die Schuhe der Leute hinterließen grüne Eindrücke. Die Lichter aus den Häusern hinter dem Platz warfen einen hellen orangefarbenen Schein auf die sich bewegenden Gestalten, das silbrig bestaubte Gras, den mächtigen Holzstoß. Es war eine Szene wie auf einem Bild von Pieter Breughel dem Älteren.

Eine der Frauen kam mit einer Schubkarre voller Kartoffel an und kippte sie neben dem Holzstoß aus. Sie sollten, vermutete Arthur, später in der heißen Asche gebacken werden. Sie werden widerlich schmecken, dachte er, als er sah, daß ein Mann – ein Schwarzer, die in seinen Augen ohnehin alle gleich aussahen – Holz, Pappe und Papier mit Paraffin übergoß und dann auch den Guy damit besprengte. Dieser Guy Fawkes, das mußte Arthur zugeben, war ein Meisterwerk – eine riesige Gestalt in einem Herrenanzug mit einem Gesicht aus Pappmaché und einem großen Strohhut. Schon wollte Arthur sich halb angeekelt abwenden, als er etwas – oder jemand – entdeckte, dessen Anblick ihn wie festgefroren stehenbleiben ließ. Denn aus der Menge hatte sich ein Mann gelöst, der eine Streichholzschachtel in der Hand hielt. Ein hochgewachsener Mann mit einer dichten blonden Mähne, die ihm bis auf den Kragen seiner Lederjacke hing – und dieser Mann war Anthony Johnson.

Arthur fragte sich nicht, was der «andere» hier tat, welche Rolle er bei diesem kindischen Spektakel spielte. Kein Mensch konnte an zwei Orten zugleich sein, nur das war ihm klar. Wenn Anthony Johnson hier war – und, dem Geschrei der Kinder nach zu schließen, offensichtlich den Zeremonienmeister mimte –, konnte er nicht zu Hause in der Trinity Road 142 sein. Es sah so aus, als werde er noch stundenlang hierbleiben, und in dieser Zeit war der Keller unbeobachtet, konnte Arthur ihn endlich wieder für sich allein haben. Es würde dunkel und sehr kalt sein, einsam, aber in dieser Nacht immer wieder aufflackernden Lärms doch genügend ein Teil dieser Welt, so daß Arthurs Phantasie sich ein größeres als das übliche Maß an Realität vorgaukeln konnte.

Eine wilde Freude packte ihn, die zugleich erlösend wirkte, und erfüllte ihn bis ins Innerste. Bis zu diesem Moment war ihm gar nicht klargewesen, wie groß seine Gier nach der Frau im Keller war. Weder seine Träume noch seine Enttäuschungen und vereitelten Hoffnungen hatten ihm das so bewußt werden lassen wie der Anblick von Anthony Johnson, der jetzt das erste brennende Streichholz an den Holzstoß hielt. Doch schon während die erwartungsvolle Begierde in ihm aufstieg, sagte er sich, daß er warten mußte, daß er sie genießen konnte, bis sie den Höhepunkt erreicht hatte. Er hatte Zeit, viel Zeit. Wenn er alle Sinne darauf ausrichtete, die Lust langsam zu steigern, würden Genuß und Erleichterung später um so größer sein.

Er zitterte vor Erregung am ganzen Körper. Und er fürchtete weder die Dunkelheit noch ihre Versuchungen. Glücklich und zufrieden sah er Anthony Johnson zu, der Streichholz um Streichholz an den Holzstoß hielt, bis die Flammen zu züngeln begannen und sich knisternd und knackend durch die Holzpyramide fraßen. Als das Feuer richtig brannte und die Füße des Guy berührten, wurden die ersten Feuerwerkskörper gezündet. Eine funkensprühende Rakete schoß pfeifend in die Höhe, und am Zaun zündete ein Kind unter Aufsicht des großen Schwarzen das erste in einer langen Reihe von Feuerrädern an. Eines nach dem anderen begann sich, rotes und gelbes Feuer versprühend, um sich selbst zu drehen. Die blasseren, aber viel wirkungsvolleren Flammen, die Holz, Papier und Pappe fraßen, krochen langsam an den Beinen des Guy hoch, leckten am Anzug und sprangen schließlich zu seinem Gesicht, seinem Kopf hinauf, gruben sich in seine Augenhöhlen, packten den Strohhut und fuhren wie ein Feuersturm durch die Hutkrone wieder heraus.

Der Hut fiel herunter. Der Anzug verbrannte zu Asche. Die weißen, langen, glatten Glieder, der schmale, glatte Leib, die unter den Fetzen zum Vorschein kamen, hatten etwas merkwürdig Anstößiges an sich. Und dann bemächtigte sich das Feuer auch dieses Leibes und fing an ihn zu verzehren. Arthur trat näher an den Zaun heran und krallte die Finger in das rostige Drahtgeflecht. Die Pappmachémaske wurde plötzlich zur glühenden Masse, die der Gestalt vom Gesicht gerissen wurde und wie ein ganz eigenständiges Feuerwerk durch die Luft segelte, bevor sie als Funkenregen zu Boden fiel. Ein Kind schrie, und die Mutter zog es an sich.

Die Flammen schienen das nackte Gesicht zu umschmeicheln. Es war nicht das Gesicht eines Mannes, sondern das einer Frau, blaß, ausdruckslos, sogar schön in seiner tödlichen Ruhe und Leere. Es schien sich zu bewegen, schien sich Arthur zu nähern und kam ihm so nahe, bis er nichts mehr sah, keine Menschen, keine Farbkaskaden, keinen Rauch, nichts als dieses vertraute und geliebte Gesicht. Dann war es nicht mehr glatt und ruhig. Es bog sich zurück, als äffe es auf dem Scheiterhaufen zu Tode brennende Verurteilte nach. Der große Riß unter dem Kinn klaffte auf, wie mit dem Rasiermesser aufgeschlitzt. Dann nahm das Feuer von ihm Besitz, entwich prasselnd der Öffnung und verkohlte mit einer Art von Lust das verzerrte Gesicht.

Seine weiße Dame, seine Tante Gracie, sein Schutzengel ...

11

Das Haus Trinity Road 142 lag im Dunkeln, alle Fenster, die auf die Straße blickten, glichen schwarzen Höhlen zwischen schemenhaft blassen Vorhängen. Nur die Spitzenstores im obersten Stockwerk schimmerten weiß wie die Ballkleider von Frauen, die vergeblich darauf warteten, zum Tanz gebeten zu werden. Im Haus herrschte atemlose, absolute Stille. Arthur, der am Treppengeländer lehnte, die brennende Stirn an das kalte, glatte Holz gepreßt, konnte sich nicht erinnern, das Haus schon einmal so still erlebt zu haben – keine klappernden Absätze, keine murmelnden Stimmen, kein leises Lachen – nichts. Kein Wasserkessel pfiff, kein Wasserhahn tropfte, kein Heizkörper klopfte, keine Tür schlug. Der Herzschlag des Lebens war daraus entwichen. Es war, als habe es sich in den Schlaf verkrochen, aber in den Schlaf eines Tieres, das bei der geringsten Bewegung, beim leisesten Geräusch wieder aufschrak. Er konnte das Haus wecken, indem er in seine Wohnung hinaufging und alles tat, was ihm allabendlich zur Routine geworden war. Er konnte Licht machen, den Wasserkessel füllen, den Fernseher einschalten, die Bettdecke zurückschlagen, das Schlafzimmerfenster zumachen und in den Hof hinunterschauen – den endlich unbeleuchteten, aber entzauberten Hof, der für ihn nichts Lockendes mehr hatte.

Wut packte ihn. Er schaltete das Licht in der Halle ein und machte ein paar Schritte auf Zimmer 2 zu. Fremdes Eigentum zu zerstören war ihm wesensfremd, Eigentum war etwas, das er respektierte. Aber wenn ich jetzt in dieses Zimmer hineinkönnte, würde ich unbarmherzig seine Bücher zerfetzen, zerstampfen, zermalmen, dachte er. Fieberhaft suchte er in den Schubladen von Stanley Caspians Schreibtisch nach einem Zweitschlüssel, denn er wußte, daß der Fettwanst ziemlich sorglos damit umging. Aber außer zusammengeknülltem Papier und ein paar Stückchen Schnur waren die Schubladen leer. Aber er wollte – er mußte sich rächen, denn er zweifelte nicht daran, daß Anthony Johnson einen Racheakt an ihm verübt hatte. Wochenlang hatte der «andere» ihm nachgetragen, daß er versehentlich den Brief geöffnet hatte – das hatte sein Verhalten deutlich genug bewiesen –, und bei der ersten Gelegenheit hatte er zugeschlagen. Jetzt war Arthur an der Reihe, es ihm heimzuzahlen, nachdem er sich vorher so bemüht hatte, wiedergutzumachen. Und es mußte ein Akt von gleicher vernichtender Tragweite sein. Was aber konnte er tun?

Als er sich vom Schreibtisch ab und der Tür von Nummer 2 zuwandte, fiel sein Blick auf den Tisch. Eine riesige Hand schien ihm die Brust zu umklammern, die Rippen einzudrücken und den Atem aus ihm hinauszupressen. Unberührt lag noch die gesamte Post da. Die Rechnung für Brian Kotowsky, die offiziell aussehenden Briefe für Winston Mervyn, der malvenfarbene Umschlag aus Bristol für Anthony Johnson. Seit heute morgen war niemand nach

Hause gekommen, niemand hatte einen Brief entfernt. Arthur legte die Hand auf das Kuvert aus Bristol und deckte es zu. Ein leichtes, unaufhörliches Zittern nahm von seiner Hand Besitz, ein Zittern, das seine Hände und seinen ganzen Körper von dem Moment durchrieselt hatte, in dem er begriff, was das Feuer anrichtete. Sein ganzes Inneres pulsierte auf eine Art, daß er das Gefühl hatte, an eine elektrische Leitung angeschlossen zu sein. Das Blut hämmerte in seinem Kopf, als müsse es eine Maschine mit Energie versorgen.

Das Telefongespräch fiel ihm ein, das er belauscht hatte. «Dein nächster Brief ist unsere letzte Chance ...» Ihr nächster Brief. Hier lag er unter seiner bebenden Hand. Arthur hob ihn auf und hielt ihn vorsichtig am Rand fest, als sei die Mitte glühend heiß und er habe Angst, sich die Finger zu verbrennen. Wie aus weiter Ferne sickerte Tante Gracies mahnende Stimme in sein nebelumflortes Gehirn.

«Briefe, die anderen Leuten gehören, müssen dir heilig sein, Arthur. Einen fremden Brief zu öffnen, kommt einem Diebstahl gleich ...»

Aber sie war nicht mehr da, konnte ihn nicht mehr schützen, konnte nicht mehr auf ihn aufpassen und ihn retten ... Er riß den Umschlag auf, und er tat es so heftig, daß er ihn in zwei Teile zerfetzte. Er zog den Brief heraus. Er war mit der Maschine geschrieben, nicht auf malvenfarbenem, sondern auf Durchschlagpapier, und die Maschine war eine Adler Standard wie die, auf der er im Büro schrieb.

Liebster Tony, ich denke, ich habe mich seit unserem letzten Telefongespräch sehr verändert. Vielleicht bin ich erwachsen geworden. Als Du aufgelegt hattest, begriff ich plötzlich, daß Du recht hast. Ich kann nicht hierbleiben und dieses wahnwitzige Doppelspiel noch länger mitmachen. Mir wurde klar, daß ich mich zwischen Dir und Roger entscheiden muß – und darf es nicht mehr auf die lange Bank schieben. Ich hätte Dich sofort wieder angerufen, aber ich weiß Deine Nummer nicht – ist das nicht absurd? Ich weiß nur, daß Dein Hauswirt wie ein Fluß oder ein Meer heißt.

Ich habe meine Entscheidung getroffen, Tony. Ich habe Dich gewählt, endgültig und unwiderruflich. Für immer? Ich hoffe es. Aber ich habe dasselbe Versprechen schon einmal für immer gegeben, deshalb habe ich Angst, es wieder zu tun – es ist so ungeheuerlich. Doch ich werde Roger verlassen und Dich heiraten, wenn Du mich noch willst.

Sei nicht böse, daß ich es Roger noch nicht gesagt habe. Ich fürchte mich davor, natürlich fürchte ich mich. Aber es ist nicht nur das. Ich kann ihm nicht sagen, daß ich ihn verlasse, ohne zu wissen, wohin und zu wem ich soll. Du brauchst mir nur zu schreiben, und dann sage ich es ihm sofort. Schreib mir in die Firma, wann und wo wir uns treffen können. Wenn Du meinen Brief Dienstag bekommst, kann ich Freitag Deine Antwort haben. Woran mir besonders liegt, ist Deine Versicherung, daß Du meiner nicht überdrüssig geworden bist und mich noch immer willst. Ich werde alles tun, was Du von mir verlangst.

Verzeih mir, Tony, ich war ein Biest und habe Katz und Maus mit Dir gespielt. Aber das ist vorbei. Samstag könnten wir schon zusammen sein. Sag, daß es so sein soll, und ich verlasse Roger sofort – wenn es sein muß im Nachthemd. Wie Mary Stuart ihrem Geliebten, will ich Dir bis ans Ende der Welt folgen. Ich liebe Dich. H.

Ein ungeheures Machtgefühl stieg in Arthur auf. Ebenso wie Anthony Johnson es in der Hand gehabt hatte, sein Schicksal zu bestimmen, ihm den inneren Frieden zu sichern, konnte er jetzt die Zukunft des «anderen» lenken. Auge um Auge, Zahn um Zahn. Anthony Johnson hatte ihm seine weiße Dame genommen. Jetzt würde er den «anderen» seiner Frau berauben, ihm die letzte Chance rauben, wie sie ihm selbst geraubt worden war.

Er knüllte Brief und Kuvert zusammen, steckte beides in die Tasche, ging durch die Halle zur Treppe und blieb dort stehen. Wie furchtbar und wie schön die Stille war. Mit einem Gefühl, das ihm wie ein Schmerz ins Herz schnitt, dachte er an den unbewachten, unbeobachteten Keller. Vielleicht war es möglich, daß er sich dort trotzdem noch ein wenig Erleichterung verschaffen konnte, durch die Atmosphäre, die in seiner Phantasie so lebendig geblieben war, aus einer Einbildung heraus, die ihm vorgaukelte, daß sie noch da war. Seine weiße Dame, seine Tante Gracie, sein alles. Er löschte das Licht, trat ins Freie und ging um das Haus herum. Da er keine Taschenlampe hatte, zündete er ein Streichholz an und passierte im flackernden Schein des kleinen Leuchtfeuers den ersten und den zweiten Kellerraum. Als er den dritten betrat, mußte er ein frisches Streichholz anreißen und sah im Licht des hochschießenden Flämmchens ein Häufchen Kleider auf dem Boden liegen. Tante Gracies Kleid, ihre Tasche, ihre Schuhe – weggeworfen wie Plunder, als hätten sie nie eine Gestalt bedeckt, der seine ganze Leidenschaft gegolten hatte.

Es war der Tod einer Vision. Seine Einbildungskraft schrumpfte und verdorrte, und zurück blieb ein verbitterter Mensch, der in einem schmutzigen Keller vor einem Bündel alter Kleider stand. Das Streichholz versengte ihm die Finger, und die letzte Glut setzte die ganze Schachtel in Brand, die plötzlich zischend zu einer kleinen, grellen Feuersbrunst aufloderte. Arthur ließ sie fallen, trat die Flammen aus und schluchzte in der Dunkelheit laut auf. Dann tastete er sich durch die lichtlose Schwärze zur Treppe zurück.

Wieder ging er um das Haus herum, wandte sich nach rechts, überquerte das Stückchen Rasen und setzte den Fuß auf die unterste Stufe. Wie so viele vor ihm, wäre er gerettet gewesen, hätte er nicht innegehalten und zurückgeblickt. Der Mund der Finsternis öffnete sich und rief ihn. Sie packte ihn, nahm ihn auf und verschluckte ihn. Die dunklen Straßen verschluckten ihn – Arterien, durch die er wie ein tödliches Gift kreiste.

Die Tische waren leer, das Feuer heruntergebrannt, und das einzige Feuerwerk, das noch hin und wieder aufflackerte, waren Wunderkerzen, die man Kindern unbesorgt in die Hand geben konnte. Nur sie und die Sterne funkelten jetzt über dem mit Unrat übersäten, mit Frost bedeckten Boden. Linthea hatte das Geschirr in den Schubkarren verstaut, ihren Sohn und seinen Freund Steve eingesammelt und verließ mit einem Winken und einem strahlenden Lächeln den Platz.

Anthony und Winston Mervyn begannen die Tische abzubauen, die sie in den Saal der Allerseelenkirche zurückbringen mußten. Die letzten Überreste des Feuers, absterbende Glut, die zu Asche zerfiel, verbreitete noch genug Hitze, um sie beim Arbeiten zu wärmen. Winston, der merkwürdig zerstreut schien, sagte etwas in einer Sprache, die Anthony zwar kannte, aber nicht verstand.

«Wie war das?» fragte er.

Winston übersetzte lachend: «Blick auf zu den Sternen, mein Stern. Ich wünschte, ich wäre der Himmel, dann könnte ich dich mit ebenso vielen Augen sehen.»

«Sie setzen mich in Erstaunen», sagte Anthony. «Wahrscheinlich werden Sie mir gleich erzählen, daß Sie Professor für Altgriechisch sind.»

«Ich habe daran gedacht, es zu werden», antwortete Winston

ernsthaft. «Aber Zahlen bringen mehr Geld ein als Aristoteles. Ich bin Wirtschaftsprüfer.»

Anthony zog die Brauen hoch, doch er verbiß sich die Frage, die ihm auf der Zunge brannte. Die Frage, warum ein Wirtschaftsprüfer in einem so armseligen Loch in der Trinity Road wohnte?

«Nur nicht so hastig», sagte Winston. «Nehmen Sie das Ende, und ich gehe voraus.»

Sie trugen die Tische Magdalen Hill hinauf und durch die Balliol Street. Eine Leuchtkugel, die vor dem *Waterlily* gezündet wurde, erhellte das höhlenartige Innere der Oriel Mews. Anthony, der hinter Winston hertrottete, überlegte, daß ihm das Zitat zwar übersetzt worden war, er aber noch immer nicht wußte, warum Winston es überhaupt zitiert hatte. Der Hausmeister der Allerseelenkirche nahm ihnen die Tische ab, und Winston schlug Anthony vor, im *Waterlily* noch ein Glas zu trinken. Anthony war einverstanden, sagte jedoch, er müsse vorher auf einen Sprung nach Hause, da er einen wichtigen Brief erwarte.

Nummer 142 war ein dunkler Fleck in einer Reihe hellerleuchteter Häuser. Winston ging als erster hinein und nahm seine Briefe vom Tisch. Für Anthony lag keine Post da. Nun, Helens Briefe kamen nicht immer am Dienstag. Morgen war schließlich auch noch ein Tag.

«Das gefällt mir», sagte Winston. «Vielleicht sehe ich es mir morgen mal an.» Er reichte Anthony den Brief eines Immobilienmaklers mit der detaillierten Beschreibung eines Hauses im vornehmsten Wohnviertel von North Kenbourne. Das Haus kostete 20000 Pfund.

«Sie sind mir ein Rätsel», sagte Anthony.

«Das bin ich durchaus nicht. Weil ich farbig bin, glauben Sie, ich müsse ungebildet sein, und weil ich hier wohne, nehmen Sie an, daß ich ein armer Teufel bin.»

Anthony öffnete den Mund, um zu sagen, das sei weder fair noch entspreche es der Wahrheit, mußte sich jedoch eingestehen, daß es so war. Deshalb sagte er: «Ich schätze, das tue ich wirklich. Tut mir leid.»

«Ich wohne hier, weil meine Firma nach London verlegt wurde, und jetzt bin ich auf der Suche nach einem Haus, das ich kaufen möchte.»

«Sie sind nicht verheiratet, oder?»

«O nein, verheiratet bin ich nicht», erwiderte Winston. «Gehen wir, ja?»

Unter der Haustür stießen sie auf Brian Kotowsky.

«Sie sehen durstig aus», sagte Brian. «Und ich habe immer Durst. Wie wär's, wenn wir uns auf der anderen Straßenseite gemeinsam nach einer Oase umschauten?»

Da es nicht möglich war, ihn loszuwerden, ergaben sie sich in ihr Schicksal. Er trottete neben ihnen her und beschwerte sich verdrießlich über Jonathan Dean, den er, wie er sagte, seit dem Umzug nicht mehr zu Gesicht bekommen habe. Das komme nur daher, daß Jonathan und Vesta einander nicht grün seien. Brian war überzeugt, daß Jonathan schon angerufen hatte, aber Vesta nahm immer alle Anrufe entgegen und sagte ihm aus lauter Bosheit nicht, wer am Apparat war. Sie gingen durch die Mews, wo es nach Schießpulver roch, und betraten kurz vor neun das *Waterlily*.

In einem anderen Lokal in einem entlegenen Teil von Kenbourne, im *Grand Duke*, saß Arthur allein an einem Tisch und trank Brandy. Einen kleinen Brandy mit einem Spritzer Soda. Als er zu seinem nächtlichen Spaziergang aufgebrochen war, hatte er furchtbare Angst gehabt – vor sich selbst. Doch allmählich war die Furcht von dem Interesse verdrängt worden, das die veränderten Straßen und ihr schmutziger falscher Glanz in ihm weckten, durch den gefährlichen Reiz einsamer Plätze, von denen kleine Alleen abzweigten und Torbögen in verschwiegene Winkel führten, die ihn lockten wie ein Flüstern im Dunkeln. Er kannte sich auch noch nach zwanzig Jahren ganz genau in der Gegend aus, in der er geboren worden war. Wie viele Kaninchengehege, Labyrinthe und wirr kreuz und quer laufende Gäßchen mochten sich noch hinter den modernen Fassaden verstecken? Die Luft war rauchig, überall hing noch der beißende Geruch abgebrannter Feuerwerkskörper, doch jetzt, um halb zehn, waren nicht mehr viele Leute unterwegs. Es erregte Arthur, daß er auf diesem langen Spaziergang oft der einzige Fußgänger weit und breit war, über weite Strecken keinem Menschen und nur Autos begegnete, deren Scheinwerfer hier einen düsteren Winkel und dort einen schmalen Durchgang zwischen hohen Mauern aus dem Dunkel der Nacht rissen.

Das alte Schema, schon zweimal bewährt, wiederholte sich ohne sein Zutun. Auch damals war er ziellos durch die Straßen gegangen – oder hatte sich zumindest nicht eingestanden, daß er ein Ziel hatte. Auch damals war er in einem Pub gewesen und hatte Brandy bestellt, weil Brandy das einzige alkoholische Getränk war, das er kannte. Tante Gracie hatte immer etwas davon im Haus gehabt – als Medizin, wie sie sagte.

Und während er jetzt trank, während sich die ungewohnte Wärme in seinem ganzen Körper ausbreitete, begann er daran zu denken, wie es sein würde, wenn sich, was schon zweimal geschehen war, das nächste Mal wiederholte ...

12

Im Pub waren Fremde, Männer, die ihrer Aussprache nach aus dem Norden stammten und die grün- und gelbgestreiften Schals eines Fußball-Fanclubs trugen. Brian Kotowsky schloß mit einem von ihnen Freundschaft, einem fetten Menschen mit feistem Gesicht namens Potter. Das hätte Anthony nur recht sein können, weil er dann Gelegenheit gehabt hätte, mit Winston über Häuser und Hauskauf zu sprechen, aber Brian nannte ihn dauernd «Tony» und «mein Alter» und gab sich verzweifelte Mühe, ihn in sein läppisches Gespräch mit Potter einzubeziehen. Bevor Helen seine Aufmerksamkeit auf derlei Dinge gelenkt hatte, wäre ihm gar nicht aufgefallen, daß Potter grünlichgelbes Haar aus Ohren und Nasenlöchern wuchs, auch hätte er das Geruchsgemisch aus Zwiebeln, Schweiß, Whisky und Menthol nicht unterscheiden können, das Potters ureigenste Ausdünstung war. Der Grad von Potters Betrunkenheit wäre ihm aber auch damals nicht entgangen. Einen Arm um Brians Schulter gelegt, hatte Potter sich die traurige Mär von Jonathan Deans Treulosigkeit und Vestas Bosheit angehört, mit der sie immer wieder Brians beste Freunde vertrieb.

«Sie war grob zu ihm?» sagte er jetzt. «Und er war grob zu ihr? Hat auf ihr rumgehackt, ja? Nun, dann bin ich schon im Bilde.»

«Du hast wohl selber so ein Exemplar zu Hause?»

«Ich nicht, mein Junge, ich nicht! Ich habe nie den Fehler gemacht, mir einen Ring durch die Nase ziehen zu lassen. Aber ich habe die Augen offengehalten. Wenn eine Frau einen Mann grob behandelt und er sich ihr gegenüber wie ein Flegel benimmt, dann gibt es dafür nur eine Erklärung: die beiden sind ineinander verliebt.»

«Du machst wohl Witze?» sagte Brian.

«Ich doch nicht, mein Junge. Merk dir meine Worte – du hast ihn nur deshalb nicht zu sehen gekriegt, weil er und deine bessere Hälfte jetzt irgendwo grob zueinander sind.» Potter brach in betrunkenes Gelächter aus.

«Ich gehe», sagte Anthony. «Mir langt es.» Er stand auf und warf Winston einen Blick zu, der die Blaupausen und Grundrißzeichnungen der Häuser in ihre Umschläge zurücksteckte.

Sie bogen in die Mews ein und merkten sehr bald, daß Brian und Potter hinter ihnen herkamen. Es war kurz nach zehn.

«Das wird ja großartig», sagte Winston in seiner kühlen, präzisen Art. «Die beiden werden die halbe Nacht trinken und randalieren – und das im Nebenzimmer.»

Doch es erwies sich, daß Potter die Treppe nicht mehr schaffte. Er setzte sich auf die unterste Stufe und grölte ein Volkslied, dem er einen unflätigen Text unterlegte. Es ging dabei um die Tochter eines Farmers, die er sich auf der Dreschmaschine vornehmen wollte. Anthony hatte bemerkt, daß Li-li Chan nicht zu Hause war und in den oberen Stockwerken kein einziges Licht brannte. Das bedeutete, daß Arthur Johnson schon ins Bett gegangen sein mußte. Hoffentlich hatte er einen guten Schlaf.

«Schaffen Sie ihn von hier weg», sagte er zu Brian. «Er ist Ihr Freund.»

«Mein Freund? Ich habe ihn noch nie vorher gesehen, Tony, mein Alter.» Brian hatte in einem Laden eine Flasche Wodka erstanden, hob sie an die Lippen und nahm einen kräftigen Schluck. «Wo soll ich ihn hintun? Auf die Straße setzen? Er kommt aus Leeds.»

«Dann soll er doch dahin zurückfahren. Mit dem nächsten Zug, der von King's Cross abfährt.»

Hilflos betrachtete Brian den Betrunkenen, der jetzt vor sich hinsummte und ein imaginäres Orchester dirigierte. «Er will nicht nach Leeds zurück. Er ist hier, um sich morgen das Spiel anzusehen.»

«Was für ein gottverdammtes Spiel denn?» fragte Anthony, der nur sehr selten fluchte. «Wovon reden Sie da?» Er verstand nichts von Fußball und interessierte sich nicht dafür.

«Leeds gegen die Kenbourne Kingmakers.» Brian winkte Anthony mit der Flasche. «Mögen Sie einen Schluck russischen Fusel? Okay, wie Sie wollen. Ich hätte ihn doch nie mitgebracht, wenn ich gewußt hätte, daß er so betrunken ist. Wir könnten ihn nicht vielleicht in Ihr ...»

«Nein», antwortete Anthony, doch als er noch eine entsprechende Grobheit hinzufügen wollte, erhob sich Potter schwankend, wedelte mit den Armen und drehte den Kopf nach allen Seiten.

«Er möchte auf die Toilette», sagte Winston, nahm Potters Arm und führte ihn vor die richtige Tür. Anthony sperrte sein Zimmer auf, und Brian folgte ihm unaufgefordert und setzte sich auf das Bett. Er hatte einen roten Kopf und sah verbissen vor sich hin.

«Mir hat nicht gefallen, was er über Vesta gesagt hat», begann er. «Diese Andeutungen ...»

«Er kennt sie nicht», unterbrach ihn Anthony. «Es ist doch unsinnig, sich abgedroschene Klischees über Verhaltensweisen anzuhören. Sie treffen nie zu.»

«Sie sind ein echter Kumpel, Tony, der beste, den ein Mann je hatte.»

In der Toilette rauschte die Wasserspülung, und Winston kam mit Potter herein, der blaß war und noch schlechter roch als im Pub. Potter setzte sich in den Kaminsessel und lehnte sich mit weit geöffnetem Mund zurück. Draußen wurde eine Rakete abgeschossen, und sie zuckten vor Schreck zusammen – alle, bis auf Potter, der zu schnarchen begann.

«Lassen wir ihn eine halbe Stunde schlafen», sagte Winston, «dann traktieren wir ihn mit schwarzem Kaffee. Als ich noch Ambulanzfahrer war, habe ich oft mit solchen Typen zu tun gehabt.»

«Sie haben in Ihrem Leben schon eine ganze Menge getan, wie?» sagte Anthony. «Altgriechisch und Wirtschaftswissenschaften studiert und zwischendurch ein bißchen in die Medizin hineingerochen. Demnächst werden Sie mir noch erzählen, daß Sie Anwalt sind.»

«Nun ja, ich habe mich darum beworben, in den Anwaltsstand aufgenommen zu werden, doch ich wurde nicht zugelassen», antwortete Winston, nahm Ruchs *Psychologie und Leben* vom Nachttisch und vertiefte sich hinein.

«Was er da über meine Frau gesagt hat, gefällt mir nicht», erklärte Brian. Die Wodkaflasche war inzwischen halb leer. Er starrte Potter finster an und rüttelte ihn heftig an der Schulter. Potter richtete sich auf, stöhnte und stolperte noch einmal auf die Toilette hinaus. «Er hätte das über Jonathan nicht sagen dürfen», maulte Brian. «Jonathan ist der beste Freund, den ich je hatte.»

Winston sah ihn über das Buch hinweg streng an. «Kochen Sie Kaffee!» fauchte er. «Los, Mann, machen Sie schon. Sie haben ihn genauso dringend nötig wie er.»

Winselnd wie ein junger Hund, gehorchte Brian. Er setzte Wasser auf, während Anthony Kaffee und Zucker zurechtstellte. Von plötzlicher Müdigkeit übermannt, setzte Anthony sich auf den Boden, weil keine andere Sitzgelegenheit frei war, und schloß die Augen. Das letzte, was er mitbekam, bevor er eindöste, war, daß Brian weinte und ihm große Tränen über die roten Hängebacken rollten.

In der Herrentoilette zerriß Arthur den Brief aus Bristol und spülte die Papierschnitzel hinunter. Diese Handlung hatte etwas Endgültiges, das ihn freute und gleichzeitig erschreckte. Es gab kein Zurück mehr, keine Möglichkeit mehr, den Brief mit einer zweiten abermals sorgfältig ausgeklügelten schriftlichen Erklärung zurück zugeben. Er hatte es getan, und er hatte sich gerächt. War dieses Bewußtsein tragfähig genug, um ihn gefahrlos nach Hause zu bringen, ihn vor sich selbst zu schützen? Als er wieder in den Schankraum kam, begann sich die Angst vor sich selbst von neuem in ihm zu regen. Trotzdem bestellte er noch einen kleinen Brandy. Er schob seinen Aufbruch bis zum letztmöglichen Moment hinaus. Es war zwanzig vor elf. Während seiner Abwesenheit hatte sich jemand seinen Barhocker angeeignet, was er unverfroren fand, und er war gezwungen, neben der gläsernen Trennwand zwischen Schankraum und Salonbar in einem Winkel stehenzubleiben. Die Scheibe war aus Milchglas, hatte jedoch ein eingeschliffenes, durchsichtiges Blumenmuster. Als Arthur durch eines der Blütenblätter in den Nebenraum spähte, entdeckte er, drei oder vier Meter von ihm entfernt, ein bekanntes Profil – das Profil von Jonathan Dean.

Zum Glück stand er seitlich abgewandt und blickte nicht in Arthurs Richtung. Arthur wich hastig zurück und drängte sich, seine Ellbogen zu Hilfe nehmend, durch die den Bartresen umlagernden Männer. Deans Lippen waren ständig in Bewegung gewesen, waren auf- und zugeklappt wie eine Falle, was bedeutete, daß er mit jemandem sprach, den Arthur nicht sehen konnte. Wahrscheinlich waren es sogar mehrere Leute, mit denen er sich unterhielt: Brian Kotowsky, Anthony Johnson und möglicherweise auch der Schwarze. Gleich und gleich gesellte sich nun mal gern. Er mußte hier raus!

Erst als er auf der Straße stand, dachte er über den Grund seiner fast zwanghaften Flucht nach. Wenn er beabsichtigte, direkt nach Hause zu gehen, konnte es ihm doch gleichgültig sein, ob er jetzt hier gesehen wurde oder nicht. Oder hatte er vielleicht gar nicht die Absicht, sofort in die Trinity Road zurückzukehren? Hatte er vor, wie im Fieber durch die Straßen zu streifen, mit dem stetig wachsenden Druck im Kopf, bis das Unaussprechliche wieder geschah? Arthur fröstelte. Ein paar Meter vom *Grand Duke* entfernt, auf der Hauptstraße, war eine Bushaltestelle, aber er wollte nicht mit dem Bus fahren, der ihn nicht bis vor sein Haus, sondern nur bis zum *Waterlily* brachte. Ein Taxi hingegen würde ihn direkt vor seiner Tür absetzen.

Taxis kamen auf dem Weg ins West End immer wieder hier vorbei, nachdem sie ihre Fahrgäste in North Kenbourne abgeliefert hatten. Doch die Minuten vergingen, und kein Taxi zeigte sich. Zehn vor elf. Zur Sperrstunde um elf würde der Wirt des *Grand Duke* alle Gäste auf die Straße setzen. Auf der gegenüberliegenden Straßenseite sah Arthur ein Stück von der Mauer, die den Radclyffe Park mit seinem dichten Baumbestand einfriedete. Das Haupttor war geschlossen, aber die kleine eiserne Pforte, durch die man auf den Weg gelangte, der um den ganzen Park herumführte, war ganz bestimmt offen. Eine Frau ging auf die Pforte zu, und bevor die Dunkelheit sie verschluckte, sah er ihren Schatten auf dem beleuchteten Straßenpflaster langsam immer länger werden. Sein Herz verkrampfte sich, und er ballte die Hände. Maureen Cowan, Bridget O'Neill ...

Endlich tauchte ein Taxi auf. Er winkte wie verrückt und bat den Fahrer, ihn in die Trinity Road zu bringen.

«Und wo ist die Trinity Road?»

Arthur erklärte es ihm.

«Tut mir leid, Kumpel. Ich fahre jetzt in die Stadt zurück und leg' mich aufs Ohr. Seit neun Uhr morgens sitze ich ununterbrochen hinter dem Steuer, und was genug ist, ist genug.»

«Ich notiere mir Ihre Nummer», kreischte Arthur schrill. «Sie sind verpflichtet, mich zu befördern. Ich werde mich über Sie höheren Orts beschweren.»

«Du und dein höherer Ort, ihr könnt mich mal», antwortete der Fahrer und gab Gas.

Der letzte K.12-Bus fuhr zwei Minuten vor elf. Arthur beschloß, ihn zu nehmen, es blieb ihm gar nichts anderes übrig. Wenn er beim *Waterlily* ausstieg, durfte er dann aber nicht die Abkürzung durch die Oriel Mews benutzen, sondern mußte über den gut beleuchteten und auch so spät immer belebten Magdalen Hill nach Hause gehen. Er mußte jedoch seine ganze Selbstbeherrschung aufwenden, um an der Bushaltestelle zu warten und nicht hinter der Frau herzugehen, die im Park verschwunden war, oder den Weg durch die serpentinenartige Radclyffe Lane einzuschlagen, die an mehreren Morgen unbebauten Landes vorbeiführte, auf denen früher ein Elendsviertel gestanden hatte; und weiter, vorbei an niedrigen, geduckten Reihenhäusern und billigen kleinen Läden zum Krankenhaus und dem mit gräulichem Gras bewachsenen Damm der Isambard Kingdom Brunel's-Bahn. Doch als die Versuchung fast unerträglich geworden war, tauchte zum Glück auf der Hügelkuppe, zu der die Straße vom Radclyffe College anstieg, der rettende K.12 auf.

Arthur stieg ein, und der Bus fuhr wieder an. Aber er hielt noch einmal, um auf eine Frau in einem bodenlangen schwarzen Kapuzenumhang zu warten, die winkend aus dem *Grand Duke* gestürzt war und dem schwerfällig über das Pflaster rumpelnden Vehikel nachlief. Weil unten alle Plätze besetzt waren, stieg sie auf die obere Plattform.

Der Bus fuhr schnell, da es um diese Zeit kaum Verkehr gab. Er passierte den Friedhof, hinter dem Maureen Cowan ihr Gewerbe ausgeübt hatte und auf dem Tante Gracie neben ihren Eltern im Familiengrab lag. Wegen einer Umleitung mußte der Bus dann in eine lange Einbahnstraße abbiegen, kam für ein kurzes Stück wieder auf die Hauptstraße zurück und nahm schließlich die Steigung der Kenbourne Lane unter die Räder. Und während der ganzen Fahrt bohrten sich rote, grüne und silberne Pfeile in den kalten, dunklen Vorhang der Nacht und zerbarsten im Zenit ihrer Bahn in sprühende Funkenkaskaden.

Der Bus bog nach rechts in die Balliol Street ein, und Arthur – der nur selten mit öffentlichen Verkehrsmitteln fuhr, der aber, wenn er es tat, schon hundert Meter vor der Haltestelle zum Aussteigen bereitstand – begann sich seitlich aus der Sitzbank hinauszuschieben. Die Gestalt mit der schwarzen Kapuze stand schon auf der Plattform. Sie sieht aus wie ein Mönch oder ein großer Vogel, dachte er. Sie stieg als erste aus, als habe sie es sehr eilig, nach Hause zu kommen.

Das Pub hatte schon geschlossen, die Läden ebenso, und als Arthur die Balliol Street entlangblickte, ging im Fenster von *Kemal's Kebab House* das Licht aus. Sonst aber brannten noch eine Menge Lichter, bernsteinfarbene Rechtecke, mit denen die Häuserfronten gesprenkelt waren, Straßenlaternen, Verkehrsampeln. Das Hochhaus glich einem Leuchtturm mit hundert blinzelnden Feuern. Auf Fahrbahn und Gehsteig verstreut lagen die leeren Hülsen abgeschossener Feuerwerkskörper, rauchgeschwärzt. Doch es war kein einziger Mensch mehr unterwegs. Niemand außer ihm selbst und der Frau im schwarzen Umhang, die am Eingang zu den Mews vorbei auf die Camera Street zuflatterte. Hin und wieder fuhr ein Wagen vorbei.

Arthur blieb vor dem Fenster des Schankraums des *Waterlily* stehen und blickte hinein, aber aus den Augenwinkeln beobachtete er die Frau. Ein langsam fahrender Wagen war neben ihr stehengeblieben und hielt sie auf. Der Fahrer sagte etwas. Arthur wollte bis zehn zählen, denn bis dahin war sie bestimmt entweder in die Camera Street abgebogen oder in das Auto eingestiegen, für ihn verloren, er und sie nicht mehr in Gefahr. Dann wollte er kehrtmachen und Magdalen Hill hinaufgehen. Aber noch bevor er bis zur Zahl fünf gekommen war, wich sie ein paar Schritte zur Seite, machte kehrt und lief den Weg zurück, den sie gekommen war. Arthurs Herz hämmerte, schien anzuschwellen und zu dröhnen. Am Eingang zu den Mews waren drei weiße Pfosten in den Boden gerammt. Von dieser Seite her konnte kein Wagen hineinfahren. Aber die Frau schlüpfte zwischen den Pfosten durch. Der Wagen schien sich kurz zu schütteln und glitt dann fast lautlos weiter, den Hügel hinunter, auf der Suche nach leichterer, willfährigerer Beute.

Arthur folgte der Frau in die Oriel Mews. Er bewegte sich so lautlos wie eine Katze. Es war dunkel zwischen den ehemaligen Stallgebäuden, in denen jetzt ausschließlich Kleinbetriebe untergebracht waren – herrlich und erregend dunkel. Sie ging schnell, undeutlich nur sah er die Umrisse der Gestalt in dem grotesken Umhang vor sich. Aber er ging schneller, ging an ihr vorbei und hörte, wie sie scharf die Luft einzog, als er den Umhang streifte.

Sobald er sie hinter sich gelassen hatte, ging sie langsamer, und genau das hatte er erwartet. Sie würde zögern, bis seine Silhouette sich ganz klar vom helleren Hintergrund der Trinity Road abhob und dann ganz verschwand. Er zeigte sich ihr auch. Aber anstatt ins Licht hinauszutreten, preßte er sich an die kalten Mauersteine und bewegte sich wieder auf sie zu, einen Meter, zwei Meter. Er sah sie nicht. Aber er witterte sie.

Seine Krawatte war sehr fest gebunden, und Arthur mußte daran zerren, um sie abnehmen zu können. Jetzt zischten und explodierten Feuerwerkskörper in seinem Kopf. Der letzte zerplatzte in einer Million Sterne, als die Kapuzengestalt neben ihm auftauchte und er sich über sie warf.

Sie schrie nicht auf. Was an sein aufs äußerste geschärftes Ohr drang, war nur ein Röcheln, ein Laut letzten Entsetzens, und der Geruch ihres Entsetzens gehörte ganz allein ihm, er allein durfte ihn einatmen. Ihre matte Gegenwehr spürte er nicht. Sie fiel auf die Steine wie ein großer sterbender Vogel, und Arthur, den ein innerer Aufruhr schüttelte, ließ sie schwer auf seinen Schuhen liegen, bis er endlich sorgfältig und tief befriedigt seine Füße wegzog.

13

Als Anthony aufwachte, war es zwanzig nach elf. Winston las noch immer *Psychologie und Leben*, Potter schlief noch. Beide Heizstäbe des Elektroofens glühten, und im Zimmer war es sehr heiß.

«Wo ist Brian?»

Winston klappte das Buch zu. «Er ist vor einer halben Stunde abmarschiert. Sagte, er wolle diesem Dean auf den Pelz rücken und sich ihn vorknöpfen.»

«Allmächtiger!» stieß Anthony hervor. «Schaffen wir uns Potter vom Hals.»

«Wie Sie wollen», antwortete Winston gleichmütig. «Während

Sie schliefen, habe ich in seinen Taschen nachgesehen. Er hat eine Menge Geld und ist im Hotel *Fleur* in der Judd Street abgestiegen.»

«Gut gemacht, Sergeant. Sie werden es noch weit bringen.» Anthony fiel etwas ein. «Sie waren nicht zufällig auch mal bei der Polizei?» erkundigte er sich mißtrauisch.

Winston grinste. «Nein, das war ich nicht. Setzen wir ihn in ein Taxi?»

Anthony nickte, und es gelang ihnen, Potter zu wecken. Doch wie immer, wenn er wach wurde, spürte er ein menschliches Rühren oder mußte sich übergeben. Er wankte zur Toilette, und Anthony und Winston warteten schweigend auf ihn. Sie mußten lange warten, denn es dauerte volle zehn Minuten, ehe Potter, grün im Gesicht, schwankend und sabbernd wieder erschien.

Fünfundzwanzig Minuten vor zwölf betrat Arthur Trinity Road 142. Er hatte den Mantelkragen hochgeschlagen, damit niemand merkte, daß er keine Krawatte trug. Da es draußen so bitterkalt war, schien es völlig natürlich, daß jemand sich gegen eine Erkältung schützen wollte. Aber weit und breit war niemand, der ihn hätte sehen können, er begegnete keiner Menschenseele, und er hatte keine Angst.

Zuerst schien das Haus so dunkel und leblos dazuliegen, wie er es vor Stunden verlassen hatte. Weder hinter Li-li Chans noch hinter Winston Mervyns Fenster war es hell. In der Halle war es dunkel und still, aber unter der Tür von Nummer 2 sah er einen Lichtstreifen, und auch durch die schlecht schließende Toilettentür schimmerte Helligkeit. Anthony Johnson. Wer sollte es sonst sein? Lautlos schlich Arthur die Treppe hinauf, aber sechs Stufen unterhalb des ersten Treppenabsatzes hörte er, wie die Toilettentür aufging. In der Halle wurde es hell. Arthur glaubte, Anthony Johnson stehe dort unten und schaue die Treppe herauf. Denn was für einen Grund könnte er sonst haben, nicht sofort in sein Zimmer zurückzugehen? Arthur schaute jedoch nicht hinunter, und als er sein Stockwerk erreichte, wurde unten auch die Tür von Nummer 2 geschlossen.

Der Hof unter seinem Schlafzimmerfenster war lichtüberflutet. Aber das war nicht wichtig. Die einzige Gefahr für ihn hätte darin gelegen, wenn man ihn überrascht hätte, während er den Mord beging, denn zwischen der Frau und ihm gab es keinerlei Verbindung. Sie war ihm genauso fremd gewesen wie Maureen Cowan und Bridget O'Neill. Niemand würde sich dafür interessieren, wann Arthur Johnson heute abend nach Hause gekommen war, denn niemand würde es für nötig halten, sich danach zu erkundigen.

Er brauchte sich keine Sorgen zu machen. Diese Augenblicke waren vielleicht die einzigen in seinem Leben, in denen er sich nicht zu sorgen brauchte. Er genoß sie, schob alle Gedanken weit von sich, fühlte unendlichen Frieden, fühlte ein geradezu animalisches Wohlbehagen. Er zog sich aus, ließ seine Sachen einfach auf dem Boden liegen, warf die unbrauchbar gewordene stahlgraue Krawatte darauf und kletterte, ohne sich zu waschen, ins Bett. Wohlig streckte er sich unter der blaugeblümten Steppdecke aus und war Sekunden später eingeschlafen.

In der Trinity Road war es, wie Winston erklärte, praktisch unmöglich, ein Taxi aufzutreiben. Trinity war keine Hauptverkehrsstraße und die Bewohner im allgemeinen zu arm, um sich ein Taxi leisten zu können.

«Wir könnten ihn zum Taxistand an der U-Bahn bringen.»

«Nein, das könnten wir nicht», wehrte sich Anthony energisch. Es war schon schwierig genug gewesen, den halb schlafenden, übelriechenden Potter aus dem Zimmer auf die Straße zu bugsieren. Er wog mindestens hundert Kilo. Jetzt saß er auf dem niedrigen Mäuerchen, das Vorgarten und Gehsteig gegeneinander abgrenzte, und sein Kopf lehnte am Stamm einer Linde. Anthony und Winston schlotterten vor Kälte, von der Potter, der wieder friedlich zu schnarchen begann, überhaupt nichts zu merken schien.

«Ich laufe schnell zum Taxistand, wenn Sie hierbleiben und aufpassen, daß er nicht von der Mauer rutscht», sagte Winston zu Anthony. Doch gerade als er das sagte, kam ein Taxi Magdalen Hill herunter und hielt vor Nummer 142. Li-li Chan in einem grünen Satinanzug und einer rosa Federboa hüpfte heraus. Sie reichte dem Fahrer eine Pfundnote.

«Achtundneunzig, meine Dame», sagte der Fahrer und wollte ihr zwei Pence zurückgeben.

«Sie behalten Kleingeld», antwortete Li-li mit einer großen Geste. Während der Fahrer ihr düster und ungläubig nachsah, rief sie Anthony und Winston «Hallo, es flielt abel lichtig» zu und tänzelte die Stufen hinauf.

«Man würde es nicht glauben, wenn man's nicht selbst erlebt hätte», sagte der Fahrer. Er musterte forschend die Münzen, als fürchte er, sie könnten sich in Luft auflösen.

Winston packte Potter unter dem einen Arm, Anthony nahm den anderen, und gemeinsam schoben sie ihn auf den Rücksitz des Taxis. «Er ist blau wie eine Feldhaubitze und wird mit Trinkgeld bestimmt nicht kleinlich sein», sagte Anthony. «Hotel *Fleur* in der Judd Street. Okay?»

«Solange er mir den Wagen nicht vollkotzt, soll's mir recht sein», antwortete der Fahrer.

Die Nacht wurde jetzt allmählich ruhig, und seit wenigstens einer halben Stunde war kein Feuerwerkskörper mehr explodiert.

Das Zimmer auszulüften, dauerte fast eine Stunde. Anthony schlief lange nicht ein, und die Folge war, daß er verschlief. Da er erst um halb neun aufwachte, hatte er weder Zeit, sich zu waschen, noch, sich zu rasieren, denn er wollte unbedingt um halb zehn in der Universitätsbibliothek sein. In der Halle stand ein Fremder, ein unauffällig aussehender Mann mittleren Alters, der auf eine ganz besonders provozierende Art nickte und guten Morgen sagte. Anthony hatte in ihm schon den Kriminalbeamten erkannt, bevor er das Polizeifahrzeug vor dem Haus sah, und er fragte sich sofort, ob dieser frühe Besuch vielleicht Brian Kotowsky galt – oder irgendwie mit ihm zu tun hatte. Brian hatte gestern abend Jonathan Dean die Meinung sagen wollen. Vielleicht war es zwischen den beiden zu einer Schlägerei gekommen ...

Da die Insassen des Polizeiwagens sich nicht für Anthony interessierten, überquerte er die Straße und ging auf die Oriel Mews zu. Aber dort kam er nicht weiter. Der Torbogen war mit einer Plane verhängt, die auf einen etwa zweieinhalb Meter hohen Rahmen gespannt war und die Mews gegen neugierige Zuschauer abschirmte.

Zehn Minuten bevor der Wecker klingelte, wurde Arthur von einem Klopfen geweckt. Im Stockwerk unter ihm hämmerte jemand an Mervyns Tür oder an die der Kotowskys. Dann hörte Arthur Stimmen, Mervyns Stimme und eine andere, doch da er inzwischen an unnötigen und rücksichtslosen Lärm zu jeder Tages- und Nachtzeit gewöhnt war, achtete er nicht sonderlich darauf. Zehn Minuten später, als alles still war, stand er auf und nahm ein Bad. Sorgfältig säuberte er Badewanne und Waschbecken, wischte den Boden, schüttelte Kissen und Steppdecke auf und nahm saubere Unterwäsche und ein frisches Hemd aus dem Schrank.

Ein lebhaftes Treppauf, Treppab hatte begonnen. Vielleicht zog wieder jemand aus. Es sähe Stanley Caspian ähnlich, ihm die Neuigkeit vorenthalten zu haben. Er ging in die Küche, setzte Teewasser auf und fragte sich ziemlich gleichgültig, ob die Leiche der Frau wohl schon gefunden worden war. Es war ziemlich unvorsichtig gewesen, die Tat so nahe bei seinem Haus zu begehen, aber an Vorsicht hatte er in diesen Augenblicken natürlich nicht gedacht. Aus der Abendzeitung würde er wie alle anderen Leser die inzwischen bekannt gewordenen Tatsachen erfahren. Und diesmal würde er nicht zusammenbrechen, nicht durch die übersteigerte Erinnerung an seine Tat krank werden, sondern würde die vergeblichen Bemühungen der Polizei, den Mörder zu finden, mit Genuß verfolgen.

Eine Kanne guten, starken Tee, zwei Eier, zwei Scheiben Speck, zwei dünne, sehr heiße Scheiben Toast. Wenn sie die Leiche schon gefunden haben, dachte er beim Abspülen, haben sie die Mews bestimmt irgendwie abgesperrt. Da er den Eingang von seinem Wohnzimmer aus gerade noch sehen konnte und seine Neugier fast unerträglich war, spähte er durch die Spitzenstores. Ja, die Oriel Mews war abgesperrt, der Torbogen mit irgendeinem undurchsichtigen Material verhängt. Wahrscheinlich war ein Lieferwagen hineingefahren, und der Fahrer hatte die Tote entdeckt, als er abladen wollte. Er hielt nach Polizeifahrzeugen Ausschau und fand nach längerem Suchen eins dort, wo er es am wenigsten erwartet hatte – direkt unter seinem Fenster.

Arthurs Herz machte einen Riesensatz, und plötzlich schien sich seine Brust mit einer glühend heißen Flüssigkeit zu füllen. Aber sie konnten nichts wissen, sie konnten nicht seinetwegen hier sein ... Niemand hatte ihn die Mews betreten gesehen, und es gab keinerlei Verbindung zwischen der Toten und ihm. Reiß dich zusammen! sagte er sich mit der vorwurfsvollen Tante Gracie-Stimme, die er in Augenblicken wie diesen benutzte. Obwohl es einen Augenblick wie diesen ja noch nie gegeben hatte.

Er ließ sich in einen Sessel fallen, blickte auf seine Hände hinunter und sah, daß er das Geschirrtuch genauso straff gespannt hielt wie heute nacht die stahlgraue Krawatte, die Finger in beide Enden gekrallt. Er lockerte den Griff. War es möglich, daß der Polizeiwagen nur draußen parkte, weil er keine andere Parklücke gefunden hatte? Wieder schaute er aus dem Fenster. Anthony Johnson überquerte die Straße und ging auf die Mews zu. Das schrille Klingeln der Türklingel ging Arthur durch Mark und Bein und schnitt ihm wie mit Messern ins Gehirn. Er war einer Ohnmacht nahe. Aber er riß sich zusammen und öffnete.

«Mr. Johnson?»

Arthur nickte. Er war bleich wie der Tod.

«Ich möchte mich gern kurz mit Ihnen unterhalten. Darf ich eintreten?»

Der Mann wartete Arthurs Antwort nicht ab. Er stand schon im Flur und hielt Arthur seinen Ausweis unter die Nase. Detective Inspector Glass. Ein großer, schlanker Mann mit einer breiten Nase, die wie ein platter Schnabel aussah, einem schmalen Mund und großen gelben Zähnen.

«Es geht um einen Mord, Mr. Johnson. Und im Zusammenhang damit muß ich Sie bitten, mir zu sagen, wie und wo Sie den gestrigen Abend verbracht haben?»

«Wie und wo ich ...» Arthur hatte sich keine Erklärung zurechtgelegt. Er war völlig unvorbereitet. «Wie meinen Sie das?»

«Es ist ganz einfach. Ich möchte nur wissen, was Sie gestern abend getan haben.»

«Ich war hier, in meiner Wohnung. Ich kam um halb sieben von der Arbeit, und dann war ich den ganzen Abend hier. Ich bin nicht mehr ausgegangen.»

«Waren Sie allein?»

Arthur nickte. Ihm war schwindlig, Übelkeit stieg in ihm auf. Der Mann glaubte ihm nicht. Auf seinem Gesicht malte sich verständnislose, fast angewiderte Ungläubigkeit, und die Lippen über den gräßlichen Zähnen verzogen sich spöttisch.

«Meinen Informationen nach haben Sie den Abend mit Mr. Winston Mervyn, Brian Kotowsky und einem gewissen Potter verbracht.»

Jetzt begriff Arthur überhaupt nichts mehr. Flüchtig tauchte die Vision des *Grand Duke* vor seinem geistigen Auge auf, Jonathan Deans Profil ... Aber gewiß – und dann kam ihm die Erleuchtung.

«Ich denke, Sie verwechseln mich mit Mr. Anthony Johnson, der im Erdgeschoß im Zimmer 2 wohnt.» Da er merkte, daß er ins Schwarze getroffen und Glass sich tatsächlich geirrt hatte, setzte er entschiedener hinzu: «Ich war den ganzen Abend allein zu Hause.»

«Tut mir leid, Mr. Johnson. Ein verständlicher Irrtum, nicht wahr? Dann können Sie uns wohl auch nicht sagen, wo Mr. Brian Kotowsky sich zur Zeit aufhalten könnte?»

«Bedaure, das kann ich wirklich nicht. Ich kenne ihn kaum. Ich lebe sehr zurückgezogen.» Aber ehe Glass ging, mußte Arthur unbedingt eines wissen, mußte er erfahren, warum die Polizei in dieses Haus gekommen war – warum ausgerechnet hierher? «Dieser Mord, den Sie erwähnten – bringen Sie denn Mr. Kotowsky irgendwie damit in Verbindung?»

«Das läßt sich wohl kaum vermeiden, Mr. Johnson», sagte Glass, als er die Wohnungstür öffnete. «Das Opfer ist nämlich seine Frau – Mrs. Vesta Kotowsky.»

14

Anthony verbrachte den ganzen Tag in der Universitätsbibliothek, und als er an der U-Bahnstation Kenbourne Lane ausstieg, war es fast fünf. Vom Zeitungsstand schrien ihm die Schlagzeilen entgegen: *Frauenmord in Kenbourne* und *Hat der Kenbourne-Mörder wieder zugeschlagen?* Da das in sein Fach schlug, interessierte er sich zwar dafür, was Menschen dazu trieb zu töten, aber Mord selbst hatte keinerlei Faszination für ihn, deshalb kaufte er sich auch keine Zeitung. Bestimmt wartete ein Brief von Helen auf ihn, und seit er die Bibliothek verlassen hatte, hatten sich seine Gedanken ausschließlich mit ihr beschäftigt, und er hatte hin und her überlegt, was sie ihm wohl geschrieben haben mochte.

Auf dem Tisch in der Halle lag ein Berg Post, den zu ordnen sich heute niemand die Mühe gemacht hatte. Anthony sah sie rasch durch. Drei Briefe von Immobilienmaklern für Winston, Li-lis Brief aus Taiwan, eine Rechnung für Brian, eine Rechnung für Vesta und eine dritte, die Jonathan Dean nachgeschickt werden mußte. Nichts für ihn. Helen hatte nicht geschrieben. Zum erstenmal, seit seinem Einzug in dieses Haus, war weder am Dienstag noch am Mittwoch ein Brief von ihr gekommen. Doch bevor er anfangen konnte zu überlegen, warum sie ihn ohne Nachricht ließ, ob er am Telefon zu grob mit ihr umgesprungen war, ob sie Angst hatte zu schreiben, ging die Haustür auf, und Winston Mervyn und Jonathan Dean – die sich seines Wissens gar nicht kannten, sich nie begegnet waren – kamen gemeinsam herein.

«Wann hat man Sie denn laufenlassen?» sagte Winston. «Wir müssen Sie verpaßt haben.»

«Laufenlassen?» fragte Anthony. «Wieso denn laufenlassen? Und wo verpaßt?»

«Auf dem Polizeirevier. Wir hätten Sie doch dort treffen müssen.»

Anthony fand, daß er Jonathan Dean noch nie so grimmig und erschöpft, gleichzeitig aber auch noch nie so wirklich menschlich gesehen hatte, so ungekünstelt, so ganz ohne Pose. «Ich verstehe nicht, was Sie meinen», sagte er.

«Es ist nicht zu fassen, aber er weiß noch nichts», entgegnete Jonathan. «Vesta wurde in der Nacht ermordet, Tony, erdrosselt, und Brian ist verschwunden.»

Sie gingen in Winstons Zimmer hinauf, weil es größer und luftiger war als das von Anthony. Jonathan sah sich wehmütig in seiner alten Behausung um, fand jedoch kein passendes gereimtes oder Prosazitat, das der Situation gerecht geworden wäre. Er streckte sich der Länge nach auf dem alten roten Sofa aus. Eisnebel, der in der Dämmerung weiß wirkte, stand wie Rauch vor dem Fenster. Winston schloß die sehr sparsam bemessenen Vorhänge.

«Die Polizei war heute morgen schon um halb acht hier», wandte er sich dann an Anthony. «Brian öffnete nicht, also klingelte man bei mir. Der Inspector wollte wissen, wann ich Brian das letzte Mal gesehen hatte und in welcher Stimmung er war. Ich erzählte ihm von gestern abend. Ich konnte nicht anders.»

«Heißt das, Sie haben ihm auch von Potters dummen Andeutungen erzählt?»

«Ich mußte. Was hätten Sie denn an meiner Stelle getan? Hätten Sie gesagt, Brian sei völlig nüchtern und ruhig gewesen und in bester Stimmung ins Bett gegangen? Außerdem hat die Polizei auch Potter aufgetrieben. Er muß sein Spiel versäumt haben. Wahrscheinlich glaubte der Inspector, er müsse Sie nicht mehr behelligen, da er ja unsere Aussagen hatte. Und Potter muß sich trotz seines Katers an alles erinnert haben, weil man mich aufs Revier zitierte und dort sofort fragte, ob Brian tatsächlich in einem Anfall wilder Eifersucht davongestürmt sei. Ich sagte, er sei weggegangen, um Vesta und *ihn* aufzustöbern.» Winston winkte mit der Hand in Richtung der schlaffen Gestalt auf dem roten Sofa.

«Aber das war doch Unsinn», entgegnete Anthony. «Das haltlose Geschwätz eines Betrunkenen. Es entbehrte jeder Grundlage, das wissen wir doch alle. Es war überhaupt nichts dran.»

«O doch, es war schon was dran», sagte Jonathan Dean.

«Sie meinen, Sie und Vesta ...»

«O Gott, natürlich. Deshalb bin ich ja ausgezogen. Wir konnten es doch nicht hier treiben. Tür an Tür mit dem armen alten Halunken. Lieber Himmel, ich war gestern mit ihr zusammen. Wir verbrachten den Nachmittag und fast den ganzen Abend miteinander und gingen dann ins *Grand Duke* auf einen Drink. Wir trennten uns kurz vor elf, weil sie den letzten Bus erreichen wollte.»

Anthony zuckte mit den Schultern. Ihm war kalt, er fühlte sich schrecklich hilflos. «Sie sagten, Brian sei verschwunden?»

Jonathan fuhr sich mit den Fingern durch das unordentliche braungelbe Haar. «Ich habe mich vergangene Woche kaum in diesem verdammten, widerwärtigen Loch aufgehalten. Es stinkt und wimmelt von Mäusen. Meine Schwester ist zur Zeit in Deutschland und hat mir ihr Appartment überlassen. Sie wohnt in West Hampstead. Ich bin gestern vom *Grand Duke* aus auch wieder hingegangen und war gegen Mitternacht zu Hause. Etwa eine halbe Stunde später tauchte Brian auf und machte einen Riesenspektakel. Er war blau, schrie mich an, machte mir Vorwürfe, stieß Drohungen aus. Aber dann war er von einer Minute auf die andere völlig weg, und ich steckte ihn ins Bett.»

«Aber woher wußte er, daß er Sie in der Wohnung Ihrer Schwester finden würde?»

«Das weiß der Himmel. Ich habe allerdings schon früher dort gewohnt, wenn meine Schwester verreist war.» Jonathan schauderte. «Aber mir geht es darum, daß Vesta es ihm gesagt haben kann, bevor er sie ...»

«Wo ist er jetzt?»

Jonathan schüttelte den Kopf. «Ich ließ ihn schlafen und ging zur

Arbeit. Die Bullen kreuzten gegen Mittag bei mir auf, und ich erzählte ihnen alles, aber als sie zur Wohnung meiner Schwester kamen, war Brian nicht mehr da. Sie fahnden jetzt nach ihm. Es hat keinen Sinn, ein so finsteres Gesicht zu machen, Tony, mein Alter. Er muß es getan haben. Warum wäre er sonst verschwunden?»

«Er kann auch auf der Straße eine Abendzeitung gesehen haben und in Panik geraten sein. Ich halte ihn nicht für fähig, einen Mord zu begehen.»

«Glauben Sie denn, ich tue es? Glauben Sie, es macht mir Spaß, so etwas von meinem alten Kumpel zu denken? Wir waren wie – wie zwei rote Rosen an einem Stengel.»

Vielleicht war es die entsetzliche Abgeschmacktheit dieses Vergleichs oder die Tatsache, daß Jonathan unter den gegebenen Umständen überhaupt den traurigen Mut hatte, nach einem Vergleich zu suchen – Winston ging das jedenfalls über die Hutschnur, und er fuhr ihn an: «Und wenn er sie umgebracht hat, dann ist es Ihre Schuld! Sie hätten seine Frau in Ruhe lassen müssen.»

«Sie lausiger schwarzer Klugscheißer!» Jonathan vergrub das Gesicht in der Armbeuge des Sofas und begann am ganzen Körper heftig zu zittern. «O Gott, ich könnte jetzt einen Schluck vertragen!»

Völlig ungekränkt, erwiderte Winston ruhig: «Ich frage mich, wie oft diese Wände solche und ähnliche Worte schon gehört haben mögen?» Er schüttelte Jonathan heftig. «Warum hab ich Sie nicht einfach vor dem Polizeirevier stehenlassen? Sie sind Unrat, für die Müllabfuhr gerade gut genug. Stehen Sie gefälligst auf, wenn Sie was zu trinken wollen. Aber im *Waterlily* lassen wir uns erst wieder sehen, wenn der ganze Wirbel vorbei ist.»

«Die Frau, die umgebracht wurde, soll im selben Haus gewohnt haben wie Sie», sagte Barry. «Stimmt das wirklich?»

«Ja», antwortete Arthur.

«In der Zeitung hat natürlich keine Hausnummer gestanden, nur die Straße.» Barry stopfte sich einen gehäuften Löffel Zucker in den Mund und mahlte knirschend mit den Zähnen darauf herum. «Hier», sagte er und schob Arthur den *Evening Standard* unter die Nase.

Die Leiche einer Frau, Mrs. Vesta Kotowsky, 36, wohnhaft in der Trinity Road, Kenbourne Vale, West London, wurde heute in den frühen

Morgenstunden in den Oriel Mews, Kenbourne Vale, entdeckt. Sie wurde erdrosselt. Die Polizei hat eine Morduntersuchung eingeleitet ...

Der Druck verschwamm vor Arthurs Augen, wurde von anderen Worten überlagert. *Die Leiche einer Frau, Maureen Cowan, 24, wohnhaft Parsloe Street, Kenbourne Vale, West London, wurde gestern abend erdrosselt auf einem Fußweg gefunden, der am Friedhof von Kenbourne Vale entlangführt. Die Polizei hat eine Morduntersuchung eingeleitet ... Die Leiche einer Frau, Bridget O'Neill, 20, Lernschwester ...*

Fremde für ihn, völlig Fremde. Er hatte ihnen nie ins Gesicht gesehen. Hatte er eigentlich je einer Frau ins Gesicht gesehen – außer Tante Gracie und Beryl?

Beryl war die Tochter von Mrs. Courthope. Als er eines Abends nach Hause gekommen war und sie mit Tante Gracie aus den Porzellantassen, die er jetzt so in Ehren hielt, Tee trank, war er furchtbar eifersüchtig gewesen. Wer war sie denn, daß sie es wagen durfte, in ihre abgeschiedene Welt einzubrechen? Doch von da an war sie immer öfter wiedergekommen, manchmal mit ihrer Mutter, manchmal allein. Es war besser, wenn ihre Mutter dabei war, denn dann blieb Tante Gracie im Zimmer und ließ ihn nicht mit Beryl allein. Er hatte nie gewußt, was er sagen sollte, wenn er mit Beryl allein gewesen war, und er wußte nicht einmal mehr, ob er überhaupt einmal den Mund aufgemacht hatte. Er wußte auch nicht mehr, ob Beryl hübsch oder ziemlich häßlich, schweigsam oder redselig gewesen war, und er bezweifelte, daß er damals darauf geachtet hatte. Sie war ihm gleichgültig, und es interessierte ihn nicht.

Aber Tante Gracie sagte, Beryl habe ihn gern.

«Sogar sehr gern, Arthur. Das ist natürlich kaum erstaunlich. Du bist zuverlässig, hast eine gute Stellung und bist – obwohl ich es dir nicht sagen sollte – ein sehr gutaussehender junger Mann.»

Beryl fing an, sie ins *Odeon* zu begleiten. Tante Gracie richtete es immer so ein, daß Beryl zwischen ihnen saß. Eines Tages sagte er Tante Gracie offen, alles sei viel schöner gewesen, als sie noch miteinander allein waren und Beryl sich nicht zwischen sie gedrängt hatte.

«Niemand kann sich zwischen uns drängen, und es gibt keinen Grund, warum wir uns je trennen sollten, Arthur», erwiderte Tante Gracie. «Das Haus ist groß. Ich hatte immer die Absicht, dir eines Tages das ganze obere Stockwerk zu überlassen.»

Er wußte nicht, was sie meinte. Oder warum sie die Abschnitte ihrer Kleiderkarte sparte und ihre beste Tisch- und Bettwäsche herausholte und durchsah, die sie seit Jahren aufbewahrte, ohne sie je zu benutzen. Und er verstand auch nicht, warum sie darüber jammerte, daß in dieser Nachkriegszeit Möbel so schwer zu bekommen waren. Er mochte es nicht, wenn man ihn mit Beryl allein ließ, und noch weniger behagte es ihm, daß Tante Gracies engste Freundinnen so taten, als sei Beryl seine Freundin.

An dem Abend, an dem es passierte, hatteTante Gracie so heftige Kopfschmerzen, daß sie nicht ins Kino gehen konnte. Arthur hätte zwar den Film über amerikanische Soldaten im Pazifik ganz gern gesehen, sagte aber, er bleibe selbstverständlich bei ihr.

«Das tust du nicht», sagte sie. «Du darfst Beryl nicht enttäuschen. Sie freut sich schon die ganze Woche darauf, mit dir auszugehen. Du ahnst ja nicht, wie gern sie dich hat. Ich weiß, daß es dir genauso geht, aber du bist schüchtern. Ich bin froh, sagen zu können, daß du dich nie mit anderen Mädchen abgegeben hast.»

Mit anderen Mädchen abgegeben ... Beryl holte ihn ab, und sie brachen schweigend auf. Aber als sie die Straße überqueren mußten, nahm Beryl seinen Arm und ließ ihn bis zum Kino nicht mehr los. Ihr Körper war warm und schmiegte sich an ihn. Plötzlich begann sie zu sprechen. Lauter verrücktes Zeug sagte sie. Er glaubte, sie habe den Verstand verloren.

«Ich hatte noch nie einen Freund, Arthur. Mutter wollte mich nie mit Jungen ausgehen lassen. Du bist der erste, mit dem ich mich treffen darf. Ich weiß, daß ich nicht sehr hübsch und nichts Besonderes bin, aber ich hätte schon ein paar Freunde haben können. Jetzt bin ich sehr froh, daß ich gewartet habe. Mutter hat es mir nämlich gesagt, weißt du?»

«Was hat sie dir gesagt?» fragte er heiser.

«Daß du mich sehr gern hast und nur zu schüchtern bist, um es mir zu sagen. Ich mag schüchterne Jungen. Schon seit Wochen habe ich darauf gewartet, daß du mich bittest, mit dir allein auszugehen, und jetzt hast du es getan.»

«Meine Tante ist krank. Deshalb konnte sie nicht mitkommen. Weil sie krank ist.»

«Oh, Arthur, jetzt brauchst du dich doch nicht mehr zu verstellen. Ich weiß ja, daß du schon seit Wochen versucht hast, sie am Mitkommen zu hindern.»

Im Kino kaufte er Beryl eine Tüte Himbeerdrops – für die sie sich überschwenglich bedankte, da es erst seit kurzem wieder Süßigkeiten gab – und murmelte dann, er müsse auf die Toilette. «Ich muß austreten», sagte er, wie man es ihm seinerzeit in der Schule beigebracht hatte. Zwischen dem Foyer und der Toilette gab es einen Notausgang, und durch ihn flüchtete Arthur auf die Straße. Er lief und lief, bis ihn ein paar Meilen von Beryl trennten, und dann betrat er zum erstenmal im Leben ein Pub. Dort trank er Brandy, weil er nicht wußte, was er sonst bestellen sollte.

Kurz nach zehn brach er auf und schlug den Heimweg ein, der ihn am Friedhof vorüberführte. Fast am Ende des schmalen Pfades stand ein Mädchen, und als er näher kam, wünschte es ihm einen guten Abend. Später erfuhr er, daß sie eine Prostituierte gewesen war, die darauf gewartet hatte, daß noch der eine oder andere Kunde für sie abfiel, wenn die Männer aus den Pubs kamen. Damals hatte er allerdings kaum gewußt, daß es so etwas wie Prostitution überhaupt gab.

Er ging auf sie zu und schob die Hand in die Manteltasche, in der sein Schal steckte. Vielleicht glaubte sie, er wolle seine Geldbörse herausholen, denn sie rückte dicht an ihn heran und legte ihm die Hand auf den Arm. Er erdrosselte sie, und sie war viel zu überrascht, um sich zu wehren oder zu schreien. Als er wieder zu sich kam und begriff, was er getan hatte, wußte er, daß man ihn fassen, vor Gericht stellen und hängen würde. Doch nichts geschah. Die Polizei ließ sich in dem Haus am Magdalen Hill nicht blicken. Und selbst wenn sie erschienen wäre, hätte sie nichts gefunden und nichts erfahren, denn Beryl erzählte weder ihrer Mutter noch seiner Tante, daß er aus dem *Odeon* einfach weggelaufen war. Sie tat so, als habe sie ihm den Laufpaß gegeben, als habe sie sich an jenem Abend um elf für immer von ihm getrennt und wolle ihn nie wiedersehen. Tante Gracie war natürlich wütend auf Beryl, schimpfte sie undankbar und wetterwendisch und hatte großes Verständnis dafür, daß der arme enttäuschte Arthur vor Liebeskummer an einem Virus erkrankte, dem die Ärzte nicht auf die Spur kamen. Die geheimnisvolle Krankheit dauerte sechs Wochen. Arthur sah Beryl nie wieder, erfuhr jedoch später, sie habe einen Gemüsehändler geheiratet und sei Mutter zweier Kinder ...

«Ich schätze, ihr Alter hat sie umgelegt», sagte Barry.

Arthur hatte im Augenblick nicht genug Energie, um Barry wegen seiner rüden Sprache zu tadeln. Er dachte über den Sinn des Gesagten nach. Man würde Kotowsky verdächtigen, die Tat begangen zu haben. Inspector Glass' Gedanken und Vermutungen bewegten sich ohnehin schon in dieser Richtung. Trotzdem war Arthur noch immer wie gelähmt vor Angst und nicht imstande, diese Lähmung abzuschütteln, die ihn heute morgen befallen hatte. Er kam einfach nicht über die Tatsache hinweg – war jedoch ebensowenig imstande, die Tat in ihrer ganzen Bedeutung zu erfassen –, daß er eine Frau getötet hatte, die er nicht nur kannte, sondern die darüber hinaus auch noch im selben Haus gewohnt hatte wie er. Genauso schwer fiel es ihm, mit einem anderen Aspekt der Angelegenheit fertig zu werden. Er hatte Inspector Glass, diesen Mann mit dem Gesicht eines Piranhas, in seiner Panik belogen und vergessen, daß diese Lüge leicht widerlegt werden konnte. Anthony Johnson konnte sie widerlegen – Anthony Johnson, der zwanzig vor zwölf aus der Toilette gekommen war und ihn gesehen hatte, als er im Dunkeln die Treppe hinaufschlich.

Er konnte natürlich sagen, er sei nur hinuntergegangen, um Abfall in die Mülltonne zu werfen. Aber er? So spät nachts? Und im Mantel? Nein, was immer er behaupten mochte, Anthony Johnsons Aussage würde genügen, die Aufmerksamkeit der Polizei auf ihn zu lenken. Und Johnson würde selbstverständlich nicht schweigen. Wer weiß, vielleicht warteten sie in der Trinity Road schon auf ihn.

Trotzdem ging er nach der Arbeit nach Hause, denn wohin sollte er sonst? Kein Polizeiauto vor dem Haus, kein Polizist in der Halle. Horchend blieb er am Fuß der Treppe stehen und fragte sich, ob sie vielleicht oben auf ihn warteten. Über ihm knallte eine Tür, als sei Jonathan Dean wieder da. Und das war er auch. Arthur bekam große Augen. Jonathan Dean kam mit dem Neger und Anthony Johnson die Treppe herunter.

Er schaffte es, guten Abend zu sagen, und Winston Mervyn erwiderte den Gruß, aber Jonathan Dean sagte nichts. Er war vermutlich betrunken. Er sah jedenfalls betrunken aus, stützte sich auf Mervyns Arm, und sein Gesicht war grau und aufgedunsen. Sie gingen auf die Haustür zu. Anthony Johnson sagte: «Ich komme sofort nach», blieb beim Hallentisch stehen und begann die Post durchzusehen, die ungeordnet dort lag. Arthur hatte es am Morgen einfach nicht fertiggebracht, sie wie sonst zu sortieren.

Ebensowenig brachte er es jetzt fertig, Anthony Johnson nicht zu beachten und in seine Wohnung hinaufzugehen. Fast schüchtern schob er sich unauffällig immer näher an ihn heran. Sein Herzschlag dröhnte.

Anthony Johnson sah verärgert aus. Ziemlich geistesabwesend sagte er zu Arthur: «Eine gräßliche Sache, dieser Mord.»

Arthur fand seine Stimme wieder, eine heisere, kraftlose Stimme, die ganz tief aus seinem Hals herauszukommen schien. «Hat die Polizei – hat man Sie schon vernommen?»

Jetzt wandte Anthony Johnson sich um und sah Arthur mit einem durchdringenden Blick aus sehr blauen Augen an. «Nein, merkwürdigerweise nicht. Das überrascht mich, denn ich hätte einiges zu sagen.»

«Ich verstehe.» Arthur erkannte seine eigene Stimme kaum, so kehlig klang sie. «Werden – werden Sie von sich aus hingehen, um die Information weiterzugeben?»

«Das glaube ich eigentlich nicht. Wenn sie etwas von mir wollen, werden sie auch den Weg zu mir finden. Ich sehe mich nicht als Helfershelfer der Justiz, und ich möchte nicht dazu beitragen, daß ein Mann lebenslänglich eingesperrt wird. Außer vielleicht unter ganz besonderen Umständen. Zum Beispiel, wenn man mir oder jemandem, der mir nahesteht, einen Schaden zufügte.»

Arthur nickte. Er war so erleichtert, daß ihm am ganzen Körper der Schweiß ausbrach und er sich wie mit Hitze übergossen fühlte. Was Anthony Johnson meinte, war nicht mißzuverstehen, deutlicher konnte er es gar nicht ausdrücken. Und als Arthur gehen wollte, rief Anthony plötzlich, als wolle er das Gesagte noch untermauern:

«Einen Moment noch, Mr. Johnson!»

«Ja?»

«Ich wollte mich schon lange für den Entschuldigungsbrief bedanken, den Sie mir geschrieben haben. Es ist zwar schon ein paar Wochen her, aber wir sind uns seither nicht begegnet. Sie erinnern sich? Sie öffneten irrtümlich einen für mich bestimmten Brief.»

«Ja.»

«Es war sehr aufmerksam von Ihnen, mir zu schreiben.» Anthony Johnsons Stimme klang jetzt sehr sanft, sehr rücksichtsvoll. Bildete Arthur sich nur ein, daß sie einen drohenden Unterton hatte, oder war dieser Unterton tatsächlich vorhanden? «Ich möchte nicht, daß Sie glauben, ich sei nachtragend. Es war ja kein persönlicher Brief.»

«O nein», stammelte Arthur. «Nein, wirklich nicht. Hätte es sich um einen persönlichen Brief gehandelt, wäre es eine Unverschämtheit gewesen.» Er räusperte sich. «Ein – ein echtes Vergehen ...»

15

Brian Kotowsky war der einzige Sohn eines inzwischen verstorbenen aus Polen stammenden jüdischen Ehepaares, das in den dreißiger Jahren nach England eingewandert war. Stanley Caspian erzählte Arthur, Jonathan Dean und Vestas Bruder seien die einzigen engeren Freunde, die Brian hatte. Die Polizei hatte sie daher sehr gründlich vernommen und nach Brians möglichen Verstecken befragt. Sein Schwager erinnerte sich, daß Brian in Brighton eine Tante hatte, die Schwester seiner Mutter, doch als zwei Beamte die Frau aufsuchten, erfuhren sie, daß sie am Tag vor Vestas Tod ins Krankenhaus gegangen war, um sich einer kleinen Operation zu unterziehen.

«Das verstehe ich nicht», sagte Arthur und meinte damit, er verstehe nicht, wieso Stanley so gut informiert sei. Vielleicht hatte er «das Ohr am Boden», wie so mancher Politiker, der das Gras wachsen hörte. Daß er mehr wußte als andere, hatte Stanley auch schon früher häufig bewiesen.

«Wahrscheinlich ist er nach Südamerika geflohen», sagte Stanley und mißhandelte Li-li Chans Mietbuch mit dicken blauen Punkten. «Die beiden müssen irgendwo ein Vermögen versteckt gehabt haben, wenn man bedenkt, daß sie beide arbeiteten und pro Woche nur lausige vierzehn Pfund Miete zahlen mußten. Für diese Wohnung!»

«Zwei Zimmer», korrigierte Arthur geistesabwesend.

«Eine Zwei-Zimmer-Wohnung mit Kühlschrank und Heißwasserboiler. Fast geschenkt für diesen Preis. Setz den Kessel auf, mein Alter. Die Schwiegermutter der Schwester meiner Frau hat eine Freundin, die einen Typen kennt, der in der West End Lane in West Hampstead eine Papierhandlung hat. Und dieser Typ hat der Freundin erzählt, er habe der Polizei bei ihren Ermittlungen geholfen, weil Kotowsky Mittwoch vormittag bei ihm Zigaretten und eine Zeitung kaufte. Der Typ hat Kotowsky auf einem Foto erkannt und identifiziert. Und er ist der letzte, der Kotowsky gesehen hat. Willst du ein Stück Kuchen?»

«Nein, danke», sagte Arthur.

«Weiß der Himmel, was er in Hampstead gemacht hat. Daß ein Mann seine eigene Frau umbringen kann, geht über meinen Verstand. Meine Frau und ich sind seit dem ersten Tag unserer Ehe wie die Turteltauben. Ein Verbrechen aus Leidenschaft nennt man so einen Mord. Gott sei Dank, daß er nicht unter meinem Dach passiert ist. Ein Haus kommt durch so was schnell in Verruf. Ich mach mir Sorgen, weil ich nicht weiß, wann ich die Wohnung wieder vermieten kann. Es ist einfach nicht drin, in dieser Wirtschaftskrise Mieteinnahmen zu verlieren.»

«Es sollte mich nicht wundern», antwortete Arthur nicht ohne Bosheit, «wenn die Behörden die Zimmer für mehrere Monate versiegelten. Gibst du mir jetzt bitte meinen kleinen Umschlag?»

In seiner Tasche steckte ein anderer. Malvenfarben, mit dem Poststempel Bristol, den er vor ein paar Minuten von der Matte aufgehoben hatte. Wer hätte auch vermutet, daß sie noch einmal schreiben würde, nachdem sie so unmißverständlich abgewiesen worden war? Weil Stanley Caspian eben vor dem Haus angehalten hatte, hatte Arthur den Brief hastig aufgehoben. Jetzt fragte er sich, warum er es getan haben mochte, denn er beabsichtigte keine weiteren Racheakte gegen Anthony Johnson. Im Gegenteil. Ebenso wie Anthony Johnson ihm die Sache mit dem Brief vergeben hatte, wollte er ihm vergeben, daß er seine weiße Dame den Flammen geopfert hatte. Er mußte ihm vergeben, weil Anthony Johnson ihn jetzt völlig in der Hand hatte.

Arthur ließ den Brief auf den Küchentisch fallen und zwang sich, gründlich zu überlegen. Anthony Johnson hatte unmißverständlich gesagt, daß er den Diebstahl eines persönlichen Briefes nicht tolerieren und nicht entschuldigen würde. Und kein Brief konnte persönlicher sein als der vom vergangenen Dienstag. Daher durfte er nie erfahren, daß Arthur diesen Brief weggenommen und vernichtet hatte. Denn wenn ihm je der Verdacht käme, ginge er bestimmt sofort zur Polizei, um auszusagen, was er wußte. Also mußte Anthony Johnson diesen Brief bekommen. Doch was sollte Arthur tun, wenn H. erwähnte, daß sie in dieser Woche schon einmal geschrieben hatte? Arthur schaltete den elektrischen Wasserkessel ein, öffnete den Brief vorsichtig über Dampf und nahm mit noch größerer Vorsicht das Blatt dünnen Durchschlagpapiers heraus.

Liebster Tony, warum höre ich nichts von Dir? Ich konnte es einfach nicht glauben, als heute morgen kein Brief von Dir bei der Post war. Briefe gehen doch nicht verloren, oder? Es ist natürlich auch leicht möglich, daß Du nicht schreiben wolltest, daß Du noch böse bist und mich jetzt warten läßt, wie ich Dich früher warten ließ. Oder brauchst Du einfach Zeit, um alles durchzudenken, um zu überlegen, wo wir wohnen werden und so weiter? Ich verstehe, wenn Du Zeit brauchst, um Dich mit dem Gedanken an ein neues Leben vertraut zu machen, nachdem Du doch erst vor kurzem ein neues Leben begonnen hattest. Aber wenn Du auch Wochen brauchen solltest, wenn Du bis zum Ende des Semesters warten willst, dann verstehe ich auch das. Ich gehöre jetzt so ganz Dir, mein liebster Tony, daß ich alles tun werde, was Du von mir verlangst. Nur stürz mich bitte nicht in Ungewißheit, quäl mich nicht durch Dein Schweigen.

Es ist dumm von mir, mich so zu ängstigen, nicht wahr? Ich weiß, daß Du schreiben wirst. Wäre es möglich, daß jemand, der im selben Haus wohnt wie Du, irrtümlich Deine Briefe an sich nimmt? Aber gewiß würde niemand einen Brief wie den meinen behalten, in dem es nur um unsere Liebe ging. Und doch hoffe ich so sehr, genau das möge geschehen sein. Oder hat vielleicht die Polizei wegen des Mordes, der in Deiner Straße begangen wurde und von dem die Zeitungen voll sind, Briefe beschlagnahmt?

Weil ich annehmen muß, daß Du meinen Brief nicht bekommen hast, will ich wiederholen, was ich darin schrieb: Ich will Roger verlassen und zu Dir kommen, wann immer Du willst. Deine Dich über alles liebende H.

Arthur las den Brief ein paarmal. Er wunderte sich über die darin enthaltene Gefühlsseligkeit. Merkwürdig, daß jemand derart überschwengliche und übertrieben dramatische Ergüsse zu Papier bringen konnte. Doch H. hatte richtig geraten. Ihr letzter Brief war tatsächlich von einem Hausbewohner unterschlagen worden, und daher durfte Anthony Johnson diesen ebensowenig bekommen wie den letzten. Nie wieder durfte er einen malvenfarbenen Brief mit dem Poststempel Bristol in die Hand bekommen ...

Als bis zum Wochenende kein Brief von Helen eingetroffen war, schwankten Anthonys Empfindungen zwischen grollendem Zorn und der vernünftigen Überlegung, daß ihr Brief wahrscheinlich verlorengegangen war. Sie würde auf jeden Fall nächste Woche wieder schreiben. Es erfüllte ihn mit einem kleinen, bitteren Vergnügen, sich vorzustellen, daß sie ihm geschrieben hatte, sie habe sich für ihn entschieden, und daß ausgerechnet dieser Brief verlorengegangen war. Welche Ironie des Schicksals! Denn dann fragte sie sich jetzt bestimmt, ob er ihr jetzt mit gleicher Münze heimzahlen wollte, daß sie ihn so lange auf die Folter gespannt hatte. Aber im Grunde glaubte er nicht mehr daran, daß sie sich für ihn entscheiden würde. Die wahrscheinlichste Erklärung war, daß sie einen ihrer üblichen widersprüchlichen und entschlußlosen Briefe geschrieben, eine Freundin oder Kollegin gebeten hatte, ihn zur Post zu bringen, und er jetzt gut und sicher in der Handtasche dieser Freundin oder Kollegin ruhte.

Am Samstagabend rief er Linthea an, aber sie war nicht zu Hause, und am Telefon meldete sich nur die Frau, die auf Leroy aufpaßte. Am Sonntagabend jedoch hatte sie Zeit und lud Anthony zu sich ein.

Alle Sonntagszeitungen brachten Fotos von Brian Kotowsky – Brian mit seinem Spanielgesicht, der wilden Mähne und den traurigen Augen. *Polizeifahndung nach Vestas Ehemann läuft auf Hochtouren.* Inzwischen war sie «Vesta» für jedermann, ihr Name hatte Eingang in den Alltag gefunden, und wann immer dieser Name genannt wurde, beschwor er Bilder von Gewalt, Entsetzen, Leidenschaft und Tod herauf. Die weniger vornehmen Sonntagsblätter legten sich jedoch nicht fest und blieben nach allen Seiten offen. Eine Schlagzeile lautete: *Wurde Vesta ein Opfer des Kenbourne-Mörders?* Und eine zweite zitierte – natürlich ohne es zu ahnen – fast wortwörtlich den armen Brian: *Hat der Würger von Kenbourne wieder zugeschlagen?*

Linthea, die in der Küche Hähnchen à la Maryland zubereitete, sprach so sachlich und logisch über den Mord, wie eine Figur aus einem Kriminalroman. «Wenn Brian Kotowsky sie wirklich getötet hat, kann er sich nicht sofort auf die Suche nach diesem Dean gemacht haben, denn er ist Viertel vor elf aus dem Haus gegangen, während sie das *Grand Duke* erst zehn Minuten später verließ. Daraus zieht man den kühnen Schluß, daß er in dieser bitterkalten

Nacht auf der Straße auf sie wartete, ohne jedoch zu wissen, wann, aus welcher Richtung und ob sie überhaupt um diese Zeit kam. Als sie aber tatsächlich auftauchte, gingen sie nicht nach Hause, um zu streiten, sondern stritten in einer stockfinsteren Passage, wo er sie dann umbrachte. Und das ist lächerlich.»

«Wir wissen doch gar nicht, was für Schlüsse die Polizei zieht.»

«Die Polizei zieht immer den Schluß, eine ermordete Ehefrau sei von ihrem Mann ermordet worden, und wenn ich mir überlege, was ich in meinem Beruf fast jeden Tag zu sehen und zu hören bekomme, dann wundert mich das nicht.»

Wie anders hätte Helen mit ihrem Einfühlungsvermögen über den Fall gesprochen. Sie hätte ihre lebhafte Phantasie dazu benutzt, das nächtliche Drama und die beiden Akteure in den lebhaftesten Farben zu malen. Doch Linthea betrachtete die Dinge so kühl und prosaisch wie er. Linthea war ihm viel ähnlicher als Helen. Merkwürdig, daß die junge Frau mit der überfeinerten Wahrnehmungskraft, der leidenschaftlichen Phantasie so hell und kühl und die andere, die gelassene, praktische, logisch denkende so exotisch aussah. An diesem Abend trug Linthea das lange schwarze Haar offen und eine schwere Goldkette um den Hals, die auf ihrer Haut einen ganz eigenen Schimmer hatte. Er begann über ihren verstorbenen Mann nachzudenken und fragte sich, ob sie jetzt wohl völlig enthaltsam lebe.

Nach dem Essen, als das Thema Brian und Vesta Kotowsky erschöpft und Lintheas Analyse der Gegebenheiten, Wahrscheinlichkeiten und Zeitüberschneidungen komplett war, hatte Anthony das überwältigende Verlangen, ihr von Helen zu erzählen. Doch das brachte ihn wieder nur zu dem Punkt zurück, an dem er schon einmal gestanden hatte. Durfte man einer Frau, mit der man gern schlafen wollte, von der starken, zornigen Liebe zu einer anderen erzählen? Ganz gewiß nicht, wenn ihr Sohn einen gleichzeitig anbettelte, eine Partie Scrabble mit ihm zu spielen.

«Leroy darf aber lange aufbleiben», sagte Anthony schließlich.

«Er hat morgen schulfrei, und ich muß nicht zur Arbeit.» Sie hatte ein fröhliches Lachen, das – wie bei vielen ihrer westindischen Landsleute – nur eines geringen Anstoßes bedurfte, um hervorzubrechen. «Scrabble ist gut für ihn, er kann nämlich überhaupt nicht rechtschreiben. Wie willst du denn einmal», fuhr sie, den Jungen fest an sich drückend, fort, «ein großer und bedeutender Doktor werden wie Anthony, wenn du nicht rechtschreiben kannst?»

Also spielten sie bis Mitternacht Scrabble, dann ging Leroy ins Bett, und Linthea sagte sehr unverblümt zu ihrem Gast: «Sie müssen jetzt auch nach Hause gehen, Anthony, damit Sie morgen für Ihre Psychopathen wieder frisch sind.»

Besonders frisch fühlte Anthony sich am Dienstagmorgen allerdings nicht, denn er war um vier Uhr aufgewacht und hatte nicht wieder einschlafen können. Den ganzen Tag fragte er sich, ob ein Brief für ihn da sein würde. Er wehrte sich jedoch heldenhaft gegen den starken Impuls, die Bibliothek früher als sonst zu verlassen. Als er um fünf Uhr nach Hause kam, war der Tisch in der Halle leer. Kein Hausbewohner hatte an diesem Tag Post bekommen. Da er sich jetzt wirklich zu ängstigen begann, wartete er am nächsten Tag den Postboten ab und holte um neun Uhr die Briefe selbst herein. Es waren nur zwei – einer für Li-li Chan, einer für Winston. Jetzt hatte Anthony schon zwei Wochen nichts mehr von Helen gehört.

Zwei Briefe konnten nicht verlorengegangen sein. Er überlegte, ob er gegen die selbstauferlegte Regel verstoßen und sie im Büro anrufen sollte? Sie arbeitete als Assistentin des Direktors in einem Marinemuseum. Doch warum sollte sie die Genugtuung haben, daß sie bekam, was sie wollte? Einen Liebhaber, der ihren Ritter Toggenburg spielte und unter ihrem Fenster schmachtete, während sie überhaupt nichts gab. Nein, er wollte nicht anrufen. Und vielleicht rief er auch am letzten Mittwoch des Monats nicht an. Vielleicht war es ihm bis dahin auch gelungen, sich zu trösten. Mit Linthea, dachte er. Linthea war ungebunden, wohnte in der Nähe und arbeitete für eine Gesellschaft, die er verstand, die nicht durch Dichtung, Träumereien, Metaphern und eine blutlose Empfindsamkeit so verweichlicht war, daß sie dahinschmolz, wenn man ein bißchen fester zupackte. Doch vor allem durfte die Geschichte mit Helen sich nicht negativ auf seine Doktorarbeit auswirken. Er hatte begonnen, die endgültige Fassung zu schreiben, und die Arbeit ging ihm leicht von der Hand. Nachdem er sich gründlich mit den Ergebnissen verschiedener psychosometrischer Tests auseinandergesetzt und sie ausgewertet hatte, schrieb er:

Die Ergebnisse von Reihenuntersuchungen scheinen zu bestätigen, daß die Mehrzahl der Psychopathen sich vor ihren eigenen Aggressionen fürchtet und ebenso unter Schuld- und Angstgefühlen leidet wie normale Menschen, wenn sie sich etwas zuschulden kommen lassen. Das Verhältnis der Psychopathen zu Frauen und Autoritätspersonen ist jedoch wesentlich gestörter als das von Nicht-Psychopathen. Die Analyse zeigte aber, daß das vielleicht sogar stärkere Schuldgefühl der Psychopathen keine echte Reue über ihre Taten ist, sondern viel eher Bedauern über ihre eigene schwierige und unangenehme Situation. Der Psychopath, der wählen dürfte zwischen selbstsüchtigen Formen der «Selbstverwirklichung» und einer sich selbst verleugnenden Anpassung an geltende gesellschaftliche Normen, wäre vielleicht sogar klug genug, sich diesen Normen zu unterwerfen. Ist er jedoch ausschließlich auf sich selbst und sein eigenes Urteil angewiesen, wird seine Wahl ausschließlich und vorrangig von seinen eigenen Bedürfnissen beeinflußt ...

Ein diskretes, beinahe nur angedeutetes Klopfen unterbrach Anthony. Vor der Tür stand Arthur Johnson. Wie üblich trug er einen silbergrauen Anzug und ein Hemd, das so blütenweiß war, daß man meinen konnte, es stamme aus einer Waschmittelreklame. Arthur hüstelte verlegen.

«Ich bitte tausendmal um Verzeihung für meine Aufdringlichkeit, aber ich muß Sie leider wegen der Miete behelligen. Ihre – eh – erste wöchentliche Mietvorauszahlung ist morgen fällig.»

«Aber selbstverständlich», sagte Anthony. «Nehmen Sie einen Scheck?»

«Natürlich, natürlich.»

Während Anthony sein Scheckbuch suchte, daß zwischen Sokolows *Der konditionierte Reiz* und Steins *Der Einfluß der Freude auf das Verhalten* steckte, winkte Arthur Johnson ihm in seiner altjüngferlich zimperlichen Art mit einem kleinen roten Mietbuch und einem braunen Umschlag, auf dem mit einer rührenden Aufmerksamkeit für Details in Druckbuchstaben stand: *Mr. Anthony Johnson, Zimmer 2, Trinity Road 142, London W15 6HD.*

«Wenn Sie so freundlich wären, Ihren Scheck jeden Freitag in das Mietbuch und dieses wiederum in den Umschlag zu stecken, dann hole ich ihn bei Ihnen ab, oder Sie legen ihn auf den Tisch in der Halle.»

Anthony nickte und füllte den Scheck aus.

«Gott sei Dank, daß die Polizei uns nicht mehr belästigt», sagte Arthur.

«Mich hat sie überhaupt noch nicht belästigt», antwortete Anthony.

«Selbstverständlich kann man kaum noch daran zweifeln, daß Mr. Kotowsky schuldig ist. Man weiß, daß er sich in Südamerika aufhält, aber er soll ausgeliefert werden.»

«Was für ein Unsinn!» sagte Anthony schroffer als beabsichtigt. «Ich zweifle sogar heftig, denn ich habe ihn noch keine Sekunde lang für den Täter gehalten.»

Arthur hatte in der vergangenen Woche mit größter Besorgnis festgestellt, daß die Post zweimal von jemand anders hereingeholt worden war. Seit dem Samstag war die alte Ordnung jedoch wiederhergestellt, da er den Postboten abfing. Wenn er ihn vom Wohnzimmerfenster aus um die Ecke der Camera Street biegen sah, lief Arthur schnell hinunter und bezog in der Halle Posten. Es waren aber keine malvenfarbenen Kuverts mehr eingetroffen. Die Frau würde nie wieder schreiben. Sie war zweimal zurückgewiesen worden und würde ein drittes Mal wohl kaum riskieren. Dienstag, der 19., und Mittwoch, der 20. November, vergingen. Das waren die entscheidenden Tage, doch sie brachten Anthony Johnson nur einen Brief von seiner Mutter aus York. Seit der Nacht des 5. November hatte Arthur sich nicht mehr so wohl und in Frieden mit sich selbst gefühlt wie jetzt, obwohl es ihn mit leichter Bitternis erfüllte, als er merkte, daß in der vergangenen Woche der Hof schon zweimal dunkel geblieben war. Jetzt, da es zu spät und für Arthur bedeutungslos geworden war, ging Anthony Johnson am Abend aus. Andererseits fand Arthur den Grund für Anthonys abendliche Abwesenheit sehr erfreulich. Arthur verfolgte alle Vorgänge im Haus mit größtem Interesse und war daher fast immer sehr gut informiert. Ihm war auch nicht entgangen, daß die schwarze Frau mit ihrem schwarzen Kind Anthony Johnson besuchte. Oder auch allein kam. Manchmal bewegten sich die Silhouetten ihrer Köpfe wie in einem Schattenspiel auf den grünen Steinen des Hofes. Und wenn Anthony Johnson mit einer Weinflasche unter dem Arm das Haus verließ, wußte Arthur, wohin er ging. So sehr ihm im allgemeinen die Vorstellung widerstrebte, daß sich ein sauberer, blonder junger Engländer mit einer Schwarzen einließ, so sehr begrüßte er es in diesem Fall, da es Anthony Johnson von Bristol ablenkte.

Freitag, der 22. November, dämmerte kalt und naß herauf. Arthur beobachtete, daß Anthony Johnson um halb neun das Haus verließ. Winston Mervyn folgte ihm fünf Minuten später. Als nächste kam Li-li Chan. Sie blieb unter einem roten pagodenähnlichen Regenschirm vor der Gartentür stehen und musterte die Wagen, die von Magdalen Hill in die Trinity Road einbogen. Dann knallte die Haustür zu wie zu Johnathan Deans Zeiten, und Li-li polterte mit ihren Blockabsätzen die Treppe herauf. Arthur öffnete seine Tür einen Spalt.

Li-li telefonierte.

«Du hast gesagt, du kommst halb neun. Du hast verschlafen? Warum kaufst du nicht Wecker? Ich komme zu spät zur Arbeit. Du würdest nicht verschlafen, wenn ich bei dir schlafe?» Entrüstet schnalzte Arthur mit der Zunge. «Vielleicht ja, vielleicht nein. Natürlich liebe ich dich. Jetzt komm schnell, sonst ich verliere meinen Job.»

Es war fünf vor neun, als der Wagen endlich kam. Ein uralter blauer Lieferwagen diesmal. Arthur ging hinunter, um die Post hereinzuholen. Es lag nichts auf der Matte, also war der Postbote wahrscheinlich noch nicht dagewesen. Aber als Arthur sich in die Halle zurückwandte, sah er auf dem Tisch, der am Abend vorher völlig leer gewesen war, einen Stapel Briefe. Der Postbote mußte früher als sonst gekommen sein, während Arthur Li-li beim Telefonieren zugehört hatte. Sie mußte die Briefe hereingebracht haben, während sie auf ihren Galan wartete.

Seine neue Sozialversicherungskarte, zwei Postwurfsendungen für Mervyn und – kaum zu glauben, aber wahr – ein malvenfarbener Briefumschlag mit dem Poststempel Bristol. H. hatte wieder geschrieben. Sollte das denn nie aufhören? Arthur nahm den Brief vorsichtig zwischen zwei Fingerspitzen und hielt ihn auf Armeslänge von sich ab, als fürchte er, er könne explodieren. Nun, er hatte beschlossen, daß keiner dieser malvenfarbenen Briefe aus Bristol ihren Empfänger erreichen durfte, und dabei sollte es bleiben. Am besten, er verbrannte das Ding auf der Stelle, genauso wie die letzten. Und doch ... Leichte Angst beschlich ihn. Li-li hatte den Brief hereingeholt, und vielleicht war er ihr aufgefallen? Oder hatte sie in ihrer Flatterhaftigkeit nicht darauf geachtet? Doch wie konnte er sicher sein, daß es so war? Wenn Anthony Johnson, beunruhigt, weil er seit drei Wochen ohne Nachricht war, anfinge, im Haus nachzuforschen, würde Li-li sich bestimmt an den Brief erinnern.

Wieder öffnete Arthur den Brief über Wasserdampf.

Liebster Tony, was habe ich Dir getan? Warum hast Du mich ohne ein Wort der Erklärung fallenlassen? Du hattest mich doch gebeten, mich endlich zu entscheiden und Dir so bald wie möglich zu schreiben. Das habe ich getan, und Du hättest diesen Brief am Dienstag, dem 5. November, bekommen müssen. Ich schrieb Dir, ich würde Roger verlassen und zu Dir kommen, sobald ich Deine Antwort auf meinen Brief in Händen hätte. Jetzt haben wir den 21. November, und Du schweigst noch immer. Bitte sag mir doch, was ich falsch gemacht habe! Bist Du mir böse, weil ich sagte, ich könne Dir keine ewige Liebe versprechen? Der Himmel weiß, wie sehr ich diese dummen Worte schon bereut habe und wünschte, ich hätte sie nie geschrieben. Oder hast Du mir übelgenommen, daß ich noch nicht mit Roger gesprochen hatte? Du mußt mir glauben, daß ich's getan hätte, hättest Du mir nur ein paar Zeilen geschickt.

Ich glaube, ich habe Dich verloren. Soweit ich überhaupt noch vernünftig denken kann, denke ich, daß ich Dich nie wiedersehen werde. Tony, Du hättest Mitleid mit mir, wenn Du wüßtest, wie verzweifelt und elend ich mich fühle. Mir ist, als ertrüge ich das Leben keinen einzigen Tag mehr. Ich käme ja zu Dir, nur fürchte ich mich vor Deinem Unwillen. Du hast gesagt, es gebe noch andere Frauen auf der Welt. Ich habe Angst, zu Dir zu kommen und eine andere Frau bei Dir zu finden. Es würde mich umbringen. Du hast gesagt, ich sei die einzige Frau, die je Leidenschaft in Dir geweckt hätte, alle anderen seien einfach Freundinnen gewesen oder Du hast Dir gewünscht, mit ihnen zu schlafen. Du hast gesagt, «lieben» sei für Dich ein altmodisches, sinnlos gewordenes Wort, aber endlich hast auch Du begriffen, daß Du mich liebtest. Dieses Gefühl kann doch nicht von ein paar unbedachten und albernen Worten zerstört worden sein, die ich in meinem ersten Brief an Dich schrieb? Oder war es nie ein echtes Gefühl?

Roger mußte geschäftlich nach Schottland und bleibt mindestens vierzehn Tage weg. Ich sollte ihn begleiten, aber ich kann erst nächsten Mittwoch Urlaub nehmen. Tony, rufst Du mich zu Hause an? Ich bin ja jetzt allein. Zu jeder Zeit am Wochenende – ich gehe keinen Schritt aus dem Haus – oder nächste Woche irgendwann am Abend. Ich bitte Dich so sehr darum! Wenn ich Dir je etwas bedeutet habe und wenn Du es nur in Erinnerung an das tust, was wir einander waren – bitte ruf mich an! Auch wenn Du es nur tust, um mir zu sagen, daß Du mich nicht mehr willst, daß Du es Dir anders überlegt hast – ich möchte es aus Deinem Mund hören. Sei nicht so grausam, mich das ganze Wochenende vergeblich neben dem Telefon warten zu lassen. Wenn Du mir sagst, Du hast es Dir anders überlegt, kann ich mich damit abfinden – glaube ich. Was ich nicht ertrage, ist dieses furchtbare Schweigen.

Aber, Tony, wenn Du mich nicht anrufst – und ich muß die Möglichkeit in Betracht ziehen –, dann ist das mein letzter Brief an Dich, dann werde ich Dir nie wieder schreiben. Ich weiß nicht, was ich tun werde, aber das letzte bißchen Stolz, das ich noch habe, wird mich davor bewahren, mich Dir an den Hals zu werfen. Also – was immer auch geschieht, das ist mein letzter Brief an Dich. H.

Dafür, dachte Arthur, als er diesen letzten Satz noch einmal las, bin ich dir auf jeden Fall sehr dankbar, H. Doch wenn Anthony Johnson diesen Brief zu sehen bekommt, stürzt er bestimmt sofort ans Telefon ... Und im Lauf des Gesprächs würde alles herauskommen, würde er erfahren, wann, wie oft und was sie geschrieben hatte. Und trotzdem mußte Anthony Johnson den Brief zu sehen bekommen, weil Li-li Chan ihn schon in der Hand gehabt hatte.

Inzwischen war es zwanzig nach neun geworden. Arthur dachte daran, die Arbeit zu schwänzen, Mr. Grainger anzurufen und ihm zu sagen, ihn habe die Magen- und Darmgrippe erwischt, die jetzt überall grassierte. Plötzlich schien Tante Gracie drohend vor ihm zu stehen und streng den Kopf zu schütteln, weil er lügen wollte und ein Feigling war. Außerdem hatte es nicht viel Sinn, zu Hause zu bleiben. Morgen oder übermorgen mußte er ohnehin wieder ins Büro. Fröstelnd, als sei er wirklich krank, zog er sich mühsam den Regenmantel an und nahm denSchirm aus dem Ständer. Wohin mit dem Brief? Am besten, er nahm ihn ins Büro mit und versuchte eine Lösung zu finden. Wenn ihm nichts Besseres einfiel, konnte er ihn ja wieder zukleben, in der Mittagspause nach Hause bringen und zur übrigen Post legen.

Er kam natürlich zu spät, das erste Mal seit vielen Jahren. Das sanfte Nieseln wurde zum Regenguß, und das Wasser klatschte an das Bürofenster, als schleudere man es aus Eimern an die Scheiben. In einem fürchterlichen seelischen Zustand, hochgradig nervös und apathisch zugleich, öffnete Arthur die Geschäftspost, obwohl er am liebsten bis an sein Lebensende keinen Briefumschlag mehr gesehen hätte. Die Handschriften künftiger Kunden, die Dächer frisch gedeckt und Zentralheizungen installiert haben wollten, begannen vor seinen Augen zu tanzen. Er tippte zwei Antworten, die von Fehlern nur so strotzten, und schließlich blieb gar nichts anderes übrig, als

H. s Brief aus seiner Aktenmappe zu holen und sich ihn noch einmal genau anzusehen.

Sollte er das Risiko eingehen und sich darauf verlassen, daß er Li-li Chan nicht aufgefallen war? Wahrscheinlich hatte sie ihn zwischen der anderen Post wirklich nicht bemerkt. Da es die einzige Lösung schien, mußte er das Risiko auf sich nehmen. Er mußte den Brief vernichten und hoffen, daß Anthony Johnson sie entweder nicht fragen oder sie sich nicht erinnern würde. Schon hatte sich seine Faust über den beiden dünnen Seiten geschlossen, als ihn neues Entsetzen packte. Denn auch wenn Anthony Johnson H. s letzten Brief nicht bekam, würde er erfahren, was man ihm angetan hatte. Denn am Mittwoch, dem 27. November, am nächsten Mittwoch, am letzten Mittwoch des Monats würde er H. anrufen, wie immer, und dann mußte alles herauskommen.

Arthur spannte zwei Bogen Papier in die Schreibmaschine und plagte sich mit einer Antwort an einen gewissen Mr. P. Coleman ab, der eine Wagenremise aus dem 19. Jahrhundert in eine Behausung für seine Schwiegermutter umbauen lassen wollte und Graingers fachmännischen Rat erbat. H. s Brief mußte um ein Uhr in der Trinity Road auf dem Hallentisch liegen, und jetzt war es schon elf. Er – Arthur – mußte ganz einfach sehr selbstsicher und frech auftreten. Er mußte leugnen, Anthony Johnsons Korrespondenz je angefaßt zu haben – außer um sie auf den Tisch zu legen, natürlich –, und mußte sich jede derartige Verdächtigung strengstens verbitten. Sinnlos, sich ausschließlich mit dieser Sache zu beschäftigen, wenn es keine andere Lösung gab. Er warf einen Blick auf den Brief, den er tippte, und sah, daß er «H.» statt «P.» Coleman und «Gefängnis» statt «Gebäude» getippt hatte. Er riß die Blätter heraus und spannte frische ein. Anthony Johnson würde auf der Stelle zur Polizei gehen, und die würde aufhören, nach Brian Kotowsky zu fahnden und anfangen, sich sehr ernsthaft mit Arthur Johnson zu beschäftigen, der abends nie ausging, am fraglichen Abend jedoch nicht zu Hause gewesen war; der in Kenbourne Vale wohnte, als Maureen Cowan und Bridget O'Neill ermordet worden waren; der ohne zwingenden Grund gelogen hatte … Er beugte und streckte die Finger, damit sie aufhörten zu zittern.

Es kostete Arthur ungeheure Mühe und ungeheure Konzentration, einen passablen Brief an Mr. P. Coleman zu verfassen, in dem er ihm empfahl, ein bestimmtes Architektenbüro in Kenbourne Vale zu Rate zu ziehen. Doch als er fertig war und die Epistel noch einmal durchlas, wurde ihm klar, daß Mr. Grainger sehr viel dagegen einzuwenden haben würde. Mr. Grainger erwartete von ihm, daß er den Kunden zwar an einen Architekten verwies, darüber hinaus jedoch schrieb, Graingers werde sich natürlich glücklich schätzen, die Umbauarbeiten selbst auszuführen. Der Unwille der ganzen Welt, aller Menschen, auf die es ankam, richtete sich drohend gegen ihn. Er seufzte so tief, daß es ihn schüttelte. Ein neuer, völlig anders lautender Brief mußte geschrieben werden.

Erst nachdem er die frischen Bogen in die Maschine gespannt hatte, ging Arthur der eigentliche Sinn der Worte auf, die er leise vor sich hingesagt hatte. Ein neuer, völlig anders lautender Brief mußte geschrieben werden.

16

H. hatte ihre Briefe auf demselben dünnen Durchschlagpapier geschrieben, das Arthur für die Kopien seiner Geschäftsbriefe benutzte. Und sie tippte auf einer Maschine derselben Firma und desselben Typs. Angenommen, er verfaßte einen Brief an Anthony Johnson und schmuggelte ihn in das malvenfarbene Kuvert? Poststempel, Datum, alles würde stimmen, und der Brief würde genau zum richtigen Zeitpunkt auf dem Hallentisch liegen. Nur der Inhalt würde ein anderer sein.

Arthur, der einen halben Tag gebraucht hatte, um eine kurze Entschuldigung zu entwerfen, erschrak vor der gewaltigen und gefährlichen Aufgabe, die er sich gestellt hatte. Andererseits mußte der Brief nicht lang sein. Für ihn stand es bereits so halb und halb fest, daß er, im Gegenteil, so kurz wie möglich sein sollte. Er konnte H.s hysterischen Stil nachahmen – ihn kannte er inzwischen ja zur Genüge – und dieselben Tippfehler machen, die ihr immer wieder unterliefen. Zum Beispiel stand in ihren Briefen statt eines Ausrufungszeichens oft eine Eins, weil sie die Taste für die Großbuchstaben nicht fest genug drückte. Manchmal schwebten ihre Großbuchstaben auch eine halbe Zeile höher. Und das H, mit dem sie immer unterschrieb, konnte er mit seinem schwarzblauen Kugelschreiber vom Originalbrief durchpausen.

Er spannte zwei Bogen Durchschlagpapier in die Maschine. Zuerst das Datum: *21. November*, und im Wort November der erste Fehler – nicht nur der Anfangsbuchstabe, sondern auch das O war groß geschrieben. *Liebster Tony ...* Nein, das ging nicht, «liebster» paßte nicht zu dem Brief, den er schreiben wollte. Wie würde H. ihn nennen? Die einzigen persönlichen Briefe, die er je geschrieben hatte, waren an einen entfernten Vetter von Tante Gracie gerichtet gewesen, der ihm zum Geburtstag regelmäßig eine Postanweisung über fünf Shilling geschickt hatte.

Lieber Onkel Alfred, vielen Dank für das Geburtstagsgeld. Ich werde es in meine Sparbüchse tun. Mein Geburtstag war sehr schön. Tante Gracie hat mir einen neuen Schulblazer geschenkt. Viele Grüße, Arthur. – Lieber Tony? Und da er überhaupt keine Ahnung hatte, wie Menschen sich unter diesen Umständen gegenseitig anredeten, tippte Arthur: *Tony*. Einfach *Tony*.

Wie aber beginnen? Sie hatte ihn in jedem Brief um Verzeihung gebeten. *Verzeih mir.* Das war gut. Überzeugend. *Es tut mir leid,* fuhr er fort und achtete darauf, daß er statt eines Kommas ein Semikolon setzte. *Es tut mir leid, daß ich Dir nicht schon früher geschrieben habe, obwohl ich es Dir versprach.* Doch warum hatte sie nicht geschrieben? *Ich wußte aber, Du würdest böse sein, wenn ich Dir gestand, daß ich mich noch nicht entscheiden konnte.* Das war gut, das lief ja prächtig. Aber er mußte endlich zu des Pudels Kern kommen. *Jetzt ist die Entscheidung jedoch gefallen, und ich bin es Dir schuldig, Dir offen zu sagen, daß ich bei Roger bleibe. Ich bin seine Frau, und mein Platz ist an seiner Seite.* Diese Passage gefiel Arthur nicht besonders gut, das war nicht H.s Stil, aber er konnte ihn nicht verbessern und gleichzeitig sagen, was er sagen wollte. Eigentlich sollte auch etwas von Liebe drinstehen. Verzweifelt versuchte er etwas aus seiner Erinnerung auszugraben, was er im Fernsehen oder im Kino gehört hatte. *Ich habe Dich nie wirklich geliebt. Es war nur Verliebtheit.* Und jetzt das Wichtigste: kurz und schroff die Erklärung, daß nunmehr zwischen ihnen alles zu Ende sei und H. von Anthony Johnson nie wieder etwas hören und ihn vor allem nicht wiedersehen wolle.

Kurz vor eins kam Barry hereingelatscht, sagte, er habe gegessen und werde sich als Anrufbeantworter betätigen, während Arthur Mittagspause mache. Es regnete noch immer in Strömen. Arthur spannte den Schirm auf und machte sich auf den Weg in die Trinity Road. Er nahm die Abkürzung durch die Mews und kam an der Stelle vorbei, an der er Vesta Kotowsky erdrosselt hatte. Noch einmal fühlte er die prickelnde Erregung des Augenblicks, gleichzeitig aber auch Gereiztheit und Groll gegen eine Gesellschaft, der er die Notwendigkeit verdankte, eine solche Tat zu begehen, und die ihn gleichzeitig verachtete und verdammte, wenn er seinen Trieb auslebte.

Das Haus war leer. Der Tisch noch unberührt. Arthur prüfte nach, ob der malvenfarbene Umschlag auch wieder richtig zugeklebt war, und legte ihn dann genau in die Mitte der polierten Mahagoniplatte.

Es war die Hälfte eines Doppelhauses mit den klaren Linien der Bauten aus den sechziger Jahren, aus hellrotem Backstein, mit großen Fenstern, die viel Licht hereinließen. Die Familie, die vorher hier gewohnt hatte, hatte ihren Weihnachtsbaum alljährlich in den Garten gepflanzt. Zehn Nordlandtannen, eine immer ein bißchen größer als die andere, standen in einer Reihe, so gerade ausgerichtet wie eine Turnerriege. Als Anthony mit Winston das Haus verließ, dachte er daran, wie sehr Helen sich über diese Christbaumparade gefreut hätte – diesen Beweis für häusliche Harmonie, Frieden und den Glauben an eine ewige Zukunft.

Das Haus stand in einer ruhigen Sackgasse. Hier konnten Kinder ungefährdet spielen. Aber jetzt war weit und breit kein Kind zu sehen, denn es war schon dunkel. Um sechs Uhr schon so dunkel wie um Mitternacht.

«Was meinen Sie?» fragte Winston.

«Sehr hübsch, wenn man zwanzigtausend Pfund hat. Aber Sie werden heiraten müssen, das ist kein Haus für einen Junggesellen. Sie müssen heiraten, Kinder bekommen, und mit ein bißchen Glück können Sie wenigstens noch vierzig Christbäume pflanzen.»

«Entdecke ich da einen Unterton von Sarkasmus?»

«Tut mir leid», sagte Anthony. Das Haus zu besichtigen, hatte ihn irgendwie bitter gemacht. Es war nicht ganz nach seinem Geschmack, war ihm zu gutbürgerlich, zu langweilig, zu geschützt. Aber konnte man sich etwas Besseres vorstellen, um eine Ehe zu führen und Kinder großzuziehen? Beziehungen zwischen Mann und Frau waren ein sehr schwieriges Kapitel menschlichen Lebens, und eine Frau konnte einen Mann sehr wählerisch machen. Schon sah er seine Jugend vergeudet, weil er von Helen nicht loskam, ihre gemeinsamen Traumkinder ein Opfer der Wankelmütigkeit ihrer Traummutter.

«Ich glaube, ich kaufe es», sagte Winston. «Es wird mir ein Vergnügen sein, mich inmitten all dieser Snobs niederzulassen.» Als sie um die Ecke in eine noch vornehmere Straße einbogen, fuhr er fort: «Caspian, unser lieber Hauswirt, wohnt in einem dieser Mini-Herrschaftshäuser, und die ganze Pracht hat er praktisch uns aus der Tasche gezogen, indem er für seine Bruchbuden unverschämt hohe Mieten verlangt.»

Sie gingen zur Haltestelle des K. 12. Dünner, kalter Nieselregen fiel. Er bedeckte Gehsteige und den dunkleren Belag der Fahrbahnen mit einer dünnen, glänzenden Schleimschicht, in der sich der gelbe Schein der Straßenlaternen spiegelte. Die Umgebung änderte sich plötzlich so drastisch, wie das in London häufig der Fall ist, wurde trostlos – eine Siedlung aus Reihenhäusern ohne Gärten oder Zäune, mit kleinenEckläden und dann wieder die Betonungeheuer vielstöckiger Mietblocks.

«Sozialwohnungen erkennt man immer an den kleinen Fenstern», sagte Anthony. «Ist Ihnen das schon aufgefallen?»

«Und dem gräßlichen Baustil. Das kommt daher, daß man zweitklassigen Architekten die Möglichkeit bietet, mit Leuten herumzuexperimentieren, die es sich nicht leisten können, sich zu wehren.»

«Im Gegensatz zu Ihnen, Sie Glückspilz.»

«Ist Ihnen heute eigentlich eine Laus über die Leber gelaufen? Entschuldigen Sie, ich hole mir nur rasch eine Zeitung.»

Anthony wartete vor der Tür des kleinen Ladens. Was war nur los mit ihm, daß er den neuen Freund, der ihm so sympathisch war, so abscheulich behandelte? Er stand in dem jetzt stärker strömenden Regen, und tiefe Niedergeschlagenheit breitete sich in ihm aus. Freitag abend, Freitag, der 22. November. Noch fünf Tage mußte er überstehen. Noch fünf Tage waren es bis zum letzten Mittwoch des Monats. Aber dann wollte er sie anrufen – ganz bestimmt. Er dachte an ihr Gesicht, das er zwei Monate nicht mehr gesehen hatte. Es tauchte vor seinen Augen auf, geisterhaft, wie von Nebeln verhüllt, zart, empfindsam, zerknirscht, wehmütig. Als er sie das letzte Mal in den Armen hielt – er erinnerte sich wieder ganz deutlich daran –, hatte sie die Augen offen gehabt und sein Gesicht beobachtet. Und sie hatte gelächelt, ihr ernstes, zärtliches Lächeln ... Das alles wieder zu haben, wenn auch nur selten und nicht für immer – lohnte es sich nicht, dafür seinen Stolz zu opfern, das Idealbild des starken, entschlossenen Mannes, dem er nacheiferte? Ja, am Mittwoch wollte er sie noch einmal bitten, noch einmal überreden, wollte er noch einmal von vorn anfangen ...

Winston kam, in die Zeitung vertieft, aus dem Laden. Er ließ sie sinken und sagte zu Anthony: «Sehen Sie sich das mal an.»

Als erstes bekam Anthony Brians Paßfoto zu sehen, das seit dem Mord Tag für Tag in allen Zeitungen erschien. Die Haarmähne, das ausgemergelte und doch schlaffe Gesicht, die immer flehend dreinblickenden Augen, die gleichzeitig so aufreizend dumm wirkten. Zuerst das Foto, dann die Schlagzeile: *Vestas Ehemann ertrunken aufgefunden.* Unter den riesigen schwarzen Lettern nur ein ganz kurzer Bericht.

Die männliche Leiche, die am Strand von Hastings, Sussex, angeschwemmt worden war, konnte heute als die von Brian Kotowsky, 36, identifiziert werden. Brian Kotowsky war der Ehemann von Vesta, die am Guy Fawkes-Tag in Kenbourne Vale, West London, erdrosselt wurde. Mr. Kotowsky galt seit dem 6. November – dem Tag nach dem Mord – als vermißt.

Von Mr. Kotowsky, Antiquitätenhändler, wohnhaft Trinity Road, Kenbourne Vale, war bekannt, daß er Verwandte in Brighton hatte.

Seine Tante, Mrs. Janina Shaw, sagte uns heute, sie habe ihren Neffen seit neun Jahren nicht mehr gesehen.

«Wir standen uns früher sehr nahe», sagte sie. «Aber als Brian heiratete, verloren wir uns aus den Augen. Ich weiß nicht, ob mein Neffe mich vor seinem Tod in meinem Haus aufsuchen wollte, da ich im Krankenhaus lag.»

Eine gerichtliche Untersuchung wurde anberaumt.

Anthony sah Winston an, der mit den Schultern zuckte und Anthony ein verschlossenes, ausdrucksloses Gesicht zeigte. Regen fiel auf die Zeitung und malte dunkle Kleckse auf das Papier.

Auf dem Nachhauseweg redeten sie kaum miteinander. Aus einem gewissen Feingefühl heraus, über das sie jedoch nicht sprachen, mieden sie die Oriel Mews und wählten den langen Umweg in die Trinity Road. Dann sagte Winston:

«Ich hätte ihn nicht fortlassen dürfen. Ich hätte es ihm ausreden und ihn ins Bett stecken müssen, dann wäre das nicht passiert.»

«Für einen erwachsenen Menschen trägt niemand die Verantwortung.»

«Können Sie mir erklären, was ein ‹erwachsener Mensch› ist?» entgegnete Winston. «Erwachsen zu sein, ist keine Frage des Alters.»

Anthony sagte nichts mehr. Als er die Halle betrat, erinnerte er sich an seine erste Begegnung mit Brian. Brian hatte auf der Treppe gesessen, sich die Schnürsenkel gebunden, war dann auf ihn zugegangen und hatte gesagt: «Mr. Johnson, nehme ich an?» Jetzt war er tot, war in die graue, bitterkalte See hinausgegangen, bis er ertrank. Wie aus weiter Ferne hörte Anthony Winston sagen, er habe um halb acht eine Verabredung und müsse sich beeilen.

«Und ich muß ein bißchen arbeiten. Viel Spaß.»

«Danke. Aber ich wünschte, ich hätte die Zeitung erst morgen zu sehen bekommen.»

Winston setzte einen Fuß auf die unterste Treppenstufe, warf dabei zufällig einen Blick über das Geländer, machte kehrt, ging zum Tisch und nahm drei Briefumschläge auf. «Ich darf nicht vergessen, den Immobilienmaklern mitzuteilen, daß ich das richtige Haus gefunden habe, sonst schicken sie mir bis in alle Ewigkeit ihre Prospekte», sagte er. Er reichte Anthony ebenfalls ein Kuvert – malvenfarben mit dem Poststempel Bristol. «Hier ist auch was für Sie.»

Endlich, nach so langer Zeit hatte Helen geschrieben. Um ihn noch um ein bißchen Geduld zu bitten? Oder um ihm zu sagen, daß sie krank gewesen war? Oder, Wunder über Wunder, daß sie zu ihm kam? Er schloß seine Tür auf und legte mit der Fußspitze den Schalter des Elektroofens um. Mit dem Daumen riß er die Klappe des Kuverts auf und nahm den Bogen Durchschlagpapier heraus. Nur ein Bogen? Nicht mehr? Das konnte nur bedeuten, daß sie ihm nicht viel zu sagen hatte, weil sie Roger verlassen und zu ihm kommen wollte. Bald stand ihm das glücklichste Ereignis seines Lebens bevor, und fast geriet er schon jetzt völlig aus dem Häuschen.

Tony, verzeih mir, las er. *Es tut mir leid, daß ich Dir nicht schon früher geschrieben habe, obwohl ich es Dir versprochen hatte. Ich wußte aber, Du würdest böse sein, wenn ich Dir gestand, daß ich mich noch nicht entscheiden konnte. Jetzt ist die Entscheidung jedoch gefallen, und ich bin es Dir schuldig, Dir offen zu sagen, daß ich bei Roger bleibe. Ich bin seine Frau, und mein Platz ist an seiner Seite. Ich habe Dich nie wirklich geliebt. Es war nur Verliebtheit. Du mußt mich vergessen, und bald wird es sein, als hättest Du mich nie gekannt.*

Ruf mich nicht an. Du darfst überhaupt nicht versuchen, Dich mit mir in Verbindung zu setzen. Nie wieder. Sonst wird Roger sehr böse. Denk also daran, daß ist das Ende. Unwiderruflich. Ich werde Dich nie wiedersehen, und Du darfst auf keinen Fall Kontakt mit mir aufnehmen. H.

Anthony las den Brief noch einmal, weil er einfach nicht fassen konnte, was da schwarz auf weiß stand. Es war, als sei dieser Brief – für jemand anderen bestimmt und von jemand anderem geschrieben – nur zufällig in das Kuvert geraten, das für ihn immer einen besonderen Zauber gehabt hatte. Diese – diese Obszönität konnte nicht an ihn gerichtet sein, so konnte sie an ihn nicht geschrieben haben. Und doch war es so. Es war ihre Schreibmaschine, und es waren «ihre» Tippfehler. Er las das Elaborat zum drittenmal, und allmählich verdrängte Zorn seine Fassungslosigkeit. Wie durfte sie es wagen, ihm so gräßlichen Unsinn zu schreiben, ein Klischee ans andere zu reihen? Wie durfte sie es wagen, ihn drei Wochen hangen und bangen zu lassen und ihn dann mit so etwas abzuspeisen? Die Sprache fand er zumindest genauso entsetzlich wie die Gefühle, die durch sie ausgedrückt wurden. Ihr Platz war an Rogers Seite! Und dann das Wort «Verliebtheit», das aus einer alten Liebesschnulze stammte. Und «Kontakt». Das war reiner Journalistenjargon. Er las noch einmal, analysierte jeden Satz, als könne er mit Hilfe der Semantik den Schmerz in sich betäuben.

Plötzlich begriff er, was geschehen war. Natürlich, anders konnte es nicht sein. Sie hatte den Brief begonnen, und der Rest war ihr von Roger diktiert worden. Doch diese Erkenntnis beschwichtigte ihn nicht, sie machte ihn um so zorniger. Sie hatte Roger gebeichtet, und er hatte sie gezwungen, so zu schreiben. Doch was für eine Frau mußte das sein, die sich von einem Mann so völlig beherrschen ließ? Und in welcher Zeit glaubte sie zu leben? Sie, die selbst für ihren Lebensunterhalt sorgte, stimmberechtigt, kräftig und gesund war? Im vorigen Jahrhundert? Er fühlte sich zutiefst gedemütigt, als er sich vorstellte, wie die beiden gemeinsam diesen Brief aufsetzten.

Die Frau unterwürfig und dankbar, weil ihr vergeben worden war, der Mann herrisch und überlegen. Und ihm – Anthony – wies man den entwürdigenden Status eines billigen Gigolo zu.

«Du gibst diesem unverschämten Kerl den Laufpaß. Schreib ihm unmißverständlich, zu wem du gehörst und wo deine Pflicht liegt. Und schreib ihm auch, daß er nicht versuchen soll, mit dir Kontakt aufzunehmen, weil ich ihm sonst das Fell gerbe. Du mußt ihm begreiflich machen, daß wirlich alles zu Ende ist, Helen ...»

Alles zu Ende.

Er knüllte den Brief zusammen, glättete ihn dann wieder und zerriß ihn in winzig kleine Papierschnitzel, damit er nicht in Versuchung geriet, ihn noch einmal zu lesen.

17

Daß Brian Kotowsky tot war, erfuhr Arthur erst abends um neun aus den Fernsehnachrichten. Der Sprecher sagte nicht viel darüber, nur daß eine Wasserleiche identifiziert worden und eine gerichtliche Untersuchung anberaumt worden sei. Doch Arthur war zufrieden. Er hatte keine Sekunde lang daran gedacht, daß ihm möglicherweise Gewissensbisse zu schaffen machen würden, wenn man Brian des Mordes an Vesta beschuldigte und anklagte. Brian Kotowsky bedeutete ihm nichts. In seine Gleichgültigkeit gegen den Toten mischte sich höchstens noch die natürliche Abneigung gegen einen Menschen, der sich regelmäßig betrank und häufig Krach schlug. Doch Kotowsky hätte freigesprochen werden können. Jetzt konnte nichts und niemand mehr ihn freisprechen. Sein Selbstmord überführte ihn genausogut wie ein Geständnis oder ein Prozeß es getan hätte. Für die Polizei war der Fall damit gewiß abgeschlossen.

Daß er H.s Brief an Anthony Johnson gefälscht hatte, bereute Arthur jetzt ein wenig. Ein so großer Teil seines Lebens, so viel von seiner kostbaren Zeit waren dem Schrecken und qualvollen Ängsten zum Opfer gefallen und vergeudet worden. Alles vergeblich. Doch er tröstete sich mit dem Gedanken, daß ihm in den entscheidenden Augenblicken keine andere Wahl geblieben war. Die Nachricht von Kotowskys Tod war bestimmt erst in den Abendausgaben der Zeitungen erschienen, daher hätte er sie, selbst wenn er eine Tageszeitung gekauft hätte, nicht rechtzeitig genug erfahren. Er hätte den Brief auf jeden Fall gefälscht, den echten auf jeden Fall vernichtet. Das Gute war, daß Anthony Johnson ihm jetzt nichts mehr anhaben konnte, auch dann nicht, wenn der Betrug ans Licht kam. Die Polizei hatte ihren Täter, wenn er auch tot war und nichts mehr sagen konnte.

Da das Leben jetzt ungetrübt für ihn weitergehen konnte, sah Arthur sich einen sehr alten Film über den Bau des Suezkanals mit Loretta Young als Kaiserin Eugenie und Tyrone Power als de Lesseps an. Er gefiel ihm sehr gut. Als er dreizehn war, hatte er ihn mit Tante Gracie schon einmal gesehen. Was für eine herrliche Zeit das gewesen war! In seiner euphorischen Stimmung glaubte er das tatsächlich. Der Film dauerte bis elf. Dann ging Arthur schlafen. Samstagvormittag. Die neue Angestellte im Waschsalon war die Frau von Mr. Graingers Neffen, die sich ein bißchen Taschengeld verdienen wollte, und Arthur meinte, ihr könne er seine Wäsche ruhig anvertrauen, während er einkaufen ging. Vielleicht gönnte er sich am Sonntag zur Feier des Tages eine gebratene Ente.

Es gibt verschiedene Möglichkeiten, eine Liebesaffäre zu beenden. Anthony dachte darüber nach, wie er früher mit Mädchen und Mädchen mit ihm Schluß gemacht hatten. Kühle Diskussionen, hitzige Streitereien, edler Verzicht, ein fröhliches «Tschüs also, bis dann» – alles war schon dagewesen. Aber noch nie hatte ihm jemand mit ein paar Zeilen den Laufpaß gegeben, obwohl die anderen Mädchen viel eher das Recht gehabt hätten, sich so zu verhalten, denn er hatte nie gesagt, daß er sie liebe, hatte nie von einer dauernden Beziehung gesprochen. Ein letztes Wiedersehen, eine letzte Erklärung hätte er hingenommen. Sogar mit einem ehrlichen Brief hätte er sich zufriedengegeben, in dem sie ihn bat, sie wegen einer letzten Aussprache noch einmal anzurufen. Was sie ihm geschrieben hatte, wollte und konnte er nicht hinnehmen. Und ihm blieb ja auch noch der letzte Mittwoch des Monats. Morgen. Er wollte Linthea bitten, ihr Telefon benutzen zu dürfen, damit ihm der ewige Kampf mit dem Kleingeld erspart blieb. Helen mußte begreifen, daß sie ihn nicht abschieben konnte wie irgendeinen Kerl, den sie aufgelesen und mit dem sie ein paar Nächte verbracht hatte.

Leroy war noch in der Schule, als sich Anthony auf dem Heimweg von der Universität kurz bei Linthea aufhielt. «Natürlich können Sie von hier aus telefonieren», sagte sie. «Aber ich muß gegen acht weg und wäre Ihnen daher sehr dankbar, wenn Sie, nachdem Sie telefoniert haben, noch eine oder zwei Stunden bei Leroy bleiben könnten.»

So hatte Anthony sich den Abend allerdings nicht vorgestellt. Er hatte gehofft, Linthea würde ihn ein bißchen trösten, nachdem er Helen die Meinung gesagt hatte. Andererseits mußte Linthea so gar nicht erfahren, mit wem er telefonierte und warum. Und zum Trösten hatte sie in den nächsten Tagen, nächste Woche und übernächste Woche noch Zeit. Soviel Zeit sie wollte.

Als Anthony kam, war Linthea schon fertig, und Leroy spielte mit David und Steve Monopoly. Da es noch nicht acht Uhr war, vertiefte Anthony sich in einen Zeitungsbericht über die gerichtliche Untersuchung im Fall Brian Kotowsky. Der nunmehr schon drei Wochen zurückliegende Mord an Vesta wurde kommentiert, Brians Verschwinden und schließlich das Auffinden seiner Leiche. Doch mit keinem einzigen Wort wurde erwähnt, daß man Brian für den Hauptverdächtigen im Mordfall Vesta Kotowsky hielt. Die Leiche hatte zwei Wochen im Meer gelegen, und die Identifizierung war sehr schwierig gewesen. Brian war nicht betrunken gewesen, als er starb, doch Leber und Arterien waren durch regelmäßigen Alkoholmißbrauch bereits geschädigt. Da kein Abschiedsbrief vorlag, und Brian vor seinem Tod auch nicht davon gesprochen habe, daß er besonders unglücklich sei, konnte der schlüssige Beweis, daß eine Selbstmordabsicht vorgelegen hatte, nicht erbracht werden, und man erkannte auf Tod durch Unfall. In einem abschließenden Kommentar erklärte Chief Superintendent Howard Fortune, Chef der Kriminalpolizei von Kenbourne Vale: «Ich habe beim augenblicklichen Stand der Ermittlungen dem offiziellen Untersuchungsergebnis nichts hinzuzufügen.»

Acht Uhr. Anthony wollte bis zehn nach acht warten. Steve und David gingen nach Hause, und Anthony unterhielt sich mit Leroy, erzählte ihm Geschichten aus einem Kinderheim, in dem er einmal gearbeitet hatte und wo die Jungen nachts aus dem Fenster stiegen und Autos stahlen. Leroy war fasziniert, doch Anthony war nicht mit dem Herzen dabei. Viertel nach acht schaltete er den Fernseher ein, gab Leroy Milch und Biskuits und ging in Lintheas Schlafzimmer, wo ein Zweitapparat stand.

Er wählte die Nummer in Bristol, und das Freizeichen kam. Nach dem zwölften Mal wußte er, daß er vergeblich wartete. Saß sie, nach allem, was zwischen ihnen gewesen war, vielleicht sogar einfach da und ließ das Telefon klingeln? Sie mußte wissen, daß er es war. Er wählte noch einmal, doch wieder meldete sich niemand. Nach einer Weile ging er zu Leroy zurück und versuchte sich auf ein Quizprogramm zu konzentrieren. Es wurde neun, und er vergaß völlig, Leroy, wie versprochen, ins Bett zu schicken. Wieder wählte er Helens Nummer. Sie ist ausgegangen, weil sie wußte, daß ich anrufen würde, dachte er. So wird sie es jetzt immer machen, damit ich nicht «Kontakt» mit ihr aufnehmen kann. Und wenn Roger zu Hause wäre, ginge wahrscheinlich er an den Apparat ... Anthony legte auf und setzte sich zu Leroy, der sehr zufrieden war, weil er so lange aufbleiben durfte. Nur fünf Minuten nachdem Anthony den Jungen endlich ins Bett verfrachtet hatte, kam Linthea mit Winston Mervyn nach Hause.

«Ich schulde Ihnen nichts fürs Telefonieren», sagte Anthony, «es war niemand da.»

Bald darauf ging er. In Nummer 2 legte er sich auf sein Bett und dachte darüber nach, wie er es anstellen sollte, sich mit Helen in Verbindung zu setzen. Er konnte natürlich nach Bristol fahren und zu ihr gehen. Samstag hatte er Zeit, und mit dem Zug war man in zwei Stunden in Bristol. Roger würde da sein, doch Anthony fürchtete Roger nicht, fürchtete weder seine Waffen noch seinen Zorn. Aber da sein würde Roger, würde ihm vermutlich sogar öffnen. Und was könnte er sagen, angesichts eines aggressiven und wütenden Roger und einer verängstigten, gehorsamen Helen, die die Stirn gehabt hatte, ihm zu schreiben, ihr Platz sei an Rogers Seite? Wahrscheinlich käme er überhaupt nicht zu Wort, weil Roger ihn gar nicht ins Haus ließe.

Er hätte Helens Mutter angerufen, wenn er gewußt hätte, wie sie hieß und wo sie wohnte. Die Schwester und den Schwager? Sie hatten sich kaum als sehr vertrauenswürdig erwiesen. Am Ende fiel Anthony in einen unruhigen Schlaf. Als er um sieben Uhr aufwachte, kam ihm der Gedanke, daß er sie im Museum anrufen könnte. Er hatte es bisher nie getan, weil sie eine geradezu neurotische Angst vor Rogers «Allwissenheit» hatte. Aber jetzt mußte er es tun, und zur Hölle mit Roger!

Er hatte vorgehabt, den Tag in der Bibliothek des Britischen Museums zu verbringen, aber er mußte zu keiner bestimmten Zeit dort sein. Um neun Uhr holte er sich bei Winter zwei Büchsen Suppe, um genug Kleingeld zu haben. Auf dem Rückweg traf er Arthur Johnson im silbergrauen Wintermantel, eine Aktenmappe in der Hand – der Inbegriff der Ehrbarkeit. Arthur Johnson sagte guten Morgen und stellte fest, das Wetter sei der Jahreszeit entsprechend. Anthony pflichtete ihm zerstreut bei. Das Haus 142 war ganz leer, fast unheimlich still. Daß das Wetter der Jahreszeit entsprechend war, unterstrich ein starker und kalter Wind, den man auch in der Halle noch spürte. Durch die weinroten und hellgrünen Scheiben der Haustür fiel das Licht und malte farbige Kringel auf den Fußboden.

Anthony lief die Treppe hinauf zum Telefon, wählte und warf, als er das Freizeichen hörte, seine ersten Münzen ein. Die Stimme einer jungen Frau – aber nicht Helens Stimme.

«Frobisher Museum. Sie wünschen?»

«Ich möchte mit Helen Garvist sprechen.»

«Wer ist am Apparat?»

«Es ist ein privates Gespräch», sagte Anthony.

«Bedaure. Sie müssen mir schon Ihren Namen nennen.»

«Anthony Johnson.»

Sie bat ihn, am Apparat zu bleiben. Ungefähr eine Minute später meldete sie sich wieder. «Tut mir leid, aber Mrs. Garvist ist nicht hier.»

Er zögerte, sagte dann: «Aber sie muß da sein.»

«Leider nein.»

Jetzt begriff er. Sie hätte das Gespräch bestimmt angenommen, wenn er seinen Namen nicht genannt, wenn er darauf bestanden hätte, anonym zu bleiben. Aber weil sie nicht mit ihm reden wollte, fest entschlossen war, um keinen Preis der Welt mit ihm zu reden, hatte sie das Mädchen gebeten zu lügen.

«Ich möchte mit dem Direktor sprechen», sagte er entschieden.

Wieder das Piepsen, das anzeigte, daß Anthony den Apparat mit Geld füttern mußte.

«Ich will sehen, ob er frei ist.»

Stille. Ein Knacken in der Leitung und dann: «Norman Le Queuex.» Eine dünne Gelehrtenstimme.

«Ich bin ein Freund von Mrs. Helen Garvist und rufe aus London an. Aus einer Telefonzelle. Ich möchte Mrs. Garvist sprechen. Es ist sehr dringend.»

«Mrs. Garvist hat vierzehn Tage Urlaub genommen, Mr. Johnson.»

Wie gut er sich Anthonys Namen gemerkt hatte. Er war vorgewarnt. «Im November? Das ist unmöglich.»

«Ich bitte um Verzeihung, ich verstehe nicht.»

«Tut mir leid, aber ich glaube Ihnen nicht. Sie hat Ihnen aufgetragen, mir das zu sagen, nicht wahr?»

Erstauntes Schweigen. Dann sagte der Direktor eisig: «Ich glaube, je schneller wir das Gespräch beenden, um so besser.» Und er legte auf.

Anthony setzte sich auf die Treppe. Es ist sehr leicht, in gewissen Situationen an einer milden Form von Verfolgungswahn zu leiden und sich einzubilden, die ganze Welt habe sich gegen einen verschworen. Doch wie, wenn die ganze Welt – oder zumindest die Menschen, die einem viel bedeuten –, sich wirklich gegen einen wandten. Warum sollte Helen ausgerechnet jetzt, in der unfreundlichsten Zeit Ende des Jahres, Urlaub machen? Sie hätte es in ihrem letzten Brief bestimmt erwähnt, wenn sie geplant hätte zu verreisen. Nein, er war nicht neurotisch. Es war nur logisch, wenn er glaubte, daß sie, da sie nichts mehr von ihm wissen wollte, Le Queuex und ihre Kollegen gebeten hatte zu sagen, sie sei nicht da, wenn ein gewisser Anthony Johnson anrief. Und gewiß hätten sich alle dazu bereiterklärt, wenn sie behauptet hätte, der Mann belästige sie schon längere Zeit.

«Kotowsky wird heute eingeäschert», sagte Stanley Caspian.

Arthur legte die Umschläge mit den Mietbüchern vor ihn auf den Schreibtisch. «Hier?» fragte er.

«Ja, auf dem hiesigen Friedhof. Eine große Beerdigung wird es wohl nicht sein. Meine Frau sagt, ich müsse mich dort zeigen, aber es gibt Grenzen. Wo habe ich meine Tüte mit den Crisps hingetan, Arthur?»

«Hier ist sie», sagte Arthur und holte sie angeekelt aus dem Papierkorb heraus, in den sie gefallen war.

«Scheußlicher Tag für eine Beerdigung», sagte Stanley. «Sie ist um halb zwölf, soviel ich weiß. Eigentlich müßte ich mir Sorgen machen, aber ich lache, Arthur, es geht nämlich wieder aufwärts. Ich habe zwei gute Neuigkeiten. Erstens hat mir die Polizei erlaubt, die Wohnung im ersten Stock wieder zu vermieten – was ich schon nächste Woche tun will.»

«Sie könnte ein bißchen frische Farbe vertragen – eine Schönheitsoperation, gewissermaßen.»

«Das geht uns beiden genauso, Arthur, aber sie kriegt sie ebensowenig wie wir. Ich habe nichts dagegen, wenn der neue Mieter sich selbst ein bißchen mit Pinsel und Farbe betätigt.»

«Und die zweite gute Neuigkeit – darf ich die auch erfahren?»

«Das mußt du sogar, obwohl ich nicht weiß, wie du sie aufnehmen wirst. Deine Miete wird teurer, Arthur. Alles absolut legal und durchaus korrekt, also mach kein so finsteres Gesicht. Und zwar bezahlst du in Zukunft vierhundertfünfzig im Jahr, das bedeutet wöchentlich zwei Pfund mehr in deinem kleinen Umschlag.»

Arthur hatte das befürchtet. Er konnte es sich leisten. Doch es ging ihm gegen den Strich, daß Stanley völlig ungeschoren davonkommen sollte. «Du hast wahrscheinlich recht, und alles ist korrekt», antwortete er herablassend, «aber du wirst verstehen, daß mir meine eigenen Interessen am Herzen liegen. Sobald mir der neue Vertrag vorliegt, werde ich ihn meinem Anwalt zur Durchsicht bringen.» Und dann konnte er es sich nicht versagen, zum Abschied noch eine kleine Bosheit anzubringen. «Ich fürchte, es wird dir nicht leichtfallen, die Wohnung zu vermieten, nicht nachdem die Vormieter durch Mord und Selbstmord endeten. Die Menschen mögen so etwas nicht, es schreckt sie ab.»

Er nahm seinen Umschlag und ging hinauf. Sein inneres Gleichgewicht, das eine Woche lang recht stabil geblieben war, wenn es auch von Tag zu Tag schwächer wurde, war jetzt wieder völlig erschüttert. Er hoffte nur, daß er immer zu Hause war, wenn Leute kamen, die sich für die Wohnung der Kotowskys interessierten, denn dann würde er sie sehr gründlich darüber aufklären, was es mit dieser Wohnung auf sich hatte. Es war ein düsterer Tag, dünner Nebel hing in der Luft, und feiner Regen fiel. Es regnete indessen nicht so stark, daß er einen Regenschirm brauchte. Den orangefarbenen Plastiksack mit der Wäsche in der einen, den Einkaufskorb in der anderen Hand, machte er sich auf den Weg in den Waschsalon.

Die Frau von Mr. Graingers Neffen versprach ihm, sich um seine Wäsche zu kümmern, und Arthur freute sich sehr, als sie ihm ein Kompliment über die Qualität seiner Bettwäsche machte. Er kaufte eine Seezunge, die er sich mittags zubereiten wollte, ein Pfund Rosenkohl und ein Stück Halsgrat von der besten Seite für Sonntag. Der K. 12 hielt vor dem *Waterlily*, und aus einem Impuls heraus stieg Arthur ein und löste einen Fahrschein bis zur Haltestelle am Friedhof.

Hier lag hinter der hohen Mauer der älteste Teil des Friedhofs, eine Nekropolis aus kleinen Häusern, den mit Flechten überwucherten grauen Totenhäusern. Vor ein paar Jahren war hier in einer Familiengruft ein Mädchen tot aufgefunden worden. Arthur blieb vor der schmiedeeisernen Pforte stehen, die den Eingang zu dieser Grabstätte verschloß. Er war schon einmal hiergewesen, hatte auch die Gruft betreten, denn das Mädchen war erdrosselt worden, und er hatte sich gefragt, ob die Polizei glaube, es handle sich um sein drittes Opfer, obwohl seine weiße Dame ihn damals beschützt hatte. Der Mörder des Mädchens war dann bald darauf verhaftet worden. Arthur ging am Denkmal der geflügelten Siegesgöttin und an der Gruft des Großherzogs vorbei, von dem der Pub *Grand Duke* den Namen hatte, und weiter zum Krematorium. Die Tür der Kapelle war geschlossen. Arthur öffnete sie vorsichtig.

In der Kapelle schien ein Dialog stattzufinden, denn wie sollte man es sonst nennen, wenn ein Mann zu einem anderen spricht, der an den vorgeschriebenen Stellen antwortet? Der Mann, der sprach, war ein Geistlicher, und der andere das einzige Mitglied der Trauergemeinde – Jonathan Dean. Brian Kotowsky hatte nur einen Freund, der um ihn trauerte. Musik erklang, Hintergrundmusik vom Band wie in einem Kaufhaus und immer wieder dasselbe Stück wie von einer Drehorgel. Der mit einem violetten Tuch bedeckte Sarg geriet auf den Gleitschienen in Bewegung, und lautlos schloß sich der beigefarbene Samtvorhang hinter ihm. Wie Arthurs weiße Dame war Brian Kotowsky den Flammen überantwortet worden.

Arthur schlüpfte hinaus. Er wollte nicht gesehen werden. Er schlug einen anderen Pfad zum Tor zurück ein – einen von Dornendickicht, Kriechefeu und langblättrigem Unkraut, das dem Frost getrotzt hatte, dicht überwucherten Pfad. Wassertropfen hingen an den Steinen, zitterten auf Blättern und Zweigen. Bald darauf kam er zu einem Grabstein aus rotem Granit mit den eingemeißelten Inschriften: Arthur Leopold Johnson, 1855–1921; Maria Lilian Johnson, 1857–1918; seine geliebte Frau; Grace Maria Johnson, 1888–1955, ihre Tochter. Gesegnet seien, die im HERRN sterben.

Kein Platz für ihn, kein Platz für seine Mutter, obwohl sie vielleicht auch schon tot war. Vielleicht war sie deshalb nicht zu Tante Gracies Beerdigung gekommen ...

In seinem besten dunklen Anzug und einer neuen schwarzen Krawatte hatte er im Vorderzimmer des Hauses am Magdalen Hill gesessen und Zeitung gelesen, in der sich ein Journalist lang und breit in Theorien über den Mörder von Kenbourne und sein letztes Opfer erging. Er hatte den langen Artikel gelesen, während er auf die anderen Trauergäste wartete. Auf Onkel Alfred, der ihm zum Geburtstag immer Geld geschickt hatte, auf die Winters, Beryls Mutter und Mrs. Goodwin von nebenan. Sie war es gewesen, die ihm gesagt hatte, daß Tante Gracie gestorben war.

Es war an einem kalten Montag im März gewesen. Sein Schlafzimmer war eisig, doch in dem Milieu, dem er angehörte, hatte damals noch niemand daran gedacht, daß Schlafzimmer auch geheizt werden könnten. Tante Gracie hatte ihn um halb acht geweckt – er fragte nie, warum er so früh aufstehen mußte, obwohl er nur ein paar Schritte zu laufen hatte und erst um halb zehn im Büro sein mußte –, sie hatte ihn geweckt und einen Krug heißes Rasierwasser in das eiskalte Bad gestellt. Dann zog er, weil es Montag war, frische Unterwäsche an.

«Wenn du dich sauberhältst, Arthur, brauchst du nur einmal in der Woche frische Unterwäsche.»

Das weiße Hemd hingegen mußte er jeden Tag wechseln, weil man ein Hemd «außen» trug und die Leute es sahen. Hinunter in die Küche, wo der Boiler brodelte und der Frühstückstisch für eine Person gedeckt war. Tante Gracie frühstückte, bevor er herunterkam, damit sie ihn bedienen konnte, denn jetzt war er erwachsen und der Herr im Haus. Eine Schüssel Cornflakes, ein Ei, zwei gebratene Speckscheiben, es war immer dasselbe. Und sie war an diesem Morgen wie immer – das graue Haar gekraust, da sie sich die neue Dauerwelle noch nicht gebürstet und gekämmt hatte, dunkler Rock, fliederfarbener Pulli, eine schwarzlila gemusterte Wickelschürze und Hausschuhe, die aus einem so harten und unnachgiebigen Material waren, daß man glaubte, sie trüge zu Hause Wanderschuhe.

«Es sieht nach Regen aus.» Sobald er einen Teller geleert hatte, nahm sie ihn vom Tisch und spülte ihn ab. Zwischendurch stand sie am Fenster und betrachtete den Himmel über den Dächern der Merton Street. «Du nimmst am besten deinen Regenschirm mit.»

Einmal hatte er protestiert, er habe doch höchstens zwanzig Meter zu gehen, da brauche er weder Schirm noch Hut noch Schal. Regen, Kälte und ein paar Schneeflocken könnten ihm auf dem kurzen Weg nichts anhaben. Inzwischen war er klüger geworden, denn wenn er schwieg, blieb ihm ihre ewige Predigt erspart, die ihn stets mit hilflosem Zorn und mit Scham erfüllte: «Und wenn du wieder krank wirst, erwartest du wohl, daß ich dich pflege und mich dabei zu Tode schufte, wie?»

Also schwieg er und machte nicht einmal den Versuch, ihr zu erklären, daß er lieber noch eine Stunde länger im Bett geblieben wäre, anstatt auf einem harten Küchenstuhl vor dem Boiler zu sitzen und die Zeitung zu lesen. Sie hantierte währenddessen mit übertriebener Geschäftigkeit im Haus herum und rief ihm in regelmäßigen Abständen zu: «Zehn vor neun, Arthur!» «Es schlägt neun, Arthur!» Wenn er zehn vor halb zehn aufbrach, begleitete sie ihn zur Tür und reichte ihm die Wange zum Kuß. An diese Küsse erinnerte Arthur sich in besinnlichen Augenblicken, in denen er sich vergegenwärtigte, wie glücklich sie damals gewesen waren. Und ein geradezu barbarischer Zorn gegen Beryls Mutter stieg in ihm auf, die einmal gesagt hatte:

«Du hältst dem Jungen deine Wange hin, als wolltest du deinem Arzt einen Furunkel am Hals zeigen.»

An diesem Morgen hatte er sie geküßt wie immer. Oft hatte er sich seither gewünscht, mehr Zärtlichkeit in diesen Kuß oder vielleicht auch nur den Arm um ihre schweren Schultern gelegt zu haben. Aber solche Gedanken waren reine Phantasiegebilde, die er irgendwelchen Filmen zu verdanken hatte, denn Küsse, Umarmungen, Zärtlichkeit waren ihm fremd, Begriffe, die er nicht nachempfinden konnte. Und alle weiteren Gedanken in dieser Richtung blockte er ab, denn sobald er sich vorstellte, jemandem so nahe zu kommen, dann führte diese körperliche Nähe bei ihm immer nur zu einem schrecklichen Ende.

Um elf, als er gerade in der Buchhaltung zu tun hatte – damals hatte er noch kein eigenes Büro gehabt –, kamen Mr. Grainger und Mrs. Goodwin herein. Er sah die beiden noch jetzt ganz deutlich vor sich – Mr. Grainger räusperte sich, Mrs. Goodwins Gesicht war tränenüberströmt. Und dann die Worte: «Gestorben. Ihr Herz – sie ist vor meinen Augen zusammengebrochen und gestorben, Arthur. Es war keine Hilfe möglich.»

Irgend jemand war gekommen und hatte sie aufgebahrt. Arthur erlaubte den Leuten vom Beerdigungsinstitut nicht, die Leiche noch am selben Tag wegzubringen. In der ersten Nacht hielt man Totenwache, so war es der Brauch. Arthur wußte, daß er im Recht war. Und er wachte. Er dachte an alles, was sie für ihn getan hatte und was sie ihm gewesen war – Mutter, Vater, Ehefrau, Beraterin, Haushälterin, seine einzige Freundin. Das Gesicht mit den groben Zügen, wächsern und still, lag in sauberen weißen Kissen. Er sehnte sich nach ihr, wünschte sie sich zurück – wozu? Um besser zu sein, als er gewesen war? Um ihr nur Freude zu machen, was er ja nie getan hatte? Um ihr etwas zu erklären oder sie um eine Erklärung zu bitten? Er glaubte nicht, daß das seine Gründe waren, und er hatte Angst, sie zu berühren, hatte sogar Angst davor, einen seiner kalten Finger an ihre noch kältere Wange zu legen. Das Hämmern in seinem Kopf wurde stärker, drängender ...

Seit fast sechs Jahren war er abends nie wieder allein ausgegangen. Doch an diesem Abend verließ er um halb zehn das Haus und ließ Tante Gracie allein. Er schlüpfte durch die Passage in die Merton Street und lief und lief, bis er in eine Gegend kam, wo ihn bestimmt niemand kannte. Dort ging er in einen Pub – das *Hospital Arms*.

Er trank zwei Brandies. Ein von Unkraut überwuchertes Trümmergrundstück trennte das Krankenhaus vom Damm, der Bahnlinie und der Fußgängerbrücke, die über die Gleise führte. Arthur brauchte die Bahnstrecke nicht zu überqueren. Sein Heimweg führte durch die lange, schmale Gasse, die sich zwischen Mietskasernen und Einfamilienhäusern zur Hauptstraße schlängelte. Aber er versteckte sich auf dem Trümmergrundstück zwischen den Schutthaufen, bis das Mädchen über die Brücke kam.

Bridget O'Neill, 20, Lernschwester. Sie schrie auf, als sie ihn sah, obwohl er sie noch nicht einmal berührt hatte, doch in dieser kleinen Großstadtwüste hörte sie niemand. Ein Zug donnerte vorbei, und die Lokomotive pfiff durchdringend. Das Mädchen begann zu rennen, stolperte, fiel hin. Mit den bloßen Händen erwürgte er Bridget O'Neill, als sie auf dem Boden lag.

Er hatte sie liegenlassen und war durch dunkle Seitengassen nach Hause gegangen. Dort war er sofort eingeschlafen, und sein Schlaf war fast so tief gewesen wie der, der Tante Gracie auf ihrem letzten Lager festhielt und aus dem es für sie kein Erwachen gab.

Er kümmerte sich nie um ihr Grab. Hohes Gras ragte zu beiden Seiten über den Grabstein hinaus, und wild wuchernde Efeuranken deckten ihren Vornamen zu. Arthur war von Tod umgeben, von kaltem, modrigem, fauligem Tod – nicht dem warmen, erregenden, den er so liebte. Er wußte, daß er wieder nach ihm verlangte, und verängstigt, zermürbt von dieser Gier, die nur der Tod stillen konnte, kehrte er zum Bus, in den Waschsalon und in seine Wohnung zurück, in der die ewige Hausarbeit ihn erwartete.

Liebe ist das beste Heilmittel für Liebe. Was auch zwischen ihm und Linthea geschehen mochte, es konnte nie mehr als eine Ablenkung sein, das wußte Anthony. Aber waren Ablenkungen denn etwas Schlechtes? Seine Liebe zu Helen war tief, kostbar, war etwas Besonderes gewesen. Es war geradezu lächerlich anzunehmen, daß sich ein solches Gefühl erzwingen ließ. Doch das Wort Liebe ist ein Deckmantel für die unterschiedlichsten Empfindungen, und sie alle können einen Menschen für eine gewisse Zeit ablenken, so daß er sich auch mit etwas nicht ganz so Vollkommenem zufriedengibt.

Also ging Anthony zielstrebig, wenn auch nicht unbedingt fröhlichen Herzens daran, um Linthea zu werben. Er hatte bisher nur sehr selten einen Korb bekommen. Deshalb, dachte er, wird mich eine Witwe, die allein und älter ist als ich, wohl kaum zurückweisen.

Als er an der Wohnung in der Brasenose Avenue klingelte, öffnete Linthea ihm sofort, zog ihn wortlos in den Flur und warf ihm die Arme um den Hals. Das war ein vielversprechender Empfang. Später war er allerdings froh, daß er zu überrascht gewesen war, um zu reagieren, wie er eigentlich gewollt hätte. Vielleicht hatte er in dem Augenblick sogar gefühlt, daß der Kuß nichts anderes war als der Ausdruck eines Glücks, das so groß war, daß man es mit anderen teilen mußte.

Winston saß im Wohnzimmer. Die beiden tranken Champagner. Anthony stellte die Flasche spanischen Rotwein, die er mitgebracht hatte, auf den Schrank, damit keiner sie sah.

«Sie dürfen uns als erster gratulieren», sagte Winston. «Als erster, wenn wir Leroy nicht mitzählen.»

«Sie wollen heiraten», sagte Anthony, und es klang eher nach einer Feststellung als nach einer Frage.

«Samstag in einer Woche», antwortete Linthea und umarmte ihn noch einmal. «Kommen Sie zur Hochzeit?»

«Selbstverständlich kommt er», entgegnete Winston. «Wir sind uns schon seit einer Woche einig und hätten es Ihnen auch früher gesagt, aber wir wollten zuerst sicher sein, daß Leroy einverstanden ist.»

«Und – ist er es?»

Winston lachte. «O ja. Als Linthea es ihm sagte, meinte er nur, Sie wären ihm lieber gewesen.»

Darüber mußte natürlich auch Anthony lachen. Er mußte ein Glas Champagner trinken und sich Winstons romantische, aber ganz und gar nicht sentimentale Geschichte anhören. Er habe Linthea schon immer geliebt, sagte Winston, doch dann heiratete sie und war für ihn verloren. Später reiste er ihr voller Hoffnung durch die halbe Welt nach. Helen hatte einmal zu Anthony gesagt, es sei sehr bitter, das Glück durch die Augen eines anderen zu sehen. Das war natürlich ein Zitat. Als könne sie nicht selbst denken ... Mit ihrer Vorliebe für englische Literatur langweilte sie ihn zu Tränen. Sie war genauso schlimm wie Jonathan Dean.

Zornig und traurig zugleich ging Anthony nach Hause, um an seiner Dissertation weiterzuarbeiten.

Obwohl der Psychopath vielleicht unter emotionalem Druck oder unter einer Zwangsneurose leidet, hängt sein Zustand mit einer verminderten Großhirntätigkeit und einem chronischen Bedürfnis nach Antriebsreizen zusammen. Deshalb sieht er sich häufig dem Konflikt ausgesetzt, sich einerseits der Alltagsroutine unterordnen zu müssen, ist jedoch andererseits nicht fähig, Alltäglichkeit ohne besonders anregende Antriebsreize zu ertragen ...

Nicht imstande, sich zu konzentrieren, hielt Anthony inne. Das war es nicht, was er schreiben wollte. Er wollte etwas tun, was er noch nie getan hatte. Er wollte – mußte – Helen einen Brief schreiben.

18

Er würde ihn nicht an ihre Privatadresse schicken, denn das wäre schlimmer als sinnlos. Dann ins Museum? Obwohl sie keine Sekretärin hatte, fiel ihm ein, daß eine der Angestellten die Post öffnete, die für Le Queuex und sie eintraf. Wenn er nur die Adresse ihrer Mutter wüßte! Er versuchte sich an die Namen von Freunden zu erinnern, von denen sie ihm erzählt hatte. Es mußte doch einen Menschen geben, dem er einen Brief anvertrauen konnte, der nur für ihre Augen bestimmt war.

Auf der Suche nach einem Namen, einem Hinweis, ihre Briefe noch einmal zu lesen, war eine Qual. *Liebster Tony, ich wußte, daß Du mir fehlen würdest, aber ich habe nicht geahnt, wie sehr* ... Das war ihr erster Brief, in dem sie etwas von einer Einladung zu einer Modenschau geschrieben hatte. Wenn er nur den Namen des Modeateliers gewußt hätte! Leute, die mit ihr in die Schule, aufs College gegangen waren? Er erinnerte sich nur an ein paar Vornamen: Wendy, Margaret, Hilary. Angenommen, er schrieb an ihr altes College? Man würde den Brief nur an ihre derzeitige Adresse weiterleiten. Alle würden das tun, es sei denn, er steckte den Brief an sie in einen zweiten Umschlag und legte einen Zettel mit der Bitte bei, es nicht zu tun. Aber brachte er das fertig? Vielleicht ja, besonders weil der Brief, den er zu schreiben beabsichtigte, keine demütige Bitte sein sollte.

Er schrieb ihn. Es fiel ihm nicht leicht. Ein Entwurf nach dem anderen landete im Papierkorb, bis er sich fragte, ob er seelisch ebenso gestört sei wie die Kranken, die er studierte. Zwar war er mit der endgültigen Fassung nicht zufrieden, aber er brachte einfach nichts Besseres zustande.

Liebe Helen, ich liebe Dich. Ich glaube, ich habe Dich vom ersten Augenblick an geliebt, und obwohl ich viel darum gäbe, dieses Gefühl in mir auslöschen zu können und vielleicht von Dir frei zu sein, kann ich es nicht. Du warst meine ganze Zukunftshoffnung, und Du warst es, die meinem Leben Sinn gegeben hat. Aber genug von mir. Ich habe nicht die Absicht, mich in rührseligem Selbstmitleid zu wälzen.

Dieser Brief soll von Dir handeln. Du hast mich glauben gemacht, daß Du mich genauso liebtest. Du hast mir gesagt, Du hättest noch keinen anderen so geliebt wie mich und Roger bedeute Dir nichts, er sei für Dich nur ein Gegenstand des Mitleids. Du hast mich oft geliebt, und jedes Mal wird mir unvergeßlich bleiben, und Du bist – das weiß ich genau – keine Frau, die mit einem Mann schläft, weil es Spaß macht und Zerstreuung bietet. Du hast mir fest versprochen, Roger zu verlassen und mit mir zu leben. Nein, es war mehr als das. Es war ein festes Versprechen, das Du nur deshalb nicht sofort eingelöst hast, weil Du noch ein bißchen Zeit brauchtest.

Und doch hast Du mich jetzt so eiskalt und mit einer solchen Entschiedenheit fallenlassen, daß ich es noch immer nicht glauben kann. Wenn ich an Deinen letzten Brief denke, stockt mir der Atem. Ich will Dir keine Vorwürfe machen, weil Du mir so furchtbar weh getan hast, aber ich frage Dich, ob Du Dir überlegt hast, was Du Dir selbst antust? Hast Du Dich während der vergangenen Wochen je gefragt, was für eine Frau das sein muß, die ein Doppelleben führen kann wie Du, die ihren Mann und ihren Geliebten täuscht und belügt? Was geschieht mit einer solchen Frau, wenn sie älter wird und anfängt, jeden Bezug zur Wahrheit zu verlieren, so daß sie am Ende nicht mehr weiß, was Wahrheit überhaupt ist? Für einen Feigling und einen Lügner ist das Leben nicht lebenswert, denn er hat alle Selbstachtung verloren – besonders wenn er so empfindsam ist wie Du.

Denk darüber nach. Denk nicht an mich, wenn Du nicht willst, aber denke daran, welchen Schaden Angst und Wankelmut dem antun werden, was unter Deinem hübschen Äußeren steckt.

Wenn Du mich sehen willst, werde ich mich mit Dir treffen. Zu mehr erkläre ich mich jetzt nicht bereit. Ich glaube, es wäre reine Selbstvernichtung, wenn ich noch einmal mit einem Menschen wie Dir eine Beziehung einginge. A.

Doch an wen sollte er den Brief nur schicken? Wer könnte den Mittelsmann spielen?

Als er mit Winston über Weihnachten sprach, fiel ihm eine mögliche Lösung ein. Helen hatte ihm von Freunden in Gloucester erzählt, bei denen sie und ihre Mutter – und seit ihrer Hochzeit natürlich auch Roger – seit Jahren jedes Weihnachtsfest verbrachten. Er wußte ihre Adresse nicht, und auch an ihren Namen konnte er sich nicht erinnern, obwohl Helen ihn erwähnt hatte. Sie hatte ihm gesagt, es sei das lateinische Wort für Priester, soviel wußte er noch.

«Linthea und ich», sagte Winston, «sind dann noch auf Hochzeitsreise. Wir freuen uns schon auf das Weihnachtsfest in Jamaika, nur habe ich wegen Leroy ein sehr schlechtes Gewissen. Vielleicht sollten wir ihn mitnehmen. Aber auf die Hochzeitsreise? Vielleicht bin ich zu konventionell ...»

«Wie heißt ‹Priester› auf lateinisch?» fiel ihm Anthony schroff ins Wort.

Winston sah ihn erstaunt an. «Tut mir leid, wenn ich Sie langweile.»

«Sie langweilen mich nicht. Ich wünsche Ihnen die schönste Hochzeitsreise aller Zeiten. Und nehmen Sie die ganze Grundschule aus der Merton Street mit, wenn Sie wollen, aber sagen Sie mir, was ‹Priester› auf lateinisch heißt!»

‹Pontifex, pontificis, maskulin.»

Als er den Namen hörte, wußte er sofort, daß es der richtige war, Pontifex. Er würde in die öffentliche Bibliothek gehen und sich aus den dort ausliegenden Telefonbüchern die Adresse heraussuchen. «Vielen Dank», sagte er.

«Bitte, bitte», erwiderte Winston. «Ich stelle mich gern als wandelndes Wörterbuch zur Verfügung.»

In der Stadt Gloucester gab es drei Pontifexe (oder *pontifices,* wie Winston gesagt hätte). A. W. Pontifex in der Dittisham Road 26 schien ihm die richtige zu sein, da seiner Meinung nach weder Miss Margaret noch Sir F. als mögliche Kandidaten in Frage kamen. Anthony beschriftete das Kuvert: Mrs. Pontifex, Dittisham Road 26, Gloucester; Absender: A. Johnson. Trinity Road 142/2, London, W15 6HD. Den Brief an Helen steckte er in ein kleineres unbeschriftetes Kuvert. Und jetzt zum Begleitbrief.

Es war Anthony natürlich klar, daß er eine ihm völlig Fremde nicht bitten konnte, beiliegenden Brief an Helen weiterzuleiten, ohne daß Roger es merkte. Doch das war auch nicht nötig. Helen und Roger würden vermutlich am Heiligen Abend bei den Pontifex' eintreffen. Mrs. Pontifex würde Helen seinen Brief entweder sofort nach ihrer Ankunft aushändigen, wenn sie mit ihr allein war, oder – und das schien ihm wahrscheinlicher – in aller Öffentlichkeit, in Gegenwart ihrer festlich gestimmten Gäste. Machte das etwas aus? Anthony war nicht dieser Meinung. Denn selbst wenn Roger den Brief zu sehen verlangte, würde Helen ihn zuerst lesen.

Sehr geehrte Mrs. Pontifex, ich weiß, daß Mrs. Garvist das Weihnachtsfest bei Ihnen verbringen wird, und ersuche Sie daher, ihr beiliegenden Brief zu übergeben, sobald Sie bei Ihnen eingetroffen ist. Leider habe ich Mrs.

Garvist Adresse verlegt, sonst hätte ich Sie mit meiner Bitte nicht behelligt. Hochachtungsvoll, Anthony Johnson.

Das klang sehr merkwürdig – gelinde gesagt. Er hatte die Adresse einer Bekannten mit dem seltenen Namen Garvist verlegt, besaß jedoch die Adresse einer ihm unbekannten Familie, die den noch selteneren Namen Pontifex trug. Wenn ein Name im Telefonbuch stand, dann war der andere bestimmt auch darin zu finden. Er klebte eine Marke auf den Umschlag und betrachtete das Ergebnis seiner komplizierten Bemühung. Lohnte es sich überhaupt? Konnten die möglichen Folgen ihn von seiner Niedergeschlagenheit befreien? Auf jeden Fall brauchte er den Brief erst ein paar Tage vor Weihnachten abzuschicken. Er schob ihn zur Seite zwischen einen Stapel von Büchern, Papieren und Notizen und fragte sich, ob er ihn überhaupt abschicken würde?

Wenn Arthur von «seinen» Anwälten sprach, meinte er eine Firma in der Kenbourne Lane, die ihn vor zwanzig Jahren beraten hatte, als es darum ging, Tante Gracies Testament beglaubigen zu lassen, damit er das magere Erbe antreten konnte. Seither hatte er nie wieder einen Fuß in das Büro gesetzt, und als er es jetzt tat, kostete es ihn fünfzehn Pfund zu erfahren, daß er gegen Stanley Caspian keine einzige Handhabe hatte. Caspian hatte das Recht, die Miete zu erhöhen, falls die Wohnung keine wertmindernden Mängel oder Schäden aufwies. Zwar gleiche, wie er sich übertrieben ausdrückte, das übrige Haus einer Ruine, doch seine Wohnung sei tadellos in Ordnung. Fast wünschte er sich, daß das Dach undicht wäre, und es gelang ihm auch, an Caspian kleinliche Rache zu üben, indem er ein junges Paar, das am Samstag in der Halle auf den Hauswirt wartete, mit der Andeutung erschreckte, mit Wohnung 1 habe es eine makabre Bewandtnis. Wer dennoch darin wohnen wolle, fügte er hinzu, könne – wenn er klug sei – die Miete auf acht Pfund wöchentlich herunterhandeln. Die jungen Leute versuchten es, nahmen die Wohnung dann aber doch nicht.

Die Polizei war nicht wieder aufgetaucht. Alle hielten ganz selbstverständlich Brian Kotowsky für den Mörder seiner Frau. Arthur jedoch erinnerte sich an den Fall von John Reginald Halliday Christie. Zu Christies Mordopfern hatte auch eine Ehefrau gehört, deren Mann von Anfang an der Tat verdächtigt und später gehängt wurde. Als man den wirklichen Täter faßte, war es für den anderen längst zu spät gewesen. Arthur ließ keinen Augenblick in seiner Wachsamkeit nach, er kontrollierte die Post und horchte immer an der Tür, wenn jemand telefonierte. Mittwoch, der 27. November, war ein schlimmer Tag gewesen, doch er war vorübergegangen, ohne daß Anthony Johnson ans Telefon ging. Aus Bristol war schon seit mehr als vierzehn Tagen kein Brief mehr gekommen. Bestimmt waren auch keine mehr zu erwarten. Arthur beobachtete Anthony Johnson, der nach wie vor zu ganz unregelmäßigen Zeiten kam und ging. Er wirkte vielleicht ein bißchen bedrückt, als habe er den jugendlichen und frischen Schwung verloren, der Arthur an ihm aufgefallen war, als er ihn das erste Mal sah. Aber wir müssen alle erwachsen werden und uns mit der rauhen Wirklichkeit des Lebens abfinden, dachte Arthur. Als er einmal unter seinem Fenster vorbeiging, hob Anthony Johnson die Hand und winkte ihm. Es war kein besonders stürmisches Winken, aber einer so übertriebenen Geste hätte Arthur ohnehin mißtraut. Jetzt wußte er hingegen, daß Anthony Johnson ihm nichts nachtrug.

Am Samstag, dem 7. Dezember, verfaßte Arthur am Morgen einen steifen Brief an seinen Anwalt, in dem er sich über die unangemessen hohen Kosten einer so negativen Auskunft beklagte. Den Scheck in der geforderten Höhe von fünfzehn Pfund legte er aber trotzdem bei. Er bezahlte seine Rechnungen immer sofort, denn er hatte die unbestimmte Angst, ein Unheil könne ihn treffen, wenn er einen Betrag länger als zwei Tage schuldete. Um neun Uhr sah er den Postboten die Straße überqueren und ging hinunter, um die Post in Empfang zu nehmen. Es war nur ein Schreiben des Finanzamts an Stanley Caspian, das von Rechts wegen in der Trinity Road 142 gar nichts zu suchen hatte.

Li-li Chans und Winston Mervyns Umschläge mit der Miete lagen auf dem Tisch in der Halle. Der von Anthony Johnson fehlte jedoch. Angestrengt horchend, stand Arthur vor der Tür von Nummer 2. Stille. Dann klirrte eine Tasse gegen eine Untertasse. Er klopfte leise und hüstelte, als wolle er um Entschuldigung bitten.

«Ja?»

«Es ist Mr. Johnson, Mr. Johnson», sagte Arthur, der den Satz selbst lächerlich fand, aber nicht wußte, was er sonst hätte sagen sollen.

«Einen Augenblick.»

Nach ein paar Sekunden öffnete Anthony Johnson in Jeans und Pullover, die er offensichtlich rasch übergestreift hatte. Im Zimmer war es eiskalt, der Elektroofen wahrscheinlich eben erst eingeschaltet worden. Der Zustand des Bettes und die halbvolle Teetasse auf dem Nachttisch ließen darauf schließen, daß Anthony Johnson noch im Bett gelegen hatte. Und zu Arthurs Bestürzung schlüpfte er voll angezogen wieder hinein, nachdem er Arthur eine Tasse Tee angeboten, die er jedoch abgelehnt hatte.

«Ich hoffe, Sie entschuldigen die Störung», sagte Arthur, «es handelt sich nur um eine Kleinigkeit – die Miete.»

«Sie hätten sich nicht bemühen müssen, ich hätte sie schon rechtzeitig hinausgebracht.» Anthony trank seinen Tee aus. «Sie finden den Umschlag auf dem Tisch, zwischen dem anderen Zeug.»

«Das andere Zeug» war ein Berg (oder heilloses Durcheinander, wie Arthur es im stillen nannte) aus Büchern, einige davon geschlossen, die anderen aufgeschlagen, mit den Seiten nach unten liegend, einzelnen beschriebenen Blättern, Notizbüchern mit Eselsohren und einem fast vollendeten Manuskript.

«Mit ihrer Erlaubnis», sagte Arthur und stöberte mit spitzen Fingern in dem Wirrwarr herum, als sei es ein Haufen ekelerregenden Unrats. Den braunen Mietumschlag entdeckte er unter einem schweren Folianten mit dem Titel *Menschliches Verhalten und soziale Prozesse*.

«Das Mietbuch und der Scheck sind drin.»

Arthur antwortete nicht. Unter dem Mietumschlag lag ein zweiter, frankiert und adressiert, doch ohne Brille konnte Arthur aus dieser Entfernung nicht lesen, an wen er gerichtet war. Sofort kam ihm jedoch der Gedanke, der Brief könnte für H. in Bristol bestimmt sein. Er überlegte rasch und sagte fast ebenso rasch:

«Ich muß nachher einen Brief zur Post bringen. Soll ich den Ihren mitnehmen und einwerfen?»

Anthony Johnson zögerte ganz unverkennbar. Erinnerte er sich vielleicht an den ersten Brief, den Arthur für ihn zur Post gebracht hatte und der die Ursache der unseligen Feindschaft zwischen ihnen gewesen war? Oder vermutete er vielleicht sogar, daß Arthur sich an seiner Post vergriffen hatte? Er schlug die Bettdecke zurück, stand auf und kam zum Tisch herüber. Nachdenklich, unentschlossen, nahm er den Brief in die Hand und betrachtete ihn schweigend. Es gelang Arthur, rücksichtsvoll und geduldig zu lächeln, doch innerlich zitterte er. Der Brief mußte an sie gerichtet sein, es war gar nicht anders möglich. Warum sollte er sonst ein solches Getue um einen einfachen Brief machen? Zweifellos fragte er sich, ob er, wenn er ihn absandte, eine heftige Auseinandersetzung mit dem Ehemann riskierte.

Endlich blickte Anthony Johnson auf. Er reichte Arthur den Brief mit einer merkwürdig hastigen Bewegung, als müsse er ihn schnell loswerden, weil er ihn sonst vielleicht überhaupt nicht hergab.

«Na schön», sagte er. «Vielen Dank.»

In der Halle hielt sich Arthur den Brief dicht vor die Augen und holte dann die Brille heraus, um ganz sicher zu sein. Doch er hatte richtig gelesen. Das Kuvert trug die Adresse einer gewissen Mrs. Pontifex in Gloucester. Als er eben erleichtert aufatmete, stampfte Stanley Caspian, ein Bonbon lutschend, herein. Arthur setzte den Kessel auf, ohne darauf zu warten, daß Stanley ihn darum bat, und reichte ihm die Mieten. Stanley öffnete Winston Mervyns Umschlag zuerst.

«Ach, du lieber Himmel!» rief er bestürzt. «Mervyn zieht aus, kündigt mir hier zum 1. Januar.»

«Angeblich will er heiraten, ich habe so was läuten hören.»

Mißlaunig kauend, behandelte Stanley Arthurs Mietbuch so rüde, daß er mit der Federspitze ein Loch in die Seite bohrte. «Dann steht der ganze erste Stock leer», jammerte er. «Ich frage mich, wie weit es mit der Welt noch kommen wird.»

«Man könnte sagen, die Ratten verlassen das sinkende Schiff», erwiderte Arthur.

«Aber du gehst doch nicht, oder? O nein. Die Mieter von unmöblierten Wohnungen gehen gewöhnlich erst, wenn man sie mit den Füßen voraus herausträgt. Du wirst hier sterben, mein Alter.»

«Ich hoffe es auf jeden Fall», sagte Arthur. «Wenn ich jetzt mein kleines Buch haben könnte?»

Er brachte es in seine Wohnung, die er bald darauf mit dem Wäschesack wieder verließ. Vor *Kemal's Kebab House* blieb er am Briefkasten stehen und warf die beiden Briefe ein.

19

In der Woche darauf war die Leere des Hauses für Arthur ungemein bedrückend. Li-li, die ohnehin nur selten daheim war, flog über Weihnachten nach Taiwan, und jetzt war auch Winston Mervyn keinen Abend da. Außerdem zog er bald aus. Wenn dann die Wohnungsnot in London nicht größer war als die halb abergläubische Abscheu potentieller Mieter vor Nummer 142, dann blieben schließlich nur noch er und Anthony Johnson übrig. Früher wäre ihm das nur recht gewesen. Früher hatte er die Augenblicke genossen, in denen das Haus ihm allein gehörte, wenn am Morgen der letzte weggegangen war und das durch mehr oder weniger heftiges Zuschlagen der Haustür verkündet hatte. Er hatte davon geträumt, das Haus ganz allein zu bewohnen, hoch oben über einer schweigenden Leere, während tief unten im Dunkeln die weiße Dame darauf wartete, sich allen Launen ihres Herrn und Meisters willfährig zeigen zu dürfen.

Jetzt beunruhigten ihn die Stille und die Leere. In sieben Tagen fiel dreimal kein Licht aus dem Fenster von Nummer 2 in den Hof, und der dunkle Schacht, in den er blickte, wenn er seine Vorhänge zuzog, führte ihm Versuchungen vor Augen, denen nachzugeben er keine Möglichkeit hatte. Es erschreckte ihn schon, auch nur an sie zu denken, aber die verdrängten Gedanken wucherten in seinen Träumen wie Pflanzen, die, ins Dunkel verbannt, bleiche, kränkliche Triebe bekamen. Seit seiner Jugend hatte er nicht mehr von der Tat geträumt, die er dreimal verübt hatte. Jetzt aber träumte er davon, und eines Morgens erwachte er halb aus dem Bett hängend, die Hände um das Bein seines Nachttischs gekrampft, den er, ohne es zu wissen, dicht ans Bett gezogen hatte.

Der Postbote kam nicht mehr. In all den Jahren, in denen Arthur hier wohnte, hatte er noch keine Woche wie diese erlebt – es kam kein einziger Brief. Es war, als streikten die Postbeamten. Es war natürlich durchaus erklärlich. Winston Mervyn hatte praktisch nur Post von Immobilienmaklern bekommen. Li-lis Vater schrieb natürlich nicht, weil er seine Tochter in der nächsten Woche zu Hause erwartete. Und für Anthony Johnson war außer den malvenfarbenen Umschlägen aus Bristol nur selten etwas dabeigewesen. Und doch trug auch das zu Arthurs Gefühl bei, daß dem Haus allmählich alle Lebenskraft entzogen wurde und es sich in ein Mausoleum verwandelte, dem nur er nicht entrinnen konnte.

Doch am Morgen des 14. Dezember schien es von Zuckungen befallen, einem letzten Aufbäumen im Todeskampf. Das Klingeln des Telefons weckte ihn. Und es klingelte vor neun Uhr noch dreimal für Winston Mervyn. Dann hörte Arthur ihn treppauf und treppab rennen, er hörte Anthony Johnson in Mervyns Zimmer, hörte Anthony Johnson und Mervyn reden und lachen. Arthur ging hinunter, um nachzusehen, ob der Postbote nicht doch etwas gebracht hatte. Aber der Tisch in der Halle war leer. Die Tür von Nummer 1 war offen, und Radiomusik übertönte das Jaulen des Staubsaugers. Li-li Chan hatte beschlossen, völlig unzeitgemäß – denn ein Großreinemachen war schließlich erst im Frühling angebracht – ihr Zimmer gründlich zu putzen. Und Stanley Caspian, der normalerweise mit seinem Eigentum sehr vorsichtig umging, knallte diesmal die Haustür so heftig zu, daß der Putz von der Wand sprang und seinen Automantel sprenkelte, als habe er Haarschuppen.

Stanley beklagte sich wieder einmal über die unmenschlichen Steuern, die Grausamkeit der Regierung gegen ehrliche Hauswirte und über größenwahnsinnige Mieter mit übertriebenen Ansprüchen. Dadurch kam Arthur zu spät zum Einkaufen.

Im Waschsalon waren alle Maschinen belegt. Er mußte seine Wäsche der Frau von Mr. Graingers Neffen anvertrauen, die sich ihm gegenüber sehr zurückhaltend benahm und zwanzig Pence extra für den Service verlangte.

«Das hat es aber bisher noch nicht gegeben», sagte Arthur.

«Sie können's ja auch bleibenlassen», antwortete sie. «Ich leide genauso unter der Inflation wie alle anderen.»

Arthur hätte ihr gern noch einiges gesagt, fürchtete jedoch, es könnte Mr. Grainger zu Ohren kommen. Daher gab er sich mit einem eisigen: «Ich bin Punkt zwei Uhr wieder hier» zufrieden.

«Vier Uhr wäre besser», sagte die Frau, «Sie sehen doch, was hier los ist.» Mit keinem Wort lobte sie die hervorragende Qualität seiner Wäsche.

Der Himmel war so blau wie an einem Tag im Juni, aber ganz ohne Dunst und viel klarer. Ein messerscharfer Wind wehte und nahm der Sonne alle Wärme. Zornig schimpfte Arthur mit den Kindern, die auf den Statuen eines Denkmals herumkletterten. Sie beachteten ihn nur insofern, als sie ein Wort zurückbrüllten, das zwar jeder Bewohner von West Kenbourne kannte, das Arthur aber noch immer das Blut in die Wangen trieb.

Vor Nummer 142 stand ein Taxi, und als Arthur näher kam, verließen Winston Mervyn und Anthony Johnson das Haus und gingen auf das Taxi zu. Arthur dachte, wie peinlich und wie entsetzlich unangenehm es ihm wäre, sähe er sich einmal gezwungen, zu einem Taxifahrer dasselbe zu sagen wie Winston Mervyn jetzt:

«Zum Standesamt bitte.»

Er sagte es so herausfordernd laut, als sei er stolz auf sich, und er lächelte alle Vorübergehenden an. Arthur hätte sich gern an ihm vorbeigedrückt, doch er wußte, daß er seine gesellschaftlichen Pflichten nicht vernachlässigen durfte, zumal Stanley Caspian ihm gesagt hatte, der Farbige sei offenbar sehr wohlhabend und habe sich ein Haus in North Kenbourne gekauft.

«Herzlichen Glückwunsch, Mr. Mervyn, und alles Gute für die Zukunft», sagte er.

«Vielen Dank.»

«Ein schöner Tag für eine Hochzeit, wenn auch etwas kühl», sagte Arthur.

Er ging ins Haus und kam an Li-li Chan vorbei, die es eben verließ. Ihr seltener Anfall von Arbeitswut schien verflogen. Wieder war Arthur allein. Er kochte sich das Mittagessen, räumte die Wohnung auf und sah sich im Fernsehen einen Film mit Michael Redgrave an. Erst als es allmählich dunkel wurde und in den hohen Häusern gegenüber die Lichter angingen, fiel ihm ein, daß er ja noch seine Wäsche abholen mußte.

Für den Hochzeitsempfang hatte sich Winston Mervyn einen Speisesaal im *Grand Duke* reservieren lassen, und um halb zwei versammelten sich dort Braut und Bräutigam, Leroy, Anthony, Winstons Bruder und Schwägerin und Lintheas Schwester und Schwager zum Lunch. Linthea schenkte Anthony eine Rose aus dem Brautstrauß.

«Hier – das bedeutet nämlich, daß Sie der nächste sind, der heiratet.»

Sein Herz zog sich schmerzlich zusammen, doch er lächelte auf die schöne junge Frau im apfelgrünen Hochzeitskleid hinunter und sagte: «Das gilt nur für Brautjungfern.»

«Für Trauzeugen ebenfalls. Es ist ein alter westindischer Brauch.»

Laute Proteste und fröhliches Gelächter widerlegten Lintheas Behauptung. Anthony hielt eine seiner Ansicht nach ziemlich schwache Rede, bekam jedoch freundlichen Applaus dafür. Er ertrug es kaum, Winston und Linthea anzusehen, die heimliche Blicke tauschten, sich immer wieder zulächelten und denen man ansah, wie glücklich sie waren.

Um vier Uhr fuhren alle in die Brasenose Avenue, holten Lintheas Gepäck ab, und dann ging es weiter in die Trinity Road, denn dort standen Winstons Koffer. Vom Münzapparat im Zwischenstock telefonierte Winston mit dem Flughafen und erkundigte sich, ob seine Tickets nach Jamaika bereitlagen. Bei der Gelegenheit erfuhr er, daß der Start der Maschine sich um drei Stunden verzögerte. Zu diesem Zeitpunkt war Leroy schon mit seiner Tante weggegangen, bei der er bis zur Rückkehr von Mutter und Stiefvater bleiben sollte, und Linthea hatte keine Lust, in die leere Wohnung zurückzugehen. Da sie nicht wußten, was tun, diskutierten sie darüber, wie sie die verbleibende Zeit totschlagen könnten. Plötzlich fiel die Haustür, die sie angelehnt gelassen hatten, krachend ins Schloß, und eine Stimme rief die Treppe hinauf:

«Ein später Hochzeitsgast
kommt noch herbei mit Hast!»

Jonathan Dean.

«Wollte mal sehen, ob ich Sie noch erwischen kann, bevor Sie abfliegen, mein Alter. Möchte gute Reise wünschen und alles, was so dazugehört.» Kummer über den toten Freund war ihm nicht anzumerken, wie Anthony feststellte. Er kam ihm höchstens robuster und noch vergnügter vor als früher. Auf halber Treppe traf er mit ihnen zusammen. «Habe ich da etwas von Zeittotschlagen gehört?» fragte er. «Wie wär's, wenn wir im *Waterlily* noch schnell ein paar Gläser kippten?»

«Es ist noch nicht fünf», antwortete Winston.

Jonathan stimmte ihm zu, meinte jedoch, es sei aber schon zehn vor und die Zeit so flüchtig wie immer. Im selben Moment tauchte Li-li Chan aus ihrem Zimmer auf. Jonathan warf ihr unverhohlen lüsterne Blicke zu und machte plumpe Witze mit ihrem Namen, den er mit dem *Waterlily* in Zusammenhang brachte. Winstons Schwägerin amüsierte sich so königlich darüber, daß sie aus dem Lachen nicht mehr herauskam. Die jetzt auf sieben Personen angewachsene Gesellschaft setzte dann den Weg zum Pub fort, wobei man Braut und Bräutigam allerdings ansah, daß sie über die Entwicklung der Dinge nicht besonders glücklich waren.

Als sie an der Ecke Magdalen Hill und Balliol Street ankamen – wie in stillschweigender Übereinkunft mieden sie die Oriel Mews –, entdeckte Anthony auf der anderen Straßenseite, wo sie auf grünes Licht wartete, eine bekannte Gestalt im silbergrauen Mantel mit einem orangefarbenen Wäschesack in der Hand. Die ungesunde Röte im Gesicht Arthur Johnsons war Anthony schon früher aufgefallen, ebenso wie die scheinbar in Abwehr erstarrte Haltung. Auch jetzt schien er das so lange anhaltende Rotlicht für Fußgänger und den unaufhörlich an ihm vorüberfließenden Verkehr als ihm bewußt und persönlich zugefügte Kränkung zu empfinden. Inmitten dieser Menge, Londoner Arbeitern, wie Hippies gekleideten Aussteigern, farbigen Einwanderern, fiel er durch seine Kleidung und seine Art auf, wirkte er wie eingeschlossen in den Kokon seiner Einsamkeit. Zeit und Veränderungen waren spurlos an ihm vorübergegangen. Er war ein trauriger und verbitterter Anachronismus.

Anthony berührte Winstons Arm. «Sollten wir nicht auch den alten Johnson zu einem Glas einladen? Es liegt an Ihnen, es ist Ihre Party, aber es käme mir irgendwie unmenschlich vor, ihn als einzigen auszuschließen und . . .»

Bevor er zu Ende sprechen konnte, winkte Winston Arthur Johnson schon lebhaft zu. «Ich bin froh, daß Sie ihn gesehen haben», sagte er zu Anthony. «Es war heute morgen doch sehr nett von ihm, mir Glück zu wünschen, und da alle anderen Hausbewohner hier sind, ist das wohl das wenigste, was wir tun können. Mr. Johnson!» rief er. «Haben Sie ein paar Minuten Zeit, mit uns im *Waterlily* ein bißchen zu feiern?»

Anthony war nicht überrascht, als er merkte, daß Arthur verblüfft, ja sogar geschockt war. Zuerst stieg ihm wieder die fleckige Röte ins Gesicht, und ihr folgte ein ganzer Schwall von Ausflüchten. «Das ist leider unmöglich – sehr freundlich von Ihnen, kommt aber leider nicht in Frage – ich habe heute noch eine Menge Arbeit – rechnen Sie nicht mit mir, Mr. Mervyn, wirklich nicht . . .»

Das klang endgültig genug, doch weder Anthony noch der überrumpelte Arthur Johnson hatten mit der fröhlichen Gewalttätigkeit westindischer Gastfreundschaft gerechnet. Wäre es auf Worte angekommen, hätte Arthur vielleicht die Oberhand behalten, doch er bekam gar nicht die Chance, etwas zu sagen. Winstons Bruder, ein Mann von überwältigender Fröhlichkeit, nahm die Sache in die Hand. Anthony, der Arthur gegenüber bisher nur gereizte Ungeduld und Mitleid empfunden hatte, fühlte jetzt weder das eine noch das andre. Am liebsten hätte er laut aufgelacht, als der zimperlich und finster aussehende Mann zwischen Perry Mervyn und Jonathan Dean in die Bar des *Waterlily* bugsiert wurde. Arthur wirkte erstaunt und verstört. Den orangefarbenen Wäschesack umklammernd, sah er aus wie ein Gentleman-Einbrecher, der von zwei Kriminalbeamten festgenommen worden war. Der Plastiksack enthielt natürlich die Beute des Abends. Li-li Chan nahm ihm, seinen Widerspruch ignorierend, den Sack aus der Hand und schob ihn unter die Bank, auf der sie und Jonathan mit ihrem Opfer saßen.

Das ist ja fast ein Überfall, eine Entführung, dachte Arthur, der vor Empörung kein Wort herausbrachte. Nie zuvor hatte er das *Waterlily* betreten, das Tante Gracie einen Sündenpfuhl genannt hatte. Verwirrt, von seiner Scheu erdrückt, saß er starr und stumm da, während Jonathan Li-li über ihn hinweg Komplimente machte, über die sie hinter vorgehaltener Hand kicherte. Die untersetzte und sehr schwarze Frau, die ihm gegenübersaß, trug noch zu seinem Unbehagen bei, da sie mit einer Flut von Fragen über ihn herfiel – was er von Beruf und ob er verheiratet sei und wie lange er schon in der Trinity Road wohne. Ihre vierte Frage zu beantworten, blieb ihm erspart – finde er ihre neue Schwägerin nicht auch bezaubernd? –, denn Anthony Johnson erkundigte sich, was er trinken wolle. Arthur erbat sich den unvermeidlichen kleinen Brandy.

«Rotwein ist der Alkohol für Knaben, Portwein für Männer, doch wer ein Held werden möchte, der muß Brandy trinken.» Nachdem er das zitiert hatte, brüllte Jonathan vor Lachen und fügte hinzu, es stamme von Dr. Johnson.

Arthur wußte nicht, was er meinte, hatte jedoch das Gefühl, Jonathan wolle sich über ihn und vielleicht auch über Anthony Johnson lustig machen. Er fragte sich, wie bald er wohl von hier flüchten konnte. Der Brandy kam und mit ihm verschiedene, weit weniger hochprozentige Getränke für die anderen, und Arthur begann zu überlegen, ob er vielleicht ein zu teures Getränk bestellt oder sonst irgendwie gegen gesellschaftliche Regeln verstoßen hatte? Die Unterhaltung am Tisch verlief zweigleisig, die Gesellschaft war in zwei Gruppen zerfallen, und beide unterhielten sich über völlig verschiedene Themen. Die eine Gruppe bestand aus Li-li, Jonathan und Mervyns Schwägerin, die andere aus dem Brautpaar und Mervyns Bruder. Nur er selbst und der «andere» Johnson waren irgendwie isoliert, wurden nicht mit einbezogen. Anthony Johnson sah krank aus. Arthur vermutete, daß er zuviel getrunken hatte – schließlich feierten die Leute schon ein paar Stunden –, und er begann darüber nachzudenken, wie er am besten mit Anthony ins Gespräch kommen konnte. Als einzige hier anwesende Engländer – der abscheuliche Jonathan Dean zählte nicht und war überdies wahrscheinlich Ire – war es ihre Pflicht, zusammenzuhalten. Als er eben den Mund aufmachte, um von dem strengen Frost zu sprechen, der im Fernsehen für diesen Abend vorhergesagt worden war, hob Jonathan Dean sein Glas zu einem hochzeitlichen Trinkspruch und stürzte sich dann in eine Rede.

Ein paar Minuten lang hörte man ihm aufmerksam zu, obwohl Winston Mervyn sehr nervös schien. Er erträgt es nicht, wenn jemand anders im Mittelpunkt steht, dachte Arthur. Jonathan prunkte aber auch mit seinem Wissen und seiner Bildung. Unmöglich, daß er diese Rede aus dem Stegreif hielt, er mußte sie vorher schriftlich aufgesetzt haben. Sie handelte ausschließlich von Liebe und Heirat, und Arthur mußte leise lachen, als Jonathan mit einem Blick auf Mervyns behäbigen Schwager erklärte, ein Mann werde in der Ehe schlaff und selbstsüchtig und seine Moral verfette und degeneriere. Gleichzeitig merkte Arthur, daß unter dem Tisch ein schwerer Schuh auf der Suche nach einem zierlichen Fuß seine Fußgelenke streifte. Er zog die Knie ein.

«Ein Mann, der heiratet», fuhr Jonathan fort, «wird zum zahmen Haustier. Sobald man verheiratet ist, bleibt einem rein gar nichts mehr – nicht einmal der Selbstmord. Man kann nur noch brav sein.»

Nur Li-li Chan lachte. Die Gesichter von Mervyns Verwandten blieben ausdruckslos. Mervyn erhob sich schroff, während Anthony mit einer Heftigkeit, die Arthur erschreckte, weil er sie nicht begriff, auf Jonathan Dean losfuhr:

«Halten Sie doch um Himmels willen den Mund! Überlegen Sie eigentlich nie vorher, was Sie sagen?»

Jonathan machte ein betroffenes Gesicht und wurde rot. Dann

beugte er sich über Arthur, als sei der gar nicht vorhanden, und flüsterte, während er Li-li seinen Bieratem ins Gesicht blies: «Sie haben mich gern, nicht wahr, Schätzchen? Sie sind nicht so verdammt anspruchsvoll.»

Li-li kicherte. Die beiden begannen herumzurutschen und sich zu verrenken, und dann merkte Arthur, daß Jonathan Li-li hinter seinem Rücken küßte.

«Vielleicht», sagte er, «möchten Sie den Platz mit mir tauschen.»

Warum das eine so ungeheure Heiterkeit bei ihnen – und nach einem Augenblick verlegenen Schweigens allgemeines Gelächter – auslöste, konnte er nicht verstehen, doch er dachte, er könne die Gelegenheit nutzen und gehen. Er hätte es auch getan, wäre Mervyn nicht im selben Moment mit einem Tablett und frischen Getränken erschienen, darunter einem zweiten kleinen Brandy für Arthur.

Arthur rutschte an den Rand der Sitzbank, so daß Li-li und Jonathan eng zusammenrücken konnten.

In gewisser Weise bedauerte Arthur, daß er Brandy getrunken hatte, der zwangsläufig Erinnerungen und Gedankenverbindungen in ihm auslöste. Doch ohne ihn hätte er die Party, die Fröhlichkeit und die unterschwelligen Spannungen überhaupt nicht ertragen. Kaum hatte er jedoch den letzten feurigen Tropfen hinuntergeschluckt, sprang er auf und erklärte mit merkwürdig schriller Stimme, er müsse gehen. Er dürfe Mr. Mervyns Gastfreundschaft nicht länger in Anspruch nehmen, er müsse aufbrechen.

«Warte nicht, bis man dir befiehlt zu gehen, sondern geh sofort», sagte Jonathan Dean.

Eine solche Grobheit überstieg das Maß des Erträglichen – auch wenn sie aus einem Buch stammte. Arthur nickte Mervyn und der neuen Mrs. Mervyn steif zu und ergriff die Flucht.

Die Erleichterung, entkommen zu sein, stieg ihm draußen zu Kopf wie ein Rausch. Er lief durch die Mews, den dunklen Schlund, in dem er einer Frau, die vor ihm hergeflattert war wie ein großer schwarzer Vogel, den Tod zu schlucken gegeben hatte. Eine Maus, ein Baby, Maureen Cowan, Bridget O'Neill, Vesta Kotowsky ... Aber nein. Er wollte nach Hause, wollte niemandem begegnen.

In seiner Wohnung machte er es sich vor dem Fernseher bequem: John Wayne zum unzähligsten Mal in der Rolle eines Kavallerieoberst der US-Armee. Entspannt lehnte Arthur sich in die kühlen, sauberen, luxuriösen braunen Seidenkissen. Der Film war um halb neun zu Ende. Es war schon ein bißchen spät, um jetzt noch mit dem Bügeln zu beginnen, aber besser spät als am Sonntag. Seit zwanzig Jahren bügelte er seine Wäsche regelmäßig am Samstag.

Als er in der Küche Bügelbrett und Bügeleisen herausgeholt hatte, sah er sich vergeblich nach dem orangefarbenen Wäschesack um. Er hatte ihn im *Waterlily* vergessen ...

20

Der erste, der nach Arthur aufbrach, war Jonathan Dean. Anthony war nicht entgangen, daß Jonathan in der letzten halben Stunde damit beschäftigt war, unter dem Tisch seine Beine mit denen von Li-li Chan zu verschlingen. Daher hatte er vermutet, die beiden würden noch bleiben, wenn die Mervyns und er gingen, und am Ende des Abends würde Li-li Vesta Kotowskys Nachfolge antreten. Es kam jedoch anders. Li-li verschwand in dem Korridor, der zu den Damentoiletten führte, in dem jedoch auch ein Münzfernsprecher untergebracht war. Als sie zurückkam, erklärte sie, sie müsse jetzt gehen, da sie um halb acht eine Verabredung habe. Junia Mervyn, die sich an männlichen Niederlagen offenbar zu weiden schien, lachte fröhlich.

«Und was wird aus mir?» fragte Jonathan wütend.

Li-li kicherte. «Wollen Sie mitkommen? Warten Sie, ich rufe meinen Freund noch mal an.»

«Sie wissen sehr gut, daß ich es so nicht gemeint habe.»

«Also ich weiß wirklich nie, was Männer meinen. Ich versuche gar nicht zu verstehen. Ich liebe sie alle ein bißchen. Soll ich Sie auf meine Liste setzen? Wenn ich dann zurückkomme aus Taiwan, können Sie Nummer drei oder vier werden, ja?»

Li-li und Junia umklammerten einander lachend. Jonathan stand auf und verließ, ohne sich zu verabschieden, ohne ein Danke an seinen Gastgeber, türenknallend das Pub.

Die Männer schwiegen verlegen. Anthony, der sich plötzlich – wenn auch ungerechtfertigt – mit Jonathan solidarisch fühlte, hatte plötzlich das Gefühl, alle Frauen zu hassen.

«Wenn ich», platzte er unbeherrscht heraus, «als Schiedsrichter Frauen mit schlechtem Benehmen zu beurteilen hätte, bekämen Sie von mir den ersten Preis.»

Li-li schmollte. Sie schlängelte sich an ihn heran, machte riesengroße Kleinmädchenaugen und wollte ihre Tricks anscheinend jetzt an ihm ausprobieren. Hinterher fragte er sich, ob er sie wirklich geschlagen oder ihr zumindest einen heftigen Stoß versetzt hätte, hätte Winston nicht eben noch rechtzeitig erklärt, sie müßten jetzt zum Flughafen fahren.

Er schob sich zwischen Li-li und Anthony und fragte ganz beiläufig: «Wollen Sie mitfahren, Anthony? Mein Bruder bringt Sie wieder nach Hause.»

Anthony sagte, daß er mitkomme, und entschuldigte sich mit leiser Stimme bei Linthea. Sie küßte ihn auf die Wange.

«Haben Sie mit Frauen wirklich schon so schlechte Erfahrungen gemacht?» fragte sie.

«Das habe ich. Aber es ist nicht wichtig. Vergessen Sie's, Linthea, bitte!»

«Ich soll mir wohl mein hübsches kleines Köpfchen nicht darüber zerbrechen?»

Anthony mußte lächeln. Ihren wunderschönen Kopf mit der Krone aus schweren Flechten «ein hübsches kleines Köpfchen» zu nennen, war so unpassend, daß er sie mit einem Kompliment korrigieren wollte, als Winstons Bruder sagte:

«Ihr Freund hat seine Einkäufe hier vergessen.»

«Er ist nicht unser Fleund», widersprach Li-li, «und es sind nicht Einkäufe, es ist Wäsche.» Sie zog den Sack unter der Bank hervor und zeigte kichernd auf das oberste Wäschestück, eine Unterhose. «Sie», wandte sie sich im Befehlston an Anthony, «blingen ihm Wäschesack.»

«Ich schlage vor, Sie tun es, ich fahre zum Flughafen», erwiderte Anthony.

«Ich? Soll ich vielleicht Wäsche von unangenehmen altem Mann auf Lendezvouz mitnehmen?»

«Sie haben vorher noch genug Zeit, sie in die Trinity Road zu tragen», sagte Winston. «Es ist erst Viertel nach sieben.» Herr der Situation, wie immer, drückte er ihr den orangefarbenen Plastiksack in die Hand und sie selbst freundlich, aber fest auf die Bank zurück. Zum Schweigen gebracht, einen frischen Martini vor sich, saß sie da und wirkte sehr klein und sehr jung. «So ist es brav, mein Mädchen», sagte Winston.

Der Abend war grimmig kalt und so klar, daß die Lichter wie scharf geschliffene Edelsteine wirkten. Linthea nahm Winstons Arm und schmiegte sich fröstelnd an ihn, als dürfe sie es sich, da sie jetzt nach Hause flog, zum erstenmal erlauben, die Kälte des englischen Winters zu fühlen. Als sie die Straße überquerten, fuhr vor dem *Waterlily* ein roter Sportwagen vor, der Anthony nicht unbekannt war.

Der Inhalt des Wäschesacks war Arthurs Schätzung nach ungefähr fünfzig Pfund wert. Er enthielt seine Arbeitshemden, seine Unterwäsche, Bettwäsche ... Undenkbar, die Sachen in dieser gewöhnlichen Kneipe zu lassen, in der sich am Samstagabend ein Haufen Gesindel versammelte. Aber sollte er sich wirklich hinauswagen, um diese Zeit und bei Dunkelheit?

Vielleicht hatte einer von den anderen den Wäschesack mitgebracht. Es war eine wenn auch sehr vage Möglichkeit. Er trat auf den Flur und schaute über das Treppengeländer. Unten war es stockdunkel. Vor seiner Tür lag nichts und auch nicht auf der obersten Stufe, das sah er in der matten Helligkeit, die aus seiner Wohnung fiel. Er knipste das Licht im Treppenhaus an und stieg in die Halle hinunter. Zuerst klopfte er bei Li-li, dann an die Tür von Nummer 2, obwohl er wußte, daß es vergeblich war. Wenn jemand zu Hause war, schimmerte unter der Tür immer ein schmaler Lichtstreifen durch.

Wenn es ihm nur gelungen wäre, sich alle Gedanken an die Wäsche aus dem Kopf zu schlagen und zu warten, bis das *Waterlily* am Vormittag wieder öffnete. Doch nein, er konnte es nicht riskieren, so viele wertvolle Sachen zu verlieren. Und es waren ja nur ein paar Schritte zum Pub, nicht ganz fünf Minuten. Er zog den Mantel an, verließ das Haus und ging rasch die Camera Street hinauf, den Blick hartnäckig zu Boden gerichtet. In der Balliol Street waren viele Leute unterwegs, Leichen in grauen Totengewändern, Gesichter und Kleidung im Licht der farbverschlingenden Natriumdampflampen bleich oder khakifarben. Gelbbraun war auch der Sportwagen, der vor *Kemal's Kebab House* parkte, aber Arthur erkannte, daß er einem von Li-lis jungen Männern gehörte. Nur die

Verkehrsampeln waren hell genug, um mit dem grellen gelben Licht konkurrieren zu können. Ihr Grün und Scharlachrot tat Arthur in den Augen weh, und er mußte blinzeln.

Als er allein das *Waterlily* betrat, fielen ihm automatisch jene drei Abende ein, an denen er auch ohne Begleitung eine Kneipe besucht hatte. Er schob die Erinnerung beiseite und hielt sich selbst vor, daß er ganz in der Nähe der Trinity Road war. Das Pub war jetzt brechend voll, und er mußte sich anstellen. Obwohl er es eigentlich nicht vorgehabt hatte, bestellte er einen kleinen Brandy, als er an die Reihe kam. Aber er brauchte die Wärme und den Trost des Alkohols, um gegen die entsetzliche Verlegenheit anzukämpfen, die ihn befiel, als der Wirt den Barmann und der Barmann die Kellnerin laut und mit spöttischer Belustigung nach Mr. Johnsons Wäschesack fragte.

«Sie waren mit der Hochzeitsgesellschaft hier, nicht wahr?»

Arthur nickte.

«Ein orangefarbener Plastikbeutel war's , ja? Den hat das chinesische Mädchen mitgenommen. Ich habe zufällig gesehen, daß sie ihn in der Hand hatte, als sie wegging.»

Er seufzte erleichtert auf. Li-li war bei *Kemal*, und seine Wäsche lag zweifellos in dem Wagen, an dem er vorbeigekommen war. Er sagte danke und rannte fast hinaus. Rasch ging er am Eingang zu den Mews vorüber. Am Straßenrand parkten so viele Autos, und alle hatten im Licht der Straßenbeleuchtung dieselbe stumpfe Sepiafarbe. Doch der Sportwagen war nicht mehr da. Li-li und ihr Begleiter waren weitergezogen.

Am ganzen Körper zitternd, stand Arthur vor dem Restaurant, und der würzige Speisengeruch, der aus dem Lokal auf die Straße entwich, sobald die Tür aufging, ließ heftige, nach Brandy schmeckende Übelkeit in ihm aufsteigen. Um sich zu stützen, legte er den Arm auf den nach oben gewölbten, mit Reif bedeckten freistehenden Briefkasten. Ich will doch nur meine Wäsche, sagte er sich. Er wollte sie vor jenen retten, die sie ihm aus sinnloser Bosheit abgenommen hatten und jetzt vorenthielten.

Wohin gingen die Leute eigentlich am Abend? In Pubs, Restaurants, ins Kino. Im Pub und im Restaurant war Li-li schon gewesen. Arthur dachte nach, sein Kopf begann zu dröhnen. Dann überquerte er die Straße in Richtung des Magdalen Hill und des *Tadsch Mahal*.

Jetzt war die ganze Ecke mit Brettern verschlagen, das Ödland genauso wie die Grundstücke, auf denen die inzwischen abgerissenen Häuser gestanden hatten – auch Tante Gracies Haus. Der Bretterzaun bestand aus alten Türen, die von den Baufirmen für diese Zwecke aufgehoben und benutzt wurden. Arthur ging dicht daran vorbei und stellte fest, daß alle in Badezimmerfarben lackiert waren, rosa, grün und kremfarben. Aneinandergereiht und zusammengenagelt schienen sie lange Zeiträume seines Lebens einzuschließen. Er ging weiter, vorbei an Graingers und der U-Bahnstation. Ein Zug, der unterirdisch über die Gleise donnerte, ließ Arthurs ganzen Körper heftig vibrieren.

Der Film, der im *Tadsch Mahal* gezeigt wurde, spielte nicht in Indien, sondern irgendwo noch weiter im Osten, das entnahm er dem Plakat neben dem Eingang, auf dem schlitzäugige Gesichter mit juwelengeschmückten turmartigen Frisuren zu sehen waren, die große Ähnlichkeit mit chinesischen Pagoden hatten. Das bestärkte ihn in seiner Überzeugung, daß Li-li im Kino war. Aber auf der Kenbourne Lane war Parkverbot. Angenommen, Li-li sah sich den Film an. Wie sollte er sie finden? Wie sie herausholen? Unschlüssig stand Arthur am Fuß der Treppe und blickte fast wehmütig ins Foyer, das fast unverändert und ihm doch so schrecklich fremd geworden war. Hunderte von Malen war er mit Tante Gracie durch die Flügeltür gegangen, aber es war länger als zwanzig Jahre her, seit er zum letztenmal einen Film im Kino gesehen hatte. Der Fernseher genügte ihm.

Er würde auch jetzt nicht hineingehen. Hinter dem Kino war ein riesiger öffentlicher Parkplatz. Dort wollte er sich nach dem roten Sportwagen umsehen. Wahrscheinlich war er nicht abgeschlossen, denn die jungen Leute waren heutzutage alle leichtsinnig und wußten nicht zu schätzen, was sie hatten. Er ging den Weg zwischen den Läden und der hohen kremfarbenen Mauer des *Tadsch Mahal* entlang, durch die orientalische Klänge zu ihm drangen. Der Filmpalast sah aus wie eine große Klippe, die den unbeleuchteten Parkplatz in ihren dunklen Schatten tauchte. Das Häuschen des Wächters am Eingang war leer, und keine Menschenseele war zu sehen. Arthur schob sich seitlich an der Schranke vorbei, die sich automatisch hob, wenn ein Fahrzeug passieren wollte.

Die Wagen standen in langen, geordneten Reihen da. Der Boden bestand nicht aus Asphalt oder Beton, sondern aus Kies und Erde, die schon leicht gefroren war und Arthurs Schritte schluckte. Lautlos schlich er von einem Wagen zum anderen. Manchmal blieb er stehen und blickte über die langen Ketten von Wagendächern hinweg. Sie schimmerten wie die Rücken von Meeresungeheuern, die sich an einem mondhellen nördlichen Strand zum Schlaf niedergelassen hatten. Doch es war ein falsches Mondlicht, der schwere purpurne Himmel war nur vom Schein der Straßenlaternen übergossen.

Als Arthur am südlichsten Punkt des großen unregelmäßigen Vierecks ankam, begann die Unsinnigkeit seines Vorhabens durch den Brandynebel in seinen Kopf einzudringen. Er würde den Sportwagen nicht finden, und wenn er ihn fand, würde er nicht wagen, ihn anzurühren. Er hatte nicht den geringsten Beweis dafür, daß Li-li hier je vorbeigekommen oder ins *Tadsch Mahal* gegangen war. Das war nicht der Grund, der ihn in das einsame Halbdunkel geführt hatte. Er war nur aus dem einzigen Grund gekommen, der ihn immer wieder in das Dunkel und in die Einsamkeit trieb ...

Aber hier waren keine Frauen. Keines der Geschöpfe war hier, die seine Freiheit bedrohten, für ihn immer eine Gefahr waren. Wenn er eins finden wollte, mußte er den Parkplatz durch die schmale Tür hinter sich verlassen, die kein Wagen passieren konnte und die auf einen Pfad führte, der in die Brasenose Avenue mündete. Mit qualvoller Lust stellte er sich den engen Durchgang vor, doch er kehrte ihm den Rücken, wandte sich in die entgegengesetzte Richtung und zwang seine Beine, ihn an den Autoreihen vorbei zur Ausfahrt zu tragen.

Als er in eine breitere Zufahrt einbog, sah er, daß er nicht mehr allein war. Ein Auto – eine Ente, wie man diesen Typ wohl nannte – suchte nach einer Parklücke. Arthur straffte sich und ging sehr aufrecht weiter, um einen respektablen Eindruck zu machen. Fast stärker noch als der langsam in ihm wachsende Wunsch nach Verbotenem war das Verlangen, wie ein gesetzestreuer Autobesitzer auszusehen, der berechtigt war, hier zu sein. Die Ente verschwand zwischen zwei größeren Wagen in einem dunklen Schacht. Arthur war nicht mehr als zehn oder zwölf Meter entfernt, als der Fahrer ausstieg. Und der Fahrer war eine Frau.

Ein junges Mädchen, ziemlich groß, schlank. Es trug Jeans und einen pelzbesetzten und bestickten Hirtenmantel. Das Haar glich einem goldenen Heiligenschein, ein dichtes metallisch glänzendes Gespinst, das bis über die Schultern reichte. Durch die noch geöffnete Wagentür beugte sich das Mädchen in den Wagen und befestigte etwas an der Steuersäule, das wie eine Diebstahlssicherung aussah. Er sah die hochhackigen Stiefel, das Leder, das über schmalen Fesseln Falten warf, und er fühlte einen Krampf in der Kehle. Er schmeckte mit Brandy durchsetzte Galle.

Lautlos schlich er bis auf einen Meter heran. Das Mädchen richtete sich auf und wollte die Autotür schließen. Doch sie schnappte nicht ein. Das Mädchen öffnete sie noch einmal weit und warf sie dann mit einem lauten Knall zu. Das Geräusch dröhnte Arthur wie eine ungeheure Explosion in den Ohren. Er hob die Hände, sprang sein Opfer von hinten an und grub ihm die Finger in den Hals.

Die Erde bebte, während er diesen erstaunlich kräftigen und sehnigen Hals umklammerte, und der riesige purpurne Himmel verwandelte sich in eine Feuersbrunst, die ihm die Augen verbrannte. Das Mädchen wehrte sich, war so stark wie er, stärker ... Es drehte sich schwungvoll um und rammte ihm den Ellbogen ins Zwerchfell. Ein heftiger Schmerz durchfuhr Arthur, und er wich taumelnd zurück, lockerte seinen Griff. Eine Faust landete auf seinem Mund, harte Knochen, die auf seine Zähne prallten. Mit einem erstickten Stöhnen fiel er rücklings gegen den nächsten Wagen, rutschte an dem glatten Fahrgestell zu Boden. Drohend hing das Gesicht des Mädchens über ihm, verzerrt, wild, und Arthur schrie erschrocken auf, denn es war das Gesicht eines jungen Mannes mit Hakennase, Bartstoppeln auf der Oberlippe und ungepflegter Haarmähne. Die Faust holte wieder aus und traf diesmal Arthurs Auge. Er lag jetzt der Länge nach auf dem eisigen Boden, halb unter dem öligschwarzen Chassis des anderen Wagens.

Er rührte sich nicht, obwohl er bei Bewußtsein war. Eine Hand drehte ihn herum, und ein spitzer Stiefel versetzte ihm einen kräftigen Tritt in die Rippen. Arthur gab keinen Laut von sich und blieb mit geschlossenen Augen reglos liegen. Der Junge stand über ihm, atmete schwer und schnalzte ein paarmal zufrieden und triumphierend mit der Zunge. Dann rannte er in Richtung des Wächterhäuschens und der Schranke davon. Schließlich umgab Arthur nur noch tiefe, schreckliche Stille.

Mit Hilfe der beiden Kotflügel, auf die er sich stützte, zog er sich mühsam hoch. Sein Gesicht war naß und blutig, und sein Kopf hämmerte und dröhnte, wie er nie vor Begehren gedröhnt und gehämmert hatte. Er sah seine Umgebung nur verschwommen, und es dauerte eine ganze Weile, ehe seine Augen die Welt wieder klar und deutlich wiedergaben – die glänzenden Autos, den frostglitzernden Boden. Kein Wächter kam, niemand war in der Nähe. Arthur schleppte sich zwischen den Wagen vorwärts, klammerte sich hier an einen Außenspiegel, dort an eine Türklinke, bis ihm endlich die panische Angst, die er fühlte, die Kraft gab, sich aufzurichten. Die eisige Luft, die ihm ins Gesicht schnitt, wirkte wieder wie ein Faustschlag auf ihn. Er schmeckte Salz und Blut im Mund.

Das Wächterhäuschen war noch immer leer, der schmale Durchgang zwischen Kino und Läden lag verlassen da. Das Gesicht mit dem sauberen weißen Taschentuch bedeckend, das er stets bei sich hatte, zwang er sich, weiterzugehen, langsam zu gehen, obwohl er am liebsten schreiend weggerannt wäre. Kenbourne Lane. Keine Menschenmenge, keine Gruppen erregter Passanten, die in die Richtung starrten, in die ein Junge mit goldblondem Haar gelaufen war. Niemand kümmerte sich um Arthur. Es war die Jahreszeit der Erkältungen, der vermummten Gesichter. Arthur ging an der U-Bahnstation vorbei und blieb aufatmend vor dem Tor von Grainger's stehen. Zum Glück war es nicht mit einem Vorhänge- sondern mit einem gewöhnlichen Yaleschloß gesichert. Das Taschentuch vors Gesicht haltend, sperrte er auf, ganz der pflichtbewußte Lagerverwalter, der trotz einer schweren Erkältung auch am Samstagabend arbeitete. Das Tor schloß sich hinter ihm, und er ließ sich schwer dagegensinken.

Aber er mußte sein Büro erreichen. Dort war er für eine Weile in Sicherheit. Das kleine Haus aus Zedernholz und Glas war eine Insel und ein sicherer Hafen in dem großen leeren Hof. Er bewegte sich kriechend darauf zu, denn seine Beine, die ihn bis hierher getragen hatten, waren jetzt unter ihm eingeknickt und schienen halb gelähmt. Auf dem reifglatten Boden kauernd, streckte er den Arm aus und sperrte die Bürotür auf.

Der Raum war eisig, kälter als die Luft im Freien. Die verhüllte Adler stand auf dem Schreibtisch. Der Papierkorb war leer. Es roch leicht nach Kaugummi. Arthur brach auf dem Fußboden zusammen und blieb, von heftigem Schluchzen geschüttelt, lange liegen. Er stillte das Blut, um den Teppich nicht zu verschmutzen. Zuerst mit dem Taschentuch, dann mit dem Schal. Als das Taschentuch blutdurchtränkt und unbrauchbar geworden war, hörte er das Jaulen von Sirenen, leise und entfernt zuerst, dann lauter, ohrenbetäubend an- und abschwellend. Es mußten gleich mehrere Polizeiwagen auf einmal sein, die an der Ampel zum Magdalen Hill abbogen.

21

In West Kenbourne wimmelte es von Polizei. Als Anthony mit Perry Mervyn vom Flughafen zurückkam, hatte er den Eindruck, jeder zweite Passant in der Balliol Street sei ein Polizist. Seit sie von der High Street in die Kenbourne Lane eingebogen waren, hatte er fünf Streifenwagen gezählt.

«Vielleicht hat jemand eine Bank ausgeraubt», sagte Junia.

Es war nach elf, aber im *Dalmatian* und im *Waterlily* war noch Licht, und die Türen standen offen. Polizisten gingen durch die Pubs und hielten an den Ausgängen die Gäste auf, um sie zu befragen. Hinter dem provisorischen Zaun, der das Stück Ödland umfriedete, liefen Polizisten mit Taschenlampen umher.

«Es muß ein Bankraub gewesen sein», sagte Perry und ließ sich lang und breit darüber aus, wie harmlos ein Banküberfall im Verhältnis zu anderen Verbrechen war. Seine Frau war ganz seiner Meinung. Man könne, meinten sie, einen Bankraub kaum als moralisch verwerflich bezeichnen, er schade niemandem, und so weiter. Anthony, der zwar dankbar war, daß sie ihn nach Hause gefahren hatten, war nicht traurig darüber, als sie in der Trinity Road ankamen.

Er bedankte sich, und man beteuerte sich gegenseitig, daß man in Verbindung bleiben wolle, obwohl sie alle drei schon jetzt wußten, daß sie sich nie wiedersehen würden. Winkend sah er dem Wagen nach, nachdem Perry Mervyn erklärt hatte, er wolle noch ein bißchen umherfahren, um vielleicht herauszubekommen, was passiert war.

In der Trinity Road war alles ruhig, und in Nummer 142 brannte kein einziges Licht. Anthony ging durch die Halle zu seinem Zimmer. Die Fahndung der Polizei interessierte ihn nicht, weckte keine Neugier in ihm. Nichts konnte ihn ablenken von dem ungeheuren Jammer, der ihn jetzt auffraß und Unglauben, Zorn und Schmerz völlig verdrängt hatte. Die Hochzeit, das Glück von Winston und

Linthea hatten seiner tiefen Niedergeschlagenheit nur als neue Nahrung gedient. Und im Flughafenrestaurant, wo sie Kaffee getrunken hatten, hatte sich etwas Neues zu seinen schon vorhandenen Qualen gesellt. Denn in der Abflughalle, die man durch die riesige Scheibe beobachten konnte, glaubte er in der wimmelnden Menge lauter Helens zu sehen. Jeder abgewandte blonde Kopf konnte sich, wenn er sich zu ihm umdrehte, als Helen entpuppen. Ein Mädchen hatte – aus einer gewissen Entfernung gesehen – ihren Gang. Ein anderes, das sich lebhaft mit einem Mann unterhielt, der Roger sein konnte – woher sollte Anthony wissen, daß er es nicht wahr? –, bewegte die Hände genauso wie Helen, und ein Lachen, das er hörte, war Helens Lachen. Einmal glaubte er, ganz sicher zu sein. Er sprang auf, starrte in eine Richtung, hielt den Atem an. Die anderen mußten geglaubt haben, er sei verrückt, leide unter Halluzinationen.

Er steckte den Schlüssel ins Schloß. Doch bevor er in seinem Zimmer verschwinden konnte, ging die Haustür auf, und Li-li kam herein. In der Hand hatte sie Arthur Johnsons Wäschesack.

«Haben Sie das die ganze Nacht mit sich herumgeschleppt?» fragte er unfreundlich.

«Es war nicht ganze Nacht. Ist erst zwölf Uhr.» Sie streckte ihm den Sack entgegen. «Hier! Sie bringen ihn rauf. Er wird so glücklich sein, daß er ihn wiederhat.»

«Wie ich ihn kenne, ist er wohl inzwischen vor Sorge um seine Wäsche halb durchgedreht. Und bringen Sie ihn nur selber rauf.»

Aber als Li-li mit Schmollmund und einem Kichern um den ersten Treppenabsatz verschwunden war, hielt Anthony es doch für besser, ihr nachzugehen. Er holte sie auf der zweiten Treppe ein.

«Er wird schon schlafen, er geht immer sehr früh ins Bett. Legen Sie ihm den Sack vor die Tür.»

«Okay.» Li-li ließ ihn einfach auf die Türmatte plumpsen. «Wie gräßlich, alt zu sein und immer um Mitternacht ins Bett zu gehen.» Sie sah Anthony herausfordernd an und lächelte. «Sie kommen auf eine Tasse Chinatee?»

«Nein, danke. Ich gehe auch um Mitternacht ins Bett.» Er ging in sein Zimmer und machte energisch die Tür hinter sich zu. Es dauerte eine Zeitlang, ehe er einschlafen konnte, denn Li-li revanchierte sich für den Korb, den er ihr gegeben hatte, indem sie für ihre Abreise am nächsten Tag besonders geräuschvoll packte. Sie knallte mit der Schranktür und warf bis nach drei Uhr immer wieder mit Schuhen um sich.

Eine halbe Stunde nachdem er sich in seinem Büro versteckt hatte, hörte Arthur, wie die Polizei das Tor von Graingers aufbrach und die Männer den Hof durchsuchten. Die Strahlen ihrer Taschenlampen wanderten wie Suchscheinwerfer in alle Winkel. Sie kamen auch zum Büro, kontrollierten Tür und Fenster und versuchten, in den Raum hineinzuleuchten. Doch da das Türschloß in Ordnung und kein Fenster zerbrochen war, entfernten sie sich wieder. Klirrend schloß sich das Tor hinter ihnen.

Arthurs Lippe blutete nicht mehr. Als er sich gefahrlos vom Boden erheben konnte, wickelte er sein Taschentuch in einen Bogen Durchschlagpapier und steckte es in die Manteltasche. Es war dunkel im Raum, denn er mußte sich mit der spärlichen Helligkeit begnügen, die ihm die Straßenlaternen vom Magdalen Hill spendeten. Er wagte weder, Licht zu machen, noch, den Elektroofen einzuschalten, obwohl es bitterkalt war. Sein Schal war voller Blut, aber die Flecke waren nicht so schlimm, daß er ihn nicht tragen konnte. Wichtig war vor allem, daß er auf dem Haarnadelfilz des Teppichs weder Blutspuren noch blutige Fingerabdrücke hinterließ. Aber das gelbe Zwielicht reichte aus, um ihm zu zeigen, daß der Teppich fleckenlos war. Er leckte sich solange die Finger ab, bis sie nicht mehr salzig schmeckten.

Dann legte er sich wieder auf den Boden. Er konnte nicht schlafen, und die langen Stunden zogen sich endlos hin. Die linken Rippen taten ihm weh, doch glaubte er nicht, daß eine gebrochen war. Draußen würden sie die ganze Gegend durchkämmen. Wenn sie ihn nicht fanden, würden sie die Leute hier abziehen und die Suche auf andere Stadtviertel ausdehnen. Vielleicht kamen sie überhaupt nicht in die Trinity Road.

Wurde es denn nie hell? Bei Tageslicht würde zwar jeder Vorübergehende sein verletztes Gesicht sehen – wenn nur auch er sehen könnte, wie schlimm die Verletzungen waren –, doch ein Mann, der vor Tagesanbruch allein unterwegs war, würde noch mehr Aufmerksamkeit erregen. Als das gelbe Licht sich im milchigen Grau der Morgendämmerung auflöste, schleppte Arthur sich ans Fenster und schaute in den verlassenen Hof hinaus. Sein ganzer Körper war steif, jeder Muskel tat ihm weh, und in seiner linken Seite saß ein scharfer Schmerz.

Seine Uhr war kaputtgegangen, als er stürzte. Die Zeiger standen auf zwanzig nach neun. Inzwischen mußten etwa elf Stunden vergangen sein. Seine Uhr war zerbrochen, seine Brille jedoch nicht, sie steckte noch heil im Futteral. Er setzte sie auf, obwohl es eine Lesebrille war, durch die er alles nur verschwommen sah, doch sie half ihm, das blaugeschlagene Auge zu verstecken. Und nun zu seiner verletzten Lippe ... Er spuckte auf einen Zipfel seines Schals, betupfte die Platzwunde und zuckte ein paarmal vor Schmerz zusammen, wenn eine Wollfaser sich in den Wundrändern fing. Aber der Morgen war sehr kalt, und er sah, daß ein dünner Schneeregen fiel, kleine Eiskörner, die schmolzen, wenn sie den Boden berührten. An einem solchen Tag, dachte er, fällt ein Mann bestimmt nicht auf, der sich einen Schal um Mund und Nase gewickelt hat.

Das leichte Zittern, das ihn befallen hatte, so gut es ging, unterdrückend, verließ er das Büro und schloß hinter sich ab. Niemand würde merken, daß er hier gewesen war. Als er beim Tor ankam, wurde der leichte Schneeregen zum Schneesturm. Der erste Schnee dieses Winters wirbelte um ihn herum, Flocken brannten auf seiner Lippe. Er zog den Schal über den Mund und stürzte sich, den Kopf senkend, als stemme er sich gegen den Wind, mutig auf die Straße.

Außer einem Jungen, der die Sonntagszeitungen austrug, war niemand unterwegs. Sein Zusammenstoß mit dem mädchenhaft aussehenden Jungen auf dem Parkplatz hatte sich zu spät ereignet, noch konnten die Zeitungen nichts darüber gebracht haben. Der kleine Junge im dicken Mantel und einer Wollmütze, die auch Ohren und Hals bedeckte, beachtete ihn nicht. Ein Mann, der in der Balliol Street seinen Apportierhund spazierenführte, sah ihn ebensowenig an wie die Putzfrau, die eben die Tür des *Waterlily* aufschloß. Auch sie hatte einen Schal umgebunden, der ihre untere Gesichtshälfte verdeckte. Als die Uhr der Allerseelenkirche acht schlug, bog Arthur in die Mews ein.

Auf einer Mülltonne in der Mews lag eine Zeitung vom vergangenen Abend. Arthur nahm sie und schob sie sich zusammengefaltet unter den Arm, so daß jeder, der ihn sah, glauben mußte, er habe sie eben gekauft und sei nur deshalb schon so früh unterwegs. Doch er begegnete keiner Menschenseele. Li-lis Vorhang war geschlossen. Lautlos schlich er durch das schlafende Haus in seine Wohnung. Auf der Matte vor seiner Tür lag sein orangefarbener Wäschesack, den Li-li irgendwann heraufgebracht haben mußte. Hatte sie bei ihm geklopft? Und würde sie annehmen, er habe schon geschlafen, weil er nicht geöffnet hatte? Oder hatte sie den Sack unten stehengelassen und Anthony Johnson ihn heraufgebracht, der einzige, der außer Li-li und ihm noch im Haus war? Er hatte keine Möglichkeit, das festzustellen. Wenn Anthony Johnson wach wäre, fiele aus seinem Fenster Licht in den Hof, denn in Zimmer 2 blieb es im Winter bis neun Uhr dunkel. Aber auf den grünen Steinen war kein vom Schatten des Fensterkreuzes durchbrochenes helles Rechteck zu sehen. Schnee wirbelte durch den Hof, flog an die Kellertür und floß in kleinen Rinnsalen an ihr hinunter.

Arthur zerschnitt das Taschentuch und spülte die Stücke in die Toilette hinunter. Er wusch seinen Schal und das Taschenfutter seines Wintermantels. Dann – und erst dann wagte er es, in den Spiegel zu schauen.

Sein Auge war fast zugeschwollen und hatte die dunkelrote Farbe von rohem Fleisch, das zu lange an der Luft gelegen hat. Seine Oberlippe war gespalten. Er sah völlig verändert aus. Das war nicht sein Gesicht, der wunde, wulstige Mund gehörte nicht ihm. Würde eine Narbe zurückbleiben? Der Riß schien nicht so schlimm zu sein, daß er genäht werden mußte. Die Unfallabteilungen der Londoner Krankenhäuser würden inzwischen von der Polizei angewiesen worden sein, jeden Mann sofort zu melden, der mit Gesichtsverletzungen zur Behandlung kam.

Er durfte sich überhaupt nicht auf der Straße zeigen. Er mußte um jeden Preis hier versteckt bleiben, bis Lippe und Auge wieder heil waren. Seit Stunden hatte er nicht mehr gegessen oder getrunken und noch länger nicht mehr geschlafen. Er wußte jedoch, daß er ebensowenig schlafen wie auch nur eine Brotkrume hinunterwürgen konnte. Er trank ein wenig Wasser und hätte sich fast übergeben, so sehr brannte ihn die kalte Flüssigkeit in der Kehle.

Hinter den eng gerüschten Spitzenstores verborgen, saß Arthur am Fenster. Wenn die Polizei von Haus zu Haus ging, war er verloren. Er beobachtete die Vorübergehenden und erwartete, jeden Augenblick das raubfischähnliche Gesicht von Inspector Glass auftauchen zu sehen. Die Kirchenglocken riefen zur Morgenmesse, und ein paar ältere Frauen mit Gebetbüchern kamen auf dem Weg zur Allerseelenkirche vorbei. Um ein Uhr schaltete er den Fernseher ein. Im letzten Teil der Nachrichtensendung erfuhr er so präzise, wie er es nur aus dieser erstklassig informierten Quelle zu hören bekommen konnte, was er getan hatte und wo er stand.

«Gestern abend wurde in der Nähe der U-Bahnstation Kenbourne Lane in Westlondon auf einem Parkplatz ein Mann überfallen ...» Und schon erschien auf dem Bildschirm der Parkplatz im Schatten der hochaufragenden Mauer des *Tadsch Mahal*. Arthur zitterte, ballte die Hände. Fast erwartete er, sich im nächsten Moment selbst hinter einer Wagenreihe auftauchen zu sehen, vom unbestechlichen Auge der Kamera eingefangen wie ein gejagtes Wild. «Die näheren Umstände dieses Überfalls geben der Polizei zu der Vermutung Anlaß, daß der Angreifer sein Opfer für eine Frau hielt. Selbstverständlich sind Überlegungen im Gange, ob der Angreifer der Mann sein könnte, der seit einem Vierteljahrhundert unter dem Namen ‹Mörder von Kenbourne› bekannt ist. Eine ausgedehnte Fahndung in dem betreffenden Stadtgebiet blieb bisher erfolglos ...»

Arthur schaltete den Apparat aus. Er ging wieder ins Bad und betrachtete forschend das Gesicht des «Mörders von Kenbourne». Bisher hatte er diesen Namen noch nie auf sich bezogen, nicht einmal dann, wenn er an die Frauen dachte, die unter seinen Händen gestorben waren. In der Rolle des Mörders hatte er sich trotzdem nie gesehen. Aber jetzt hatte das Fernsehen ihm gesagt, daß er es war, und dann stimmte es auch. Sein Gesicht war jetzt gezeichnet, damit er und die ganze Welt es erkannten. Beim Anblick seines Spiegelbildes wäre er am liebsten in Tränen ausgebrochen, also kehrte er ans Fenster zurück, wo er sein Gesicht hinter Spitzen verstecken konnte. Obwohl es im Fernsehen einen frühen Film mit dem Paar Ginger Rogers und Fred Astaire gab, schaltete Arthur erst wieder um fünf Uhr ein, um aus den Nachrichten das Neueste zu erfahren.

Auf dem Bildschirm erschien ein Identikitporträt – ein aus verschiedenen vorgefertigten Gesichtsteilen zusammengesetztes Phantombild des Täters. Ein hartes, kaltes Gesicht mit scharfen Falten, tückisch, ältlich. Die Oberlippe war wie von einer Hasenscharte gespalten, ein Auge zugeschwollen. Hatte er, der gut aussehende, immer adrette Arthur Johnson, so auf den Jungen gewirkt? Ihm war schwindlig, und er war einer Ohnmacht nahe, als der Junge selbst auf dem Bildschirm auftauchte und Arthur direkt in die

Augen zu sehen schien. Der Junge strich sich mit der Hand über das Haar, das Arthur irregeführt hatte, und lächelte ein bißchen stolz.

«Na ja, ich schätze, der Kerl hat gedacht, ich sei ein Mädchen, wissen Sie? Weil ich so dünn bin und langes Haar habe.»

«Würden Sie den Mann wiedererkennen, Mr. Harrison?» fragte der Moderator ernst.

«Aber ja, natürlich. Außerdem habe ich ihn ganz schön zusammengeschlagen und ihm vor allem die Fr ... – das Gesicht poliert. Jeder müßte ihn daran erkennen, nicht nur ich.»

Und jetzt Inspector Glass persönlich. Arthur überlief es eiskalt, denn seine Feinde rotteten sich zusammen und bedrängten ihn durch das Medium, das einst so freundlich und seine zweitgrößte Freude im Leben gewesen war.

«Sie dürfen überzeugt sein», erklärte der Inspector, verzog die Lippen und zeigte seine großen Zähne, «daß wir nicht ruhen werden, bis wir diesen Mann gefaßt und unschädlich gemacht haben. Es ist nur eine Frage der Zeit. Doch ich möchte die Öffentlichkeit eindringlich darauf hinweisen, daß der Mann äußerst gefährlich ist, und wenn jemand von Ihnen auch nur die leiseste Vermutung hat, wer er sein könnte – ja, wenn Sie auch nur einen rein intuitiven Verdacht haben, dann rufen Sie sofort diese Nummer an.»

Die Telefonnummer erschien – grellweiße Zahlen auf schwarzem Grund. Schwer und grimmig kam die Stimme von Inspector Glass, die Stimme des Menschenjägers Glass durch den Äther.

«Sie können diese Nummer zu jeder Tages- und Nachtzeit anrufen. Und wenn Sie zögern, dann denken Sie daran, daß das nächste Opfer Sie, Ihre Frau, Ihre Mutter oder Ihre Tochter sein kann.»

Das Rattern eines Dieselmotors rief Arthur ans Fenster zurück. Li-li kam mit zwei Koffern aus dem Haus. Da ging wieder jemand hin, der vielleicht nicht zögern würde, wenn er Arthurs Gesicht sah. Wieder wirbelten weiße Flocken durch die bitterkalte Dunkelheit. Li-li stieg in das Taxi.

Jetzt war Arthur mit Anthony Johnson allein im Haus.

22

An diesem Sonntag stand Anthony erst gegen Mittag auf. Das Zimmer war eiskalt, und er mußte Milchpulver in seinen Tee tun, weil ihm die frische Milch ausgegangen war. Der Hof war naß, obwohl es nicht regnete, und das dreieckige Stück Himmel, das er sah, hing voller graugelber Schneewolken.

Es war so dunkel, daß er den ganzen Tag Licht brennen lassen mußte. Er saß unter der Lampe, blätterte im Entwurf seiner Dissertation, fragte sich, ob sie etwas taugte, aber es gelang ihm nicht, sich völlig darauf zu konzentrieren, da immer wieder Helen vor seinem geistigen Auge auftauchte. Er erinnerte sich an Gespräche, die sie geführt hatte, hörte Doppeldeutigkeiten aus ihren Sätzen heraus, die ihm einst so wunderbar offen und ehrlich vorgekommen waren. Und diese Besessenheit verdrängte alles andere. Er saß da und starrte stumpf auf den durchsichtigen grünrosa Lampenschirm, der leicht im Luftzug schaukelte, starrte ihn wie hypnotisiert an, von Apathie befallen. Kurz nach fünf, als er Li-li das Haus verlassen hörte, zog er den Mantel an und machte sich auf den Weg zu Winter's.

Der zweite Barmann aus dem Pub war im Laden und unterhielt sich mit Winter über die Polizeiaktion vom Abend vorher. Anthony hatte die Sache völlig vergessen gehabt. Als er jetzt darauf wartete, daß Winter ihn bediente, erfuhr er, was sich ereignet hatte.

«Ein junger Kerl, neunzehn Jahre alt, studiert am Radclyffe College. Ich kann nur sagen, daß die Burschen es nicht besser verdienen, wenn sie wie die Mädchen rumlaufen, langes Haar und so. Nicht, daß er seine Sache nicht gut gemacht hätte. Er hat dem anderen das Gesicht anständig demoliert. Haben Sie die Nachrichten gesehen?»

Der Barmann nickte. «Komisch ist es schon. Ich habe mir vorige Woche selber ein blaues Auge geholt. Streng legal natürlich, wenn man so sagen kann, beim Judo. Aber wenn es jetzt nicht schon viel besser wäre, würde ich mich im Moment nicht auf der Straße sehen lassen.»

«Sie haben ja keine gespaltene Oberlippe, nicht wahr?» entgegnete Winter. «Aber es wäre schon eine Sensation für eure Gäste, wenn sich herausstellte, daß der Mörder von Kenbourne ihnen seit Jahren ihren Schnaps serviert hat.» Lachend wandte Winter sich an Anthony. «Was darf es sein, der Herr?»

«Ich möchte einen halben Liter Milch.»

«Homogenisierte? Jersey-Milch? Oder die mit der silbernen Verschlußkappe?»

Anthony nahm die mit der silbernen Verschlußkappe. Als er die Tür hinter sich zumachte, fing er noch eine Bemerkung über sein Haar und über lauernde Würger auf, die Männer nicht mehr von Frauen unterscheiden konnten. Was ihnen schließlich niemand übelnehmen könne, nicht wahr? Er ging an den erleuchteten Fenstern des *Waterlily* vorüber, denn nur Alkoholiker oder notorische «Aufreißer» gehen abends allein ins Pub. Zwischen den Kopfsteinen der Oriel Mews hatte sich der Schnee festgesetzt, denn dort gab es weder Licht noch Wärme, die ihn schmelzen konnten. Der Wind wehte ihn in dünnen Schleiern über die Trinity Road, und er hing wie ein noch dünnerer Vorhang über den Spitzenstores von Arthur Johnsons Fenster, hinter dem Anthony eine undeutliche Gestalt wahrzunehmen glaubte.

Sein Zimmer war inzwischen wieder ausgekühlt. Er schaltete mit einem leichten Tritt den Heizofen ein und trank ein paar Schluck Milch direkt aus der Flasche. Es war so kalt, daß ihm die Zähne klapperten. Er kauerte sich dicht ans Feuer, und vor ihm tauchte klar und deutlich das Bild einer bezaubernden Helen auf, die ihm auf dem Bahnsteig strahlend entgegenlief, als sie ihn in Temple Meads vom Zug abholte. Die Augen schließend, fühlte er ihre Hände auf seinen Schultern, ihren warmen Atem auf seinen Lippen. Und er fühlte einen Schmerz, einen qualvoll heftigen Schmerz in seiner linken Seite, als habe ihm jemand aufs Herz getreten.

Dann lag er mit dem Gesicht nach unten auf dem Bett, verabscheute sich selbst um seiner Schwäche willen, fragte sich, wie er die kommende Zeit überstehen sollte, den langen kalten Winter der Einsamkeit – mit Arthur Johnson als einzigem Gefährten.

Im Zwischenstock begann das Telefon zu läuten.

Arthur hörte das Telefon, ging aber nicht an den Apparat. Die einzigen, die Telefonanrufe zu erwarten hätten, waren nicht mehr da. Er ging ins Schlafzimmer und betrachtete noch einmal sein Gesicht. So wie er aussah, konnte er morgen unmöglich in die Arbeit gehen. Das Telefon hatte aufgehört zu klingeln. Er schaute aus dem Fenster in den Hof hinunter. Anthony Johnson hatte Licht, und Arthur fragte sich, warum er das Telefon nicht gehört hatte.

Sein Kühlschrank war gut gefüllt. Auch der Sonntagsbraten war noch da, denn er hatte noch keinen Bissen hinuntergebracht, und auch jetzt wurde ihm schon übel, wenn er nur an Essen dachte. Die Nahrungsmittel, die er hier hatte, würden tagelang reichen. Schließlich schaffte er es, ein kleines Stück Butterbrot hinunterzuwürgen. Dann musterte er sich wieder im Spiegel, diesmal im Bad. Während er überlegte, ob ein Eisbeutel gut gegen die Schwellung wäre und ob man ihm glauben würde, daß er sich beim Rasieren geschnitten – und sich mit dem Rasierapparat ein blaues Auge geschlagen hatte, begann das Telefon wieder zu läuten. Er öffnete die Wohnungstür und trat auf den dunklen Flur. Merkwürdigerweise hatte er das Gefühl, daß es besser war, wenn er das Gespräch entgegennahm.

Er hielt den Hörer ans Ohr, und Stanley Caspians Stimme sagte: «Bist du's Arthur? Das wurde aber auch Zeit, ich habe vor fünf Minuten schon mal angerufen.»

Im Treppenhaus wurde es hell. Arthur drehte sich um, bedeckte den Mund mit der Hand und rief mit undeutlich klingender Stimme: «Alles in Ordnung, das ist Mr. Caspian für mich!»

Anthony Johnson antwortete «okay» und ging in sein Zimmer zurück. Arthur wünschte sich, das Licht möge endlich ausgehen. Er beugte sich über das Telefon.

«Hör zu, Arthur, ich schicke morgen gegen fünf einen Mann vorbei, der Wohnung eins ansehen möchte. Kannst du ihm aufschließen?»

«Ich bin nicht gesund», antwortete Arthur in panischer Angst. «Ich habe eine – eine Virusinfektion. Ich gehe nicht in die Arbeit, und ich kann niemandem aufschließen. Ich muß den ganzen Tag im Bett bleiben.»

«Mein Gott, du wirst doch für fünf Minuten aus deinem verdammten Bett aufstehen und die Haustür öffnen können!»

«Nein, das kann ich nicht», sagte Arthur schrill. «Ich bin krank, ich müßte auch jetzt im Bett liegen.»

«Reizend. Nach allem, was ich für dich getan habe, ist das ein bißchen stark. Nun, dann muß ich mit dem Mann eben einen früheren Termin vereinbaren und selbst kommen.»

«Tut mir leid, ich fühle mich sehr krank. Ich muß mich hinlegen.»

Stanley antwortete nicht, sondern legte krachend auf. Arthur stolperte zu seiner Tür hinauf. Sie war fast zu. Ein leichter Stoß, eine winzige Zugluft, und er wäre ausgesperrt gewesen. Er, der derartige Vorsichtsmaßnahmen nie vergaß, hatte den Schlüssel nicht mitgenommen. Er fröstelte, wenn er sich vorstellte, welche Folgen dieser fatale Leichtsinn für ihn gehabt haben könnte. Wieder ging er ins Bad, um darüber nachzudenken, was er für seine Lippe und sein Auge tun konnte. Tränen strömten ihm über die Wangen und stachen wie glühende Nadeln in sein zerschundenes Gesicht.

In dem Moment, in dem das Telefon klingelte, sprang Anthony aus dem Bett, um zum Apparat hinaufzulaufen. Doch alle Hoffnung, die er vielleicht gehegt hatte, diese ganz und gar unvernünftige Hoffnung zerrann, als Arthur Johnson von oben herunterrief: «Es ist Mr. Caspian für mich!»

Weil die Stimme belegt und irgendwie sonderbar klang, warf Anthony, der in seiner Enttäuschung wortlos in seinem Zimmer verschwunden wäre, einen Blick hinauf. Arthur Johnson bedeckte den Mund mit der linken Hand und wandte sich hastig ab, aber er war nicht schnell genug. Anthony hatte bemerkt, daß ein Auge halb zugeschwollen und blaugeschlagen war. Das Telefongespräch dauerte noch ein paar Minuten. Arthur Johnson behauptete, er sei krank, sagte jedoch nichts von seinen Gesichtsverletzungen, sondern behauptete, an einer Virusinfektion zu leiden. Anthony machte seine Tür zu und setzte sich auf das Bett. Noch eine Stunde vorher hätte er alles darum gegeben, etwas zu finden, das sich ihm so übermächtig aufdrängte und Helen aus seinen Gedanken verbannte. Aber das? Wollte er damit etwas zu tun haben? Und war er der Sache überhaupt gewachsen?

Vor seinem geistigen Auge erschien eine ganze Reihe unzusammenhängender Bilder und Szenen. Ein Mann, offensichtlich nervös, paranoid, der sagte: «Sie sind der andere Johnson. Ich wohne schon seit zwanzig Jahren hier.» Im Keller eine Schaufensterpuppe mit einem klaffenden Riß im Hals. Feuer verbrannte die Figur, und in dieser Nacht, in der Nacht des 5. November ... Anthony schaute aus dem Fenster zu jenem anderen Fenster zwei Stockwerke über ihm hinauf. Kein Licht. Und das, obwohl das Arthur Johnsons Schlafzimmer war und er gesagt hatte, er sei krank und müsse ins

Bett. Vielleicht lag er da auch, im Dunkeln. Anthony ging auf die Straße und blickte hinauf. In der Wohnung brannte Licht, orangefarbenes Licht, das die Spitzenvorhänge vergoldete, und dahinter eine kaum wahrnehmbare Bewegung.

Er ging rasch ins Haus zurück und stieg in den zweiten Stock hinauf. Er hatte sich keine Ausrede zurechtgelegt. Was sagte er nur, wenn Arthur fragte, was er wolle. Jeder Vorwand kam ihm primitiv und verlogen vor. Außerdem würde er keinen mehr brauchen, sobald er Arthur gesehen hatte. Doch Arthur reagierte nicht auf sein Klopfen, öffnete auch nicht, als er zum zweitenmal klopfte, und das war für ihn ein ebenso schlüssiger Beweis, wie wenn er das zerschlagene Gesicht ganz aus der Nähe gesehen hätte. Noch einmal zu klopfen, hartnäckig zu bleiben, wäre eine Grausamkeit gewesen, die ihm widerstrebte. Denn in der Stille glaubte er hinter der Tür eine Atemlosigkeit zu spüren, aus der Angst und Entsetzen schrien.

Er wußte es jetzt. Er hätte über sich selbst lachen mögen, wenn es da etwas zu lachen gegeben hätte. Denn die Ironie der Sache war, daß er, der eine Doktorarbeit über Psychopathologie schrieb, der Psychopathen genau studiert hatte und alles über sie wußte, drei Monate mit einem Psychopathen im selben Haus gewohnt und es nicht gemerkt hatte. Natürlich mußte er jetzt zur Polizei gehen. Wußte er es? Wußte er es wirklich? Nun ja, er war überzeugt, sicher. Wenn wir uns so ausdrücken, hatte Helen einmal gesagt, meinen wir immer, daß wir nicht ganz sicher, nicht ganz überzeugt sind. Er fröstelte in dem heißen, muffigen und gleichzeitig zugigen Zimmer. Es war ein Schock für ihn gewesen. Er begann in seinen Büchern zu blättern, fand Arthur Johnson oder einen Aspekt seines Wesens in jeder Krankengeschichte und entdeckte von neuem, was er längst wußte: So wenig über die Ursachen der Psychopathie bekannt war – über Möglichkeiten, sie zu heilen, wußte man noch weniger. Hier hatte die Wissenschaft versagt. Für Triebverbrecher gab es nach wie vor nur Gefängnis, nach wie vor nur lebenslängliche Verurteilungen, hilflos ausgesprochen und hilflos ertragen. Aber er mußte morgen früh zur Polizei gehen ...

Endlich zog er sich aus und ging ins Bett. Das dreieckige Stück Himmel war von rauchigem Rot, und schwarze Schneeflocken fegten darüber hin. Anthony konnte nicht schlafen, und er fragte sich, ob der Mann zwei Stockwerke über ihm, von seiner viel größeren Sorgenlast gepeinigt, auch schlaflos lag?

Am nächsten Morgen rief Arthur Mr. Grainger um halb neun in seiner Wohnung an. Er könne nicht kommen, sagte er, müsse wenigstens drei Tage im Bett bleiben. Während er telefonierte, hörte er Anthony Johnson ins Bad gehen, doch an die Treppe kam er nicht. Warum hatte der Mann gestern abend bei ihm geklopft? Warum nur? Wollte er sich etwas ausleihen? Brauchte er Kleingeld zum Telefonieren? Noch ganz frisch saß ihm der Schreck in den Gliedern, schmerzten ihn die verletzten Rippen. Doch nichts auf der Welt hätte Arthur dazu gebracht, Anthony Johnson sein Gesicht zu zeigen. Stundenlang hatte er zusammengekauert am Fenster gesessen und seinen Posten nur verlassen, um sich immer wieder sein Gesicht zu betrachten und an der Tür zu horchen, ob Anthony Johnson vielleicht die Polizei anrief oder das Haus verließ, um sie zu holen. Als bis Mitternacht nichts geschehen und der kleine Hof dunkel geworden war, hatte er sich erschöpft ins Bett gelegt, jedoch keinen Schlaf gefunden.

An diesem Vormittag hielt ein berühmter Kriminologe die letzte von vier Vorlesungen. Anthony hatte sie alle gehört, war aber ein bißchen enttäuscht, weil sie weit hinter seinen Erwartungen zurückgeblieben waren. Zerstreut machte er sich ein paar Notizen. Er war müde und fühlte sich nicht wohl.

Noch immer zögerte er, zur Polizei zu gehen, obwohl er sich auf dem Weg in die Universität nach dem nächsten Polizeirevier umgesehen hatte. Der K. 12 fuhr direkt an der hohen Eingangstür und der blauen Lampe vorbei. Um ein Uhr saß er in der Mensa, noch immer unschlüssig, angewidert von dem Gedanken, einen Mann zu verraten, der ihm nichts getan hatte. Er hatte kaum Kontakt mit anderen Studenten, sie waren alle jünger als er und kamen ihm noch wie halbe Kinder vor. Doch jetzt brachte ein Mädchen, das in der Vorlesung neben ihm gesessen hatte, sein Tablett an seinen Tisch und zeigte auf einen langhaarigen Jungen, der am entgegengesetzten Ende des Raumes, von aufmerksamen Zuhörern umringt, Hof hielt.

«Das ist Philip Harrison.»

«Philip Harrison?»

«Der Junge, der am Samstag auf dem Parkplatz überfallen wurde.»

Anthony sah nicht ihn an. Seine Aufmerksamkeit galt den jungen Mädchen, die sein Publikum waren, und von denen eines Helen geradezu unglaublich ähnlich sah. Wäre das Mädchen auf dem Parkplatz gewesen, könnte es jetzt nicht mehr so eifrig zuhören, dachte er. Es wäre tot. Er brauchte nur zur Polizei zu gehen und dort aussagen, was er wußte, denn so wenig es war, es war ein echter Hinweis. Appetitlos schob er den Teller weg. Er hatte keinen Bissen gegessen. Eine große Müdigkeit überkam ihn, und er sehnte sich nur danach, schlafen zu können. Im Sommer hatte er einmal auf einer Wiese eine Stunde lang in Helens Armen geschlafen, ihr Haar hatte seine Wange berührt, und das Gras und die wilde Petersilie hatten einen würzigen Geruch verströmt und sie beide darin eingehüllt. So gut wie in jener Stunde hatte er nie wieder geschlafen, davon war er überzeugt. Aber der Sommer und die Stunden süßen Schlafs waren dahin, im wahrsten Sinn des Wortes dahin. Er holte seinen Mantel, ging durch den langen Saal, durch die Flügeltür und hinaus in den Schnee.

Bis zum Polizeirevier waren es ungefähr zehn Minuten zu Fuß. Das Universitätsgelände lag öde und verlassen da, als habe die Kälte alle Pflanzen bis auf den kurzgeschorenen Rasen dahingerafft und die Menschen wie Abfall zusammengefegt. Außer ihm war nur noch ein Mädchen in der Nähe, das eben durch das Haupttor hereinkam. Auf der langen gekiesten Zufahrt gingen sie aufeinander zu.

Er hatte angefangen, sich alle Fakten und die Gründe für seinen Verdacht zurechtzulegen, um genau zu wissen, was er bei der Polizei aussagen würde. Aber das Mädchen, das immer näher kam, lenkte ihn ab. Inzwischen hätte er zwar an die Sinnestäuschungen gewöhnt sein müssen, die seine Augen und seine Phantasie ihm immer wieder vorgaukelten. Diesmal wollte er nicht den Atem anhalten, weil das fremde Mädchen wie Helen ging, wie Helen den Kopf bewegte und sogar das gleiche krause blonde Haar hatte wie Helen. Er trottete weiter, senkte den Kopf und wehrte sich ganz energisch dagegen, sich mit dem Mädchen zu beschäftigen, das jetzt noch zwanzig oder dreißig Meter von ihm entfernt war.

Dennoch merkte er, daß sie stehengeblieben war. Daß sie dastand und ihn anstarrte. Er schluckte hart, und sein Herz hämmerte. Über das ganze, lange, kahle Straßenstück hinweg starrten sie sich gegenseitig an. Dann hob sie die Arme, breitete sie aus, lief auf ihn zu und rief: «Tony, Tony!» Da begann auch er zu laufen.

Kalt lagen ihre Lippen auf den seinen, aber ihr Körper war warm.

Als er sie umschlang, merkte er, daß ihm seit Wochen nicht mehr so warm gewesen war. Die Wärme war wunderbar, und es war herrlich, sie zu fühlen, aber er wagte nicht, ihr ins Gesicht zu sehen.

«Helen», sagte er, «bist du's denn wirklich?»

23

Sie saßen auf einer Bank im Park der Universität und spürten die Kälte nicht. Anthony hielt ihr Gesicht in den Händen. Er strich eine Locke zurück, die ihr in die Stirn gefallen war, und lernte von neuem, wie sie aussah, wie sie sich anfühlte.

«Ich glaube es nicht», sagte er. «Ich kann es einfach nicht glauben.»

«Das weiß ich. Mir geht es genauso.»

«Du gehst nicht wieder fort? Ich meine, du erklärst mir nicht in ein paar Minuten, daß du irgendeinen Zug erreichen mußt oder so was Ähnliches?»

«Ich wüßte nicht, wohin ich sollte. Ich habe alle Brücken hinter mir verbrannt. Gehen wir essen, Tony. Ich habe Hunger, ich verhungere bald. Du weißt, daß ich immer Appetit bekomme, wenn ich glücklich bin.»

Das *Grand Duke* war überfüllt. Sie gingen in ein zwar bescheidenes, aber sehr sauberes Café, das um diese Zeit leer war.

«Ich weiß nicht, ob ich lieber neben dir oder dir gegenüber sitzen möchte. Will ich dich berühren oder ansehen – die Entscheidung fällt mir wirklich schwer.»

«Setz dich gegenüber», sagte Helen. «Ich möchte dich auch ansehen.»

Sie setzte sich und ließ ihn nicht mehr aus den Augen, streckte die Hand aus und umschloß die seine. «Jetzt ist alles gut, Tony», sagte sie, «und es soll immer so bleiben. Aber warum hast du meine Briefe nicht beantwortet?»

«Das sollte ich doch nicht. Du hast mir gesagt, ich dürfe dir nicht schreiben.»

«Aber ich meine doch meine drei letzten Briefe. Ich hatte dich gebeten, mir ins Museum zu schreiben. Hast du sie überhaupt bekommen?»

Er schüttelte den Kopf. «Seit Ende Oktober habe ich nur einen einzigen Brief von dir bekommen, und das war der, in dem du geschrieben hast, du wolltest mich nie wiedersehen, ich sollte mich nie wieder mit dir in Verbindung setzen.»

Helen prallte zurück, beugte sich dann vor und umklammerte seine Hand fester. «So etwas habe ich nie geschrieben!»

«Jemand hat es getan. Roger?»

«Ich weiß nicht. Ich weiß – nun ja, möglich wäre es, aber ... Ich habe dir geschrieben, daß ich ihn verlassen und zu dir kommen wollte. Aber wie konnte ich das, wenn du nichts von dir hören ließest? Ich war so entsetzlich unglücklich und halb verrückt vor Angst, ich hätte dich verloren. Roger fuhr nach Schottland, und ich wartete Abend für Abend auf deinen Anruf.»

«Ich habe angerufen», sagte er. «Am letzten Mittwoch im November.»

«Da war ich schon bei meiner Mutter. Ich hatte noch vierzehn Tage Urlaub und fuhr zu meiner Mutter, weil ich es nicht mehr ertrug, allein zu sein, und nach Schottland zu Roger wollte ich nicht, das wäre noch schlimmer gewesen. Ich dachte schon, ich würde dich nie wiedersehen.»

Dasselbe hatte auch er geglaubt. Doch jetzt lag ihm nichts mehr daran, das Rätsel der verschwundenen Briefe zu lösen. Neben der Freude, daß sie endlich bei ihm war, verblaßte es zur Bedeutungslosigkeit.

«Helen», sagte er, «wieso bist du jetzt hier?»

«Aber das weißt du doch», antwortete sie überrascht. «Ich bin hier, weil du mir geschrieben hast.»

«Auf diesen Brief hin bist du gekommen? Auf diesen idiotischen Brief hin?»

«War es ein idiotischer Brief? Ich habe keine Ahnung, ich habe ihn nie zu sehen bekommen. Gleich in der ersten Zeile stand, daß du mich liebst, und da – da bin ich durchgebrannt.»

Sie beugte sich über den Tisch und küßte ihn. Die Kellnerin hüstelte leicht, und als sie auseinanderfuhren, stellte sie die Teller auf den Tisch.

«Ich bin gestern von meiner Mutter zurückgekommen», fuhr Helen fort, «und heute war mein erster Arbeitstag. Kaum saß ich an meinem Schreibtisch, klingelte das Telefon. Es war Roger. Ein Brief mit deinem Absender war gekommen, und er – er hatte ihn geöffnet.»

«Ein Brief mit meinem Absender? Aber ich ...» Er erklärte ihr, daß er diesen Brief mit einem Begleitbrief an Mrs. Pontifex geschickt hatte, nachdem er sie auch nicht im Museum erreichen konnte.

«Ach, so war das», sagte Helen. «Aber wir hatten dieses Jahr gar nicht vor, das Fest bei den Pontifex' zu verbringen. Da hat sie den Brief eben an mich weitergeleitet, nachdem sie von ihrem Kuvert deinen Namen und deine Adresse abgeschrieben hatte. Das nehme ich an, ich weiß es nicht. Ich habe den Brief nicht zu sehen bekommen, wie ich schon sagte. Als die Post kam, war ich schon unterwegs ins Büro. Roger – Roger tobte vor Wut. Es war beängstigend. Ich kenne seine Wutanfälle, ich habe ihn erlebt, wenn er drohte, mich und sich umzubringen. Aber so hatte ich ihn noch nie gehört. Er las mir nur die erste Zeile vor und schrie mich dann an: ‹Von deinem Liebhaber!› Er sagte: ‹Du gehst jetzt hinunter, Helen, und wartest vor dem Gebäude auf mich. Wenn du nicht dort bist, komme ich hinauf. Aber du solltest lieber dort sein, wenn du nicht willst, daß ich dir in aller Öffentlichkeit eine Szene mache. Glaub mir, ich schrecke nicht zurück, allen in diesem verdammten Museum zu sagen, was du bist.›

Er sagte, mit dem Wagen brauche er höchstens fünf Minuten, Tony. Ich hatte eine Todesangst davor, was er tun würde, packte meinen Mantel und meine Handtasche und raste die Treppe hinunter. Ich erinnere mich noch, daß ich den anderen zurief, ich hätte eine schlechte Nachricht bekommen und müsse weg.

Auf der Straße wagte ich nicht einmal eine Sekunde zu warten. Ich lief in eine Seitenstraße, und als zufällig ein Taxi vorbeikam, ließ ich mich zum Bahnhof Temple Meads bringen. Mir war klar, daß ich nach London mußte – und zu dir, Tony. Du hattest mir geschrieben, daß du mich liebst, also war endlich alles in Ordnung.

Um neun Uhr fünfzig war ich auf dem Bahnhof, und eine Minute später ging ein Zug nach London, der in Bath, Swindon und Reading hielt. Ich hielt mich nicht damit auf, eine Fahrkarte zu kaufen. Ich mußte nachlösen und hatte dann nur noch fünf Pence in der Tasche. Ich hatte weder ein Scheckbuch noch eine Scheckkarte bei mir. O Tony, ich bin völlig blank und habe nur noch, was ich am Leib trage.

Auf der Paddington Station sah ich, daß es eine Busverbindung nach Kenbourne Vale gibt, aber meine fünf Pence reichten nur bis Kensal Rise. Also bin ich das letzte Stück gelaufen.»

«Zu Fuß? Von Kensal Rise bis hierher?»

Sie lächelte über seine Bestürzung. «Durch den kalten, kalten Schnee und ohne Penny in der Tasche. Mir fehlte nur noch das Baby in meinen Armen, dann wäre die Elendsgestalt komplett gewesen. Bei einem Zeitungshändler ließ ich mir einen Stadtplan zeigen. Zuerst wollte ich in die Trinity Road, aber dann dachte ich, daß du vielleicht hier bist. Also kam ich hierher, und da bin ich.» Ihre Augen strahlten, ihre Pupillen waren Spiegel, in denen er sich endlich sehen konnte. «Freust du dich?» fragte sie.

«Helen, ich bin fast gestorben in meinem Elend und in meiner Einsamkeit, und du fragst, ob ich mich freue?»

«Ich wünschte nur, ich hätte deinen Brief lesen können. Wahrscheinlich werde ich es nie mehr können, und ich habe so lange darauf gewartet. Weißt du noch, was du geschrieben hast?»

«Nein», schwindelte er. «Nein, es war lauter Unsinn. Das einzige, was zählt, stand in der ersten Zeile.»

Helen seufzte vor Glück. «Tony, was sollen wir tun? Wohin gehen wir?»

«Ist das nicht egal? Irgendwohin, überallhin. Wir beißen uns schon durch. Zuerst aber gehen wir in die Trinity Road.»

Als er den Namen der Straße aussprach, fiel ihm Arthur Johnson wieder ein. Es war fast drei Uhr, und er hatte lange genug gezögert. Er legte Helen den Arm um die Schultern und zog sie in die Höhe. «Komm, mein Herz, auf in die Trinity Road. Aber unterwegs habe ich noch etwas zu erledigen.»

Arthur hatte den ganzen Tag hinter dem Vorhang gesessen und seinen Beobachtungsposten nur etwa jede halbe Stunde verlassen, um im Badezimmerspiegel sein Gesicht zu betrachten. Jetzt war es drei. Auf der gegenüberliegenden Seite der Straße hielt Stanley Caspian mit seinem Wagen neben einer freien Parklücke und manövrierte ihn hinein. Ein Mann wollte Wohnung 1 besichtigen, und es würde nicht lange dauern, bis er und Stanley ausstiegen, die Straße überquerten und ins Haus kamen. Arthur beobachtete den Wagen, konnte aber nur Stanley darin erkennen. Seine mächtige Figur und das Bikinipüppchen versperrten ihm die Sicht auf den Beifahrersitz. Vielleicht hatte er den Mann mitgebracht, vielleicht wartete er aber auch auf ihn. Arthur pilgerte wieder ins Bad. Die Dämmerung brach schon herein, und es wurde früh dunkel. Wenn Stanley ihn zufällig besuchen wollte, wenn er ihm sein Gesicht zeigen mußte, würde er die scheußlichen Verletzungen gar nicht bemerken ...

Als er aus dem Bad kam, klingelte es. Das Geräusch fuhr ihm bis in die feinsten Nervenenden, schien in seinem Körper zu vibrieren, und er erschrak fürchterlich. Stocksteif blieb er im Korridor stehen. Dann begriff er, was passiert sein mußte. Stanley hatte seinen Hausschlüssel vergessen. Sollte er doch nach Hause fahren und ihn holen. Es klingelte wieder, lange, laut und schrill, und Arthur konnte sich vorstellen, wie Stanley den fetten Zeigefinger fest auf den Klingelknopf drückte. Arthur zwang sich, ins Wohnzimmer zurückzugehen und aus dem Fenster zu schauen. Stanleys Wagen war leer. Also konnte nur er es sein, der klingelte. Weit und breit kein Polizeifahrzeug zu sehen. Außer Stanleys Jaguar, zwei Lastern und einem Kabrio parkte kein Auto auf der ganzen Straße. Neuerliches lang anhaltendes Klingeln. Arthur trottete wieder in den Korridor hinaus. Er mußte öffnen. Wenn er es nicht tat, mußte das einen sehr sonderbaren Eindruck machen. Doch da er angeblich krank war, mußte er sich den Anschein geben, als habe er im Bett gelegen. Obwohl er am ganzen Leib zitterte, zog er rasch das Jackett aus, holte den Morgenmantel vom Haken hinter der Schlafzimmertür und schlüpfte hinein. Ein Taschentuch vor das Gesicht haltend, stieg er die Treppe hinunter.

Hinter den roten und grünen Glasscheiben der Haustür sah er die Umrisse eines schweren, untersetzten Mannes. Das konnte nur Stanley sein. Arthur stellte sich hinter die Tür und öffnete. Der Mann, der in die Halle hereinmarschiert kam und die Tür so heftig hinter sich zuwarf wie früher Jonathan Dean, war aber nicht Stanley.

Er war noch ziemlich jung, dunkelhaarig und wurde von einer Erregung geschüttelt, die noch größer war als Arthurs Angst. Arthur wußte nicht, warum er so erregt war, doch er wußte, daß ein Polizist nicht so aussehen, nicht so zittern und ihn nicht aus weit aufgerissenen Augen wild anstarren würde. Weil es in der Halle ziemlich düster war, nahm Arthur das Taschentuch vom Gesicht und trat ein paar Schritte zurück.

«Heißen Sie Johnson?»

«Ja», sagte Arthur.

«A. Johnson.»

Arthur nickte verwirrt, denn der Mann sah ihn aus zusammengekniffenen Augen fassungslos an. «Mein Gott, ein alter Mann!» stieß er hervor. «Es ist ungeheuerlich. Es ist unglaublich.» Dennoch glaubte er es, und als er fragte: «Wo ist sie?» wußte auch Arthur, wer gemeint war.

Noch vor ein paar Tagen hätte er es bedrohlich und schrecklich gefunden. Jetzt war es eine Erleichterung für ihn. «Sie meinen den anderen Johnson», antwortete er kalt und steif. «Setzen Sie sich, und warten Sie hier auf ihn, wenn Sie wollen. Mich geht die Sache nichts an.»

«Den *anderen* Johnson? Verschonen Sie mich damit.» Der Mann ließ die Blicke über Arthurs Morgenmantel wandern, ballte die Hände und wiederholte: «Wo ist sie?»

Arthur kehrte ihm den Rücken zu und begann die Treppe hinaufzusteigen. Er mußte zusehen, daß er in seine Wohnung kam, und hoffen, daß Stanley bald erschien und diesen Eindringling hinauswarf, bevor er gewalttätig wurde und die Polizei sich einmischte. Als ihm klar wurde, was passieren konnte, lief er die zweite Treppe hinauf und wollte seine Wohnungstür aufstoßen. Dann schrie er erschrocken auf. Er hatte keinen Schlüssel, und die Tür war zugefallen.

Vor Angst schlotternd, preßte er sich mit dem Rücken an die Tür und hob die Hände vor das Gesicht, um es zu verstecken. Welche Chance blieb ihm denn noch hier draußen, wenn Stanley mit dem neuen Mieter erschien und es zwischen Anthony und Hs Ehemann zu Handgreiflichkeiten kam? Und jetzt hatte der Mann auch die oberste Stufe erreicht und stand ihm gegenüber. Arthur blickte in die Mündung einer kleinen Waffe – ob es Pistole oder Revolver war, wußte er nicht. Das hatte ihn das Fernsehen nicht gelehrt.

«Machen Sie die Tür auf.»

«Ich kann nicht. Ich habe keinen Schlüssel. Hab ihn in der Wohnung vergessen.»

«Meine Frau ist dort drin. Öffnen Sie die Tür, sonst schieße ich das Schloß heraus. Ich gebe Ihnen dreißig Sekunden, dann will ich die Tür offen sehen.»

Eine Wohnungstür mit herausgesprengtem Schloß, die schief in den Angeln hing, war schlimmer als eine Wohnungstür, die er nicht öffnen konnte. Arthur, der zur Seite gewichen war, als er die Waffe gesehen hatte, betrachtete zuerst das kreisrunde Metallschild mit dem Schlüsselloch in der Mitte und dann, mit großer Angst, den glatten Metallzylinder, der auf das Schlüsselloch gerichtet war. Eine Stimme, die einer Frauenstimme, der Stimme eines Opfers glich, schrie schrill aus ihm heraus.

«Ich kann nicht! Ich sage Ihnen doch, ich kann nicht aufmachen! Gehen Sie weg, hinaus mit Ihnen, lassen Sie mich in Ruhe!» Mit erhobenen Armen warf er sich gegen die Tür.

Etwas versetzte ihm einen furchtbaren Schlag links unten in den Rücken. Der Schmerz war unvorstellbar. Er glaubte, es sei sein Herz, ein Herzanfall, denn er fühlte den Schmerz schon lange bevor er den Nachhall des Schusses hörte. Er hörte seinen eigenen Schrei und dann den eines anderen, entsetzt und verzweifelt. Mit beiden Händen seine Rippen umklammernd, stürzte Arthur nach hinten. Der Schmerz quoll als roter Blutstrom aus seinem Mund.

Schwer rollte er die Treppe hinunter, und das Blut hüllte seinen Körper ein wie ein rotes Tuch. Die Wucht des Sturzes ließ ihn gegen Brian Kotowskys Tür prallen, und dort fühlte er den letzten Schlag seines Herzens an seiner blutbesudelten Hand.

Welt der Dunkelheit – Die Thriller der Ruth Rendell

Die Fachleute sind sich einig: Ruth Rendell ist die beste lebende englische Thrillerautorin. Die vielen Auszeichnungen, die ihr zuteil wurden, beweisen das. Sie erhielt von der Vereinigung der amerikanischen Kriminalromanautoren einen «Edgar» für die beste Kurzgeschichte des Jahres («Der gefallene Vorhang»), den «Silver Cup» der Zeitschrift *Current Crime* für den besten englischen Kriminalroman des Jahres, «Der Kuß der Schlange», den «Gold Dagger» der englischen Kriminalromanautoren für «Dämon hinter Spitzenstores» als den besten englischen Kriminalroman des Jahres, und den «Arts Council National Book Award» – Genre Fiction für «See der Dunkelheit».

Und in der Tat vereinigt Ruth Rendell in sich alle Qualitäten, die einen guten Kriminalromanautor ausmachen und die so selten in einer Person vorhanden sind. Vor allen Dingen ist sie ein geborener Geschichtenerzähler. Ihre Romane sind spannend, voller überraschender Wendungen und haben ein verblüffendes Ende. Ruth Rendell ist besonders genau in der Konstruktion ihrer Plots. Da gibt es keine losen Enden, keine in allerletzter Minute eingefügten Personen, keine hastig nachgeholte Information. Beiläufig erwähnte und scheinbar belanglose Einzelheiten erweisen sich am Ende als wichtige Stücke des Puzzles. Deshalb erschließt sich die Raffinesse der Konstruktion erst richtig bei der zweiten Lektüre.

Wegen dieser Qualitäten ist Ruth Rendell am Anfang ihrer Karriere als die wirkliche Nachfolgerin von Agatha Christie bezeichnet worden. Doch diese Einschätzung übersieht wesentliche Unterschiede zwischen den beiden. In den «klassischen» Krimis der Christie sind die Personen der Geschichte untergeordnet, sie sind mehr oder weniger zweidimensional und haben außerhalb des Romans kein Leben. Im Gegensatz dazu liefert Ruth Rendell sehr genaue Charakterisierungen der Personen und eine präzise Beschreibung ihres Milieus. Die Handlung erwächst aus diesen Personen, entwickelt sich auf Grund der ihnen eigenen Reaktionen. Psychologische Notwendigkeit und nicht die Zwänge einer gewollt vertrackten Handlung bestimmen den Verlauf von Ruth Rendells Romanen.

Deswegen hat sich Ruth Rendell auch sehr bald in der Form des klassischen Kriminalromans mit seinem bei allen möglichen Variationen doch starren Handlungsschema eingeengt gefühlt und begann neben ihren konventionelleren Romanen um Chiefinspector Wexford eine Art Thriller zu schreiben, bei dem sie nicht an die Regeln und ihren Serienhelden gebunden war. «Dämon hinter Spitzenstores», mit dem ihr der große Durchbruch gelang, gehört in diese Kategorie.

Arthur Johnson, der biedere Buchhalter, findet nur dann sexuelle Befriedigung, wenn er eine in seinem Keller versteckte Schaufensterpuppe «erwürgt». Doch eines Tages ist die Puppe verschwunden. Und nun sucht sich Arthur Johnson eine Frau aus Fleisch und Blut als Opfer. Die Spannung des Romans liegt nicht so sehr in der Frage, wann die Polizei den Mörder fangen wird, sondern in der psychologischen Durchleuchtung des Triebtäters. Er wird nicht als Bestie dargestellt, sondern als biederer Bürger, der sein eigenes Verhalten nicht begreift. Obwohl Ruth Rendell keine zwingende psychologische Erklärung für Arthur Johnsons Perversion liefert, wird aus der Schilderung seiner Kindheit klar, daß die bigotte Erziehung durch seine Tante bei ihm zwar eine peinlich genaue Beachtung von äußeren Ordnungsvorschriften erreicht, doch eine um so größere innere Unordnung verursacht hat. Eine Erziehung ohne Liebe, die nur auf Dressur ausgerichtet ist, verhindert eine Entwicklung von Gefühlen wie Anteilnahme und Mitleid. Doch Ruth Rendell hat natürlich keinen Thesenroman über die möglichen schlimmen Folgen einer falschen Erziehung geschrieben. Ihre Romane sind keine Traktate, sondern Geschichten, und der Leser muß sich aus den gelieferten Fakten selbst die Erklärung der Ursachen von Arthur Johnsons psychopathischem Verhalten zusammenreimen. Ein unerklärbarer Rest bleibt immer. Es ist bezeichnend, daß Anthony – die zweite Hauptfigur des Romans – an einer Dissertation über «Aspekte der psychopathischen Persönlichkeit» schreibt, aber Arthur nicht als Psychopathen erkennt. Darin wird Ruth Rendells Überzeugung deutlich, daß alle wissenschaftlichen Theorien im Endeffekt die Wirklichkeit nicht in den Griff bekommen.

Doch Ruth Rendells Kunst der Charakterisierung wird nicht nur in dem beklemmenden Psychogramm des Triebtäters deutlich. Alle anderen Figuren wie der gefräßige Hausbesitzer Stanley Caspian, der versoffene Brian Kotowsky, die verführerische Li-li Chan oder die temperamentvolle Jamaikanerin Linthea sind rundum lebendige Personen, die nichts mit den Klischeefiguren üblicher Thriller zu tun haben.

Die Welt, die Ruth Rendell in ihren Romanen beschreibt, ist keine heile Welt. Dabei spielen ihre Geschichten gar nicht in dem Milieu, wo man üblicherweise das Verbrechen ansiedelt. Bei ihr lauern hinter der scheinbar intakten Fassade des Bürgerlichen die verdrängten Gefühle, die meistens nur durch einen Zufall an die Oberfläche dringen und dann eine Katastrophe auslösen. In «See der Dunkelheit» zitiert Ruth Rendell Arnold Bennett: «Die Menschheit bewegt sich immer auf einer dünnen Kruste über schrecklichen Abgründen.» In ihren Romanen schildert sie, wie oft die Kruste bricht und ein Mensch in den Abgrund stürzt. In einem Interview hat sie eine Art Bekenntnis geliefert: «Das Leben ist tragisch. Mord passiert in meinen Geschichten, weil ich im Genre des Kriminalromans schreibe ... Ich würde immer eine tragische Vision des Lebens haben, ganz gleich, welche Art von Romanen ich schriebe. Denn ich betrachte das Leben als furchtbar, angsteinflößend, wunderbar und ehrfurchtgebietend. Mord ist für mich das Mittel, diese Vorstellung in meinen Büchern auszudrücken.»

Bernd Jost